KB112846

베를리너

Berliner

힙스터의 도시 베를린에서 만난
삶을 모험하는 몇 가지 방식들

용선미 지음

베를리너

Berliner

제철소

Contents

prologue

사람을 만났다_____ 사실 베를린은 딱 석 달만 지낼 요량
으로 찾은 도시였다. 대학원 생활 2년. 어떤 식으로든 쉼표를 찍고 싶었고,
그때 문득 이 도시가 떠올랐다. 하지만 이 우발적인 '여행'은 2년이라는 시
간을 훌쩍 넘겼고, 지금도 진행형이다. 그 누구도, 나조차도 예상하지 못
한 일이었다.

흔히들 말한다. 베를린은 가난해서 섹시하다고. 학생과 예술가가
대부분인 이 도시에서 돈을 벌어 여유롭게 살기란 거의 불가능에 가깝다
는 이야기를 조금 비꼬아서 하는 말이다. 그래서 무슨 일이든 스스로 즐기
지 않으면 온전히 버텨내기 힘들다. 나도 그랬다. 그러다 문득 베를리너,
그들의 삶이 궁금해졌다. 나 스스로 이상과 현실의 장벽에 부딪혀 헤매고
있을 때였다. 각개전투의 자세로 고군분투하는 친구들의 속사정을 듣고

싶었다.

　모두 열아홉 명의 인물을 추렸고, 반년 넘게 인터뷰를 진행했다. 트램을 운전하던 핀란드인 뮤지션, 동독 출신의 빵집 점원, 펑크족 차림의 이탈리아인 큐레이터, 클럽에서 먹고 자는 다국적 뮤직비디오 제작자, 버려진 공간에서 춤추는 일본인 부토 댄서까지……. 국적도 나이도 직업도 천차만별인 사람들을 만나 이야기를 나눴다.

　인터뷰 섭외 과정에서 누군가가 물었다. "나를 왜? 누가 나를 궁금해하기나 할까?" 자신이 원하는 길을 묵묵히 걷고 있다는 점만 빼면 사실 뭐 하나 특별한 것도, 잘난 것도 없는 청춘들이다. 하지만 확실한 건, 그들 모두가 자기만의 특별한 '지금, 여기'를 살고 있다는 것. 내가 만난 베를리너들에게 가장 중요한 건 '미래에 무엇이 될 것인가'가 아닌 '지금 무엇을 하고 있는가'이다.

　인터뷰 작업을 통해 상상 이상으로 많은 사람을 사귀게 되었다. 그들의 삶을 들여다보게 되었다. 누군가를 알아가고, 그 주변 사람들을 알아가고, 그렇게 사람과 사람이 켜켜이 쌓이며 나만의 도시가 만들어졌다. 그리고 나 또한 그 도시가 되어갔다.

　오래전, 우연히 올려다본 광화문 빌딩의 현수막 문구가 생각난다.

사람이 온다는 건 실로 어마어마한 일이다. 한 사람의 일생이 오기 때문이다.

사람을 만났다. 한 사람의 삶을 만났다. 이 책은 바로 그 어마어마한 일에 관한 작고 사소한 기록이다.

정현종의 시 「방문객」을 변형해 만든 문구이다.

인터뷰 프로젝트에 관하여

믿는 구석도 없으면서_____ 본격적인 인터뷰를 시작하기에 앞서 이 프로젝트를 도와줄 사람들이 필요했다. 프로젝트 팀을 꾸리는 일은 전시를 준비하는 과정과 비슷했다. 필요한 역할을 정한 뒤 머릿속에 떠오르는 인물에게 바로 연락을 취했다. 인터뷰의 콘셉트조차 제대로 정하지 않은 상태였지만, 모처럼의 흥분을 주체할 수 없었다.

아래에 소개하는 두 사람은 나와 이 근사한 탐험을 함께해준 믿음직한 정예 요원들이다.

최수민 대학 동기. 정반대의 성격 때문에 막상 학교 다닐 때는 별로 가깝지 않았다. 하지만 마지막 학기, 몇 개의 수업을 같이 들으며 친해진 뒤로는 늘 붙어 다녔다. 대학 졸업 후 다들 각자의 길로 뿔뿔이 흩어졌을 때도 음악이나 영화 등과 관련된 온갖 페스티벌을 함께 섭렵하며 시간을 보냈을 정도다. 그리고 내가 베를린으로 떠나고 정확히 6개월 뒤, 수민이 독일 함부르크의 한 게임 회사에 인턴으로 합격했다는 소식을 전해왔다. "독일까지 따라오다니, 날 너무 좋아하는 거 아니야?"라는 우스갯소리를 던질 만큼 참 질긴 인연이다.

그렇게 같은 독일 하늘 아래에서 지내며 친자매처럼 시시콜콜 서로의 일거수일투족을 공유해왔으니, 제일 먼저 그녀에게 이 근사한 아이디어를 전하는 건 당연지사. 게다가 주말마다 우리 집을 방문하며 수민은 이미 베를린과 베를린 사람들의 매력을 알아버렸다. "베를린 사람들을 인터뷰하고 싶은데, 같이 진행할 보조 인터뷰어가 필요해. 나랑 같이 할래?" 무엇보다 새로운 사람을 만나 수다 떠는 것이 중요한 일이라, 수민이 나보다 훨씬 더 적극적인 성격을 지니고 있다는 점도 섭외 요인에 한몫했다. 서로의 플러스마이너스로, 좋은 파트너가 될 수 있을 거란 확신이 있었다. 내 제안에 수민은 한 치의 망설임도 없이 "재밌겠다!"라고 외쳤다. 하지만 엄연히 직장 생활을 하고 있던 수민. 당장의 인턴 업무가 발목을 잡았다. 우리는 약속이라도 한 듯 똑같이 중얼거렸다. "뭐 어떻게든 되겠지."

나탈리 제날로바 베를린에 도착하자마자 나는 일자리를 구하기 위해 갤러리 이곳저곳에 이력서를 뿌리고 다녔다. 하지만 독어 한마디 못 하는 나에겐 그 흔한 무급 인턴의 기회마저도 쉽사리 주어지지 않았다. 그러던 중 한 미국계 갤러리의 면접을 보았고, 운 좋게도 다음 날부터 근무를 하게 되었다. 출근 첫 주를 어리바리하게 보내고 있던 그때, 전시 인력 보강을 위해 또 다른 사람이 면접을 보러 갤러리를 찾았다. 그게 바로 나탈리다. 날씬한 몸을 온통 검은색으로 치장한, 매우 특이한 발성과 발음을 지닌 체코 출신의 여성이었다. 비슷한 시기에 일을 시작한 덕에 우리는 서로에게 늘 든든한 동료가 되어주었고, 업무가 끝난 뒤에도 벼룩시장에 함께 참여하거나 클럽에 가서 영화를 보면서 급속도로 친해졌다.

나탈리가 사진 찍기를 좋아한다는 건 시간이 꽤 지나고서야 알게 되었다. 언젠가 그녀의 집에 친구들과 몰려갔을 때였다. 그녀는 대뜸 카메라를 꺼내 들더니 우리의 얼굴을 차례로 찍기 시작했다. 전문적으로 배운 것도, 따로 보정을 한 것도 아닌데 신기하게도 뭔가 특별해 보이는 그런 사진이었다. 그래서 갤러리를 그만둔 뒤에도 이벤트나 전시와 관련한 일을 벌일 때마다 나는 늘 나탈리에게 사진을 부탁했다. 이 프로젝트를 하겠다고 마음먹었을 때도 사진은 당연히 나탈리였다.

우리 셋은 그렇게 인터뷰를 위한 본격적인 준비에 돌입했다. 우선 나는 수민과 함께 살면서 작업할 수 있는 공간을 물색하기 시작했다. 마침 한 친구가 고향인 멕시코에 두 달 동안 가 있을 거라며 나에게 자신의 공간을 선뜻 빌려주었다. 지은 지 얼마 되지 않은 새집인 데다 방 두 개에 커다란 부엌과 아늑한 거실까지, 이보다 더 완벽할 순 없을 것 같았다. 두 달이라는 시간도 작업하기에 딱 적당했다.

　　수민은 결국 프리랜서를 선언하고 회사를 나와 베를린으로 이사했다. 여러 차례 우여곡절이 있었고, 딱 두 달만 해보자는 나의 설득에 어렵사리 내린 결정이었다. 새집에 들어가던 날, 수민은 커다란 트렁크를 끌고 요가 매트까지 짊어지고선 베를린 버스 터미널에 도착했다. 버스에서 내려 저벅저벅 내게로 걸어오던 수민의 표정을 지금까지도 잊을 수가 없다.

　　그렇게 우리는 딱히 믿는 구석도 없으면서, 생업을 잠시 미뤄둔 채 몇 달을 온전히 이 프로젝트에만 집중하기로 했다. 단지 재밌을 것 같다는 이유 하나만으로. 오로지 베를리너들의 삶과 마주하기 위해.

베를리너란?

1963년, 존 F. 케네디 당시 미국 대통령이 서베를린을 방문했을 때 남긴 유명한 말이 있다. '나는 베를린 사람입니다'라는 뜻의 "이히 빈 아인 베를리너 Ich bin ein Berliner"가 바로 그것. 케네디는 당시 동독이 세운 베를린 장벽으로 인해 섬처럼 고립되어버린 서베를린 시민들을 격려하고자 했고, 자유를 갈망하는 모든 이들을 '베를리너'로 지칭하면서 거기에 더욱 힘을 실었다. 케네디의 저 한마디는 지금까지도 숱한 유머와 패러디를 양산할 정도로 많은 이에게 회자되고 있다. 하지만 실상 그 이유를 알고 나면 웃음부터 터진다.

원래 독일어로 'Berliner'는 과일 잼이 필링으로 들어간 구멍 없는 도넛을 말한다. 케네디가 저 단어를 사용하기 전부터 '베를리너'는 독일 사람들이 즐겨 먹는 간식 이름으로 널리 쓰이고 있었던 것이다. 그래서 당시 독일인들이 저 말을 들었을 때 도넛이 먼저 머릿속에 떠오른 건 당연지사. 우스꽝스럽게도 당시 케네디는 아주 힘차게 "나는 하나의 도넛이에요"라고 말한 꼴이 되어버렸다. 베를린 기념품 가게에 가면 케네디의 얼굴과 그의 말, 그리고 뽀얀 속살을 드러낸 도넛이 함께 그려진 엽서를 쉽게 발견할 수 있다.

그로부터 50년의 세월이 흐른 지금의 베를린은 참 많이도 변했다. 베를린 장벽은 무너졌고, 동베를린은 역사 속으로 사라졌다. 통일 직후의 1990년대 무정부 상태와도 같았던 혼란의 시기를 거쳐, 오늘날에는 전 세계 사람들이 찾는 유럽의 인기 관광 명소가 되었다. 동쪽이나 서쪽으로 오가려면 무장 군인들의 삼엄한 검문을 받아야 했던 브란덴부르크 문은 이제 기념사진을 찍기 위해 서성이는 관광객들로 붐비고, 동독 사람들이 생사를 걸고 넘으려 했던 장벽은 그 일부만 남아 한가로운 강변 공원의 풍경이 되었다.

여전한 건 베를리너뿐. 지금도 독일의 빵집에서 쉽게 발견할 수 있는 베를리너는 흔히들 상상하는, 특별할 것 없는 평범한 맛의 도넛이다. 하지만 잊을 만하면 떠오르는 묘한 매력을 지녀 오랜 시간 독일인들의 사랑을 받고 있다. 뿐만 아니다. 당시 케네디의 예언처럼 21세기 베를린은 자유를 찾아 몰려든 세계 각국의 젊은이들로 넘쳐난다. 자국의 경제 혼란을 피해서, 더욱 나은 삶의 질을 위해서, 물가가 싸고 놀기 좋아서, 예술하기 좋아서, 대학 학비가 싸서……. 이렇듯 저마다의 이유로 모인 이른바 '신新 베를리너'들인 셈이다.

　이 책에서 만나게 될 젊은 베를리너들 또한 어찌 보면 도넛의 맛처럼 지극히 평범할지도 모른다. 하지만 뭐든 속을 봐야 아는 법. 이제 그들의 삶 속에 담긴 다채로운 필링의 맛을 경험할 시간이다.

Nicole

영화 시나리오 작가   니콜 야흐만

Jachmann

독일인 아버지와 네덜란드인 어머니 사이에서 3남 1녀 중 막내로 태어나 네덜란드의 작은 도시 마스트리흐트Maastricht에서 자랐다. 대학에서 저널리즘을 전공하며 다큐멘터리 제작에 관심을 가졌고, 이후 우연한 계기로 베를린에서 시나리오 과정 수업을 듣다가 전업 작가를 꿈꾸게 되었다. 현재 3년째 베를린 생활을 이어가고 있으며 베를린과 암스테르담에서 총 세 편의 단편영화 시나리오 작업에 참여했다.

하이라이트가 없더라도

계속 이어갈 수 있다는 것.

그게 우리 삶을 영화보다

더 매력적으로 만들어주는 거 아닐까?

베를린에서 세 번의 이사 끝에 드디어 오랜 기간 머물 수 있는 곳을 찾게 되었다. 처음 구한 플랫은 '남쪽별 Suedstern'이라 불리는 예쁜 동네에 있었다. 나는 그곳을 떠날 생각이 전혀 없었지만, 얼마 되지 않아 일하게 된 갤러리에서 낮은 급여 대신 레지던시를 제공해준다는 것이 아닌가. 돈이 떨어지면 한국으로 돌아가야 하는 내 형편에 방세 걱정 없이 지낼 수 있다는 건 아주 큰 매력이었다. 레지던시는 기존의 남쪽별 플랫보다 위치도, 시설도 많이 아쉬운 형편이었지만, 근무하는 동안은 편하게 지낼 수 있었다. 하지만 딱 6개월을 일한 뒤 나는 살 곳도 마련하지 않은 채 돌연 갤러리를 관두었고, 숙식이 해결되는 대신 일을 해야 하는 워커웨이 Work Away* 프로그램을 통해 말 농장이 딸린 교외 저택으로 훌쩍 떠나버렸다. 머리도 식히고 독어도 배울 겸 택한 일이었다. 베를린에서 약 한 시간 정도 떨어진 곳이었는데, 워낙 외진 탓에 하루에 버스가 석 대 이상은 다니지 않는 동네였다.

한 달 일정이었기 때문에 다시 베를린에 돌아가서 살 곳을 구해야 했다. 나는 일을 하지 않는 주말마다 베를린으로 달려가 친구들 집을 전전하며 온종일 방을 구하러 다녔다. 수십 통의 이메일을 보내 겨우 연락이 닿아 찾아간 대부분의 플랫은 나처럼 절실한 사람들을 가득 모아놓고 단

🏃 세계 각국의 다양한 사람들이 몇 시간의 일을 해주는 대가로 숙식을 제공받으며 그 나라와 문화 교류를 할 수 있도록 연결해주는 웹사이트.

체 인터뷰를 진행했다. 매번 내가 얼마나 괜찮은 사람인지를 모두 앞에서 뽐내야 하는 과정은 나를 너무나도 지치게 했다. 그러다 문득, 무리를 해서라도 큰 플랫 하나를 통째로 빌려 내가 사람을 구하는 건 어떨까 하는 생각이 들었다. 나는 영어로만 보내던 이메일을 구글로 어설픈 독어 번역문으로 만들어 다시 보내기 시작했다. 그러던 중 마침내 답장 하나를 받았다. "네 독어가 너무 이상해서 한참을 웃었어. 그래도 이렇게 노력해줘서 고마워. 혹시 내일 시간 되니?" 다음 날 그 집에 도착해 벨을 누르니, 190센티미터는 족히 넘어 보이는 건장한 독일 아주머니가 환한 미소로 나를 반겨주었다. 집주인 나딘은 배를 모는 항해사였다. 그녀는 바다가 어는 겨울 빼

고는 베를린에 거의 없다시피 했고, 그래서 이 집을 빌려주고 자신은 친구 집의 조그만 방에 세 들어 산다는 것이다. 공간은 입구에서부터 아주 정갈하고도 포근한 기운이 넘쳐흘렀다. 밝은 햇살이 온 사방을 가득히 비추는 그 집에 들어서자마자 나는 이미 마음을 정하고 말았다. 나는 간절한 기운을 가득 모아 나딘에게 "당장 계약할 수 있을까요?"라고 물었다. 그녀는 "너의 웃긴 이메일을 읽고 이미 마음을 정했어!"라고 답했고, 그렇게 나는 1년 계약으로 드디어 나만의 온전한 공간을 구하게 되었다.

1년여의 기간 동안 늘어난 살림살이에 이사 트럭을 빌릴까 고심하던 중이었다. 또 새집의 내 방에는 아무것도 없었으므로 모든 것을 새로 마련해야 하는 상황이었다. 그런데 여기저기 이사한다고 소문을 내놓았더니 갤러리에서 함께 일하던 친구들이 하나둘씩 자신이 쓰지 않는 것들을 주겠다며 연락을 취해왔다. "역시 베를린다워!" 언제 어디서 어떻게 떠날지 모르는 사람들로 가득한 이 도시는 무언가를 소유하기보다 이렇게 나누며 사는 게 참 자연스럽다. 나는 순식간에 매트리스, 책상, 탁자, 냉장고, 심지어 옷걸이까지 모두 공짜로 얻을 수 있었고, 짐을 나를 차량만 구하면 되는 상황이었다. 하지만 이 또한 전혀 걱정할 거리가 아니라는 듯, 곧 친구 아만다에게 운전을 아주 잘한다는 니콜을 소개받았다.

처음 니콜과 통화를 하며, 나는 당연히 어느 정도의 수고비를 주겠다고 했다. 그러나 그녀는 "난 운전하는 게 좋아! 어차피 시간도 많으니까

그냥 도와줄게"라며 반색을 하는 게 아닌가. 당황한 나는 얼떨결에 "그렇다면 내가 맛있는 한국 요리를 대접할게"라는 약속을 했고, 그렇게 렌터카 가게에서 우리는 처음 만났다.

때마침 수민도 나의 이사를 돕기 위해 베를린에 와 있었다. 게다가 요리에 별 관심 없는 내게 없을 것이 뻔하다며, 고추장이며 참기름 같은 양념을 바리바리 싸 오기까지 했다. 나와 니콜이 짐을 나르는 동안 수민은 우리를 위해 아주 성대한 감자볶음탕을 마련해놓았다. 다행히 니콜은 매우 맛있게 먹어주었다. 내 입맛에는 한없이 달았던 그 요리에 그녀는 연신 "스파이시!"를 외치며 땀을 뻘뻘 흘리기까지 했다.

그날 이후 우리는 마치 오랫동안 알고 지낸 사이처럼 아주 가까워졌다. 그리고 내가 베를리너 인터뷰를 하겠다고 했을 때 그녀는 두말없이 첫 인터뷰이가 되어주었다. 처음이라는 핑계로 모든 게 어설프고 서툴렀지만, 니콜은 특유의 온화한 미소와 호탕한 웃음소리로 나를 안심시켜주었다. 그렇게 우리 셋은 니콜의 인터뷰를 시작으로 긴 여정의 첫발을 내디뎠다.

라이제 공원에서

베를린 도심 한가운데에 위치한 라이제 공원Leise Park에는 다른 공원과는 다른 묘한 분위기가 있다. 비교적 작은 공간 안에 너른 풀밭이나 공터 대신 큰 나무와 예쁜 묘비, 놀이터와 길, 벤치와 조형물 들이 오밀조밀 자리를 잡고 있기 때문이다. 그곳에서 니콜을 만났다. 나란히 길을 걷는데 한 아이가 괴성에 가까운 소리를 지르며 우리 옆을 지나갔다. "공동묘지에서 저렇게 소리 지르고 뛰어다닌다는 게 상상이 되니? 다른 어른들이라면 바로 제지했을 거야. 사람들은 죽음 앞에서 슬퍼야 한다, 엄숙해야 한다고 너무나 당연하게 생각하는 듯해. 하지만 그런 것도 어쩌면 다 학습된 게 아닐까? 아이들의 시선은 어른들보다 훨씬 자유로운 것 같아. 그래서 난 그들을 바라보는 게 참 좋아." 큰길가 옆 작은 도로로 입구가 나 있는 라이제 공원은 주의를 기울이지 않으면 그냥 지나치기 쉽다. 니콜 또한 프로듀서를 만나러 근처 카페에 왔다가 우연히 이곳을 발견했다. "내 시나리오에는 항상 아이들이 등장해. 그리고 대개 주인공이야. 나조차도 그 이유를 명확하게 설명할 순 없지만 아마도 내가 열 살 무렵 우울증을 겪었기 때문일 거라고 생각해. 가끔은 내 세상이 아직 그때에 머물러 있다는 생각이 들어서 그 또래의 아이들을 그저 지켜보는 것만으로도 위안이 되거든. 또 공원 벤치에 앉아 있으면 나이 드신 분들이 말을 걸어오곤 하는데, 그들의 파란만장한 이야기를 듣는 것도 참 재밌어. 그래서 라이제 공원은 나에게 여러모로 큰 의미가 있어." 죽은 자와 산 자, 노인과 아이가 평화롭게 공존하는 베를린의 이 작은 공원이야말로 니콜에게는 인생의 거대한 돋보기이자 위안이다.

엠마와 함께

니콜은 2년 전 베를린의 영화 시나리오 워크숍 장학생으로 뽑혀 처음 이곳에 오게 되었다. 시나리오를 써보고 싶다는 막연한 바람으로 도전한 프로그램에서 좋은 성적을 거둔 것이다. 베를린에 막 도착했을 때는 한낮의 기온이 40도를 웃도는 8월이었다. 당시 니콜은 「엠마Emma」라는 시나리오를 완성했다. 가정 불화를 겪는 어린 소녀 엠마가 우연히 만난 창녀와 함께 여행을 떠나면서 벌어지는 일을 통해 어른들의 세상을 꼬집고자 하는 블랙 코미디로, 니콜의 첫 장편 시나리오였다. 엠마의 이야기를 세상에 내놓기 위해, 니콜의 기약 없는 베를린 생활이 시작되었다. "시나리오를 완성했을 때 좋은 피드백을 받진 못했어. 독일 영화계는 주로 전쟁이나 홀로코스트 이야기 같은 역사 영화에 관심을 두거든. 그래서 다들 내 시나리오가 재밌긴 하지만 선뜻 영화로 접근하기엔 어렵다고 하더라고." 하지만 니콜은 절대 조급한 마음을 먹지 않는다. 당장의 결과가 따르지 않더라도 그녀는 누구보다 이 시나리오가 가진 이야기의 힘을 믿는다. "세상에 사연 없는 가족이 있을까? 분명 이 영화를 보고 힘을 얻을 사람들이 있을 거라고 생각해. 나 또한 이 이야기를 쓰면서 엠마에게 위안을 받기도 했거든."

이듬해 그녀는 이 시나리오를 들고 베를린 국제 영화제International Berlin Film Festival; Berlinale를 찾았다. 현장에서 일하는 업계 사람들을 만나 본격적으로 「엠마」를 알리기 위해서였다. 시쳇말로 '맨땅에 헤딩'이었다. 하지만 그곳에는 이미 니콜과 비슷한 지망생이 수도 없이 많았을뿐더러, 종종 그녀의 이야기에 흥미를 보이던 사람들도 아이와 창녀가 함께 등장하는 설정이 과하다며 결국에는 돌아서곤 했다. 그렇게 총 세 번의 영화제를 겪었지만 별 성과 없이 허무하게 끝나버렸고 현재까지도 「엠마」는 세상에 나오지 못했다. "의욕을 갖고 시작한 일이 잘 풀리지 않으니 불안하지 않다고 하면 거짓말이겠지. 하지만 눈에 보이는 결과가 없다고 해서 그 시간이 전혀 의미 없었던 건 아니야."

베를린 국제 영화제

1951년부터 시작된 베를린 국제 영화제는 세계 3대 영화제로 꼽힐 만큼 그 위상이 높다. 그래서 매년 2월이면 온 도시가 영화계의 유명 인사들로 북적이곤 한다. 할리우드 스타들과 거장 감독들을 여느 바에서 만나는 게 그다지 놀랍지 않을 정도다. 여담이지만, 한번은 내 옆에서 맥주를 들이켜던 운동복 차림의 흰 파마머리 아저씨가 빔·벤더스Wim Wenders였다는 사실을 집에 가는 도중에 알아챈 적도 있다. 어디서 많이 봤다 싶어 한참을 생각했지만 사진과는 꽤 다른 모습에 바로 알아보지 못했다. 세계적인 감독이지만 스포트라이트 밖의 그는 그냥 멋스럽게 늙은 베를린 아저씨 정도로 친근해 보였다.

한편, 베를린 영화제에서 티켓을 구하는 건 생각보다 어려운 일이
아니다. 온라인 예매 기간을 발빠르게 이용하거나 영화제가 열리는 포츠
다머 광장 매표소에 들르면 된다. 아니면 영화 당일 취소된 표를 구할 수
도 있다. 그래서 나도 영화제 기간만 되면 친구들과 함께 부지런히 영화를
관람하곤 했다. 2015년도에는 때맞춰 방문한 한국 친구들과 함께 본 폴란
드 영화 〈바디Body〉가 은곰상을 받아 왠지 모를 짜릿함을 느끼기도 했다.
이렇게 영화제가 열리는 2월의 베를린은 뼈 시린 추위가 무색할 만큼 그
열기로 뜨겁게 달궈진다.

매년 2월 베를린 영화제가 열리는 포츠다머 광장의 모습.

오늘의 독일 영화

영국 교환 학생 시절, 1년 동안 영화Media Arts를 전공하며 독일 내셔 널 시네마라는 장르에 심취했던 적이 있다. 니콜이 말한 대로 독일은 자신 들의 다사다난했던 역사를 영화에 직접적으로 드러내곤 한다. 또 그러한 영화가 대중의 꾸준한 관심과 인기를 끈다. 특히 나치 시절 히틀러와 관련 한 영화는 하나하나 이름을 대기도 벅찰 만큼 많이 만들어진다. 분단 시절 의 이야기를 다룬 〈굿바이 레닌Good Bye, Lenin!〉(2003), 〈타인의 삶The Lives of Others〉(2006) 같은 영화들은 이미 한국 관객들에게도 널리 알려졌다.

영화의 도시답게 베를린을 소재로 한 독일 영화들도 무척 많다. 앞 서 언급한 빔 벤더스의 경우 〈베를린 천사의 시Wings of Desire〉(1987)를 통 해 장벽이 존재하던 당시의 베를린을 천사의 시각으로 보여주었다. 그뿐 아니라 여성주의 영화를 주로 만드는 독일 감독 도리스 되리Doris Dorrie의 작품에서도 베를린이 주요 배경으로 자주 등장하곤 한다. 최근에는 할리 우드 영화사들도 이 도시를 자주 찾는다. 주로 역사 관련 영화지만 간혹 스케일이 큰 액션 영화들의 제작비 절감을 위해서이기도 하다. 덕분에 영 화 엑스트라로 생활비를 충당하는 내 플랫 메이트 류보는 스티븐 스필버 그의 영화 〈스파이 브릿지Bridge of Spies〉(2015)에 단역으로 출연하기도 했 다. 영화 개봉 날, 류보보다 내가 더 신나서 영화관에 달려가 친구 찾기에 열중하며 관람하기까지 했다. 듬직한 덩치로 군인 역할을 맡은 그는 힙스 터 수염이 사라진 자기 모습을 보고 싶지 않다며 영화를 보지 않았다.

최근 독일에서도 여느 나라들처럼 다양한 소재의 영화들을 과거에 비해 많이 만드는 추세이다. 그중 가장 돋보이는 이가 독일의 국민 배우로 불리는 틸 슈바이거 Til Schweiger이다. 쿠엔틴 타란티노 Quentin Tarantino 감독의 〈바스터즈: 거친 녀석들 Inglourious Basterds〉(2009)에 병장 휴고 스티글리츠로 나온 그 사람이다. 그는 빔 벤더스의 다음 세대로, 배우뿐 아니라 감독으로서도 활발히 활동하며 1990년대 독일 영화의 활성화를 이끌었다. 그의 대표작으로는 감독과 주연을 동시에 맡은 〈노킹 온 헤븐스 도어 Knocking on Heaven's Door〉(1997)가 있다. 그의 영화를 보다 보면 독일의 무거

운 역사의식을 내려놓고 일상의 묵직함과 사사로움을 누리는 듯한 기분이 든다. 이처럼 독일의 영화 또한 세대를 거치며 변화해가고 있다.

베를린에서의 일상

요즘 니콜은 옷 가게와 사우나에서 일하며 생활비를 벌고 있다. 이 또한 그녀에게는 영화 캐릭터 수집의 과정이다. "워낙 다양한 사람이 모이는 베를린이다 보니 어디에서도 들을 수 없었던 이야기들을 접하게 돼. 사우나에서 만난 마사지사 아주머니한테는 젊은 시절 히피로 살았던 파란만장한 삶을, 공원에서 만난 노인들에게는 그들의 생생한 베를린 러브 스토리를 듣기도 해. 정말 살아 있는 이야기들이지." 누가 시나리오 쓰는 사람 아니랄까 봐 니콜은 항상 이렇게 사람에 대한 호기심을 달고 산다. 문득 우리의 첫 만남이 떠올랐다. 이사 트럭 안에서 니콜은 온갖 사적인 질문을 쏟아부었다. 하지만 태도가 너무나도 진지해 나도 모르게 스스럼없이 이야기를 털어놓게 되었다. 나중에서야 그것이 바로 니콜이 가진 작가로서의 최고 장점이 아닐까 하는 생각이 들었다. 특히 그녀는 무슨 일을 하고 어디에 사는지 등의 단편적인 정보를 늘리기보다는 항상 그 너머의 이야기를 듣고자 했다. "때때로 취조하듯 주변인들에게 질문을 퍼붓곤 해. 가벼운 이야기보다는 진실한 마음을 나누고 싶어서. 예를 들면, 3년 전에 자전거를 도둑맞았는데 지금 생생하게 기억나는 건 그 자전거를 잃어버렸다는 사실 자체보다 당시 느낀 기분들이야. 자전거는 또 구하면 되지만, 그

때의 감정은 특별하거든. 시간이 지나도 그 사람이 잊지 못할 그 감정과
느낌을 나도 함께 나누고 싶어."

매 순간이 영화라면

인터뷰의 첫 인물이 되어준 니콜. 처음이라는 핑계로 우리는 도통
갈피를 잡지 못했다. 그녀의 대답에 귀 기울이기보다는 다음 질문을 찾기
에 급급해 이미 한 질문을 또 묻고 또 묻곤 했다. 사실 이렇게 서툴 줄 우
리도 알고 있었다. 그래서 마음 넓은 니콜에게 처음을 부탁한 것이었다.
그날 집에 돌아온 수민과 나는 그녀의 인터뷰 녹취를 함께 들으며 꼴딱 밤
을 새우고 말았다. 놓친 부분이 너무 많아서 마치 처음 듣는 이야기 같았
다. 우리는 반성문까지 써가며 앞으로 나아가야 할 방향을 재정비했다. 결
국 다음 날, 수민은 몇 가지 궁금증을 더 풀어야겠다면서 다시금 니콜이
일하는 옷 가게를 찾았다. 우리를 또다시 해맑게 웃으며 반겨주던 니콜.
"근데 이게 내 자서전이야? 너희도 좀 적당히 해라!"라는 핀잔을 듣기는
했지만 말이다.

인터뷰가 끝나고 몇 달 뒤 니콜은 우리에게 기분 좋은 소식을 전해
왔다. 암스테르담에서 진행되는 단편영화 프로젝트에 참여한다는 것이었
다. 3개월 동안 네덜란드의 영화 제작자, 감독, 시나리오 작가, 편집자, 음
악가, 미술감독 등이 한 팀을 이뤄 영화를 만드는 프로젝트였다. "하나의

시나리오에만 너무 매달려 있다 보니 나도, 「엠마」도 약간의 휴식이 필요할 것 같았어. 하지만 주변에서 걱정하는 것처럼 일이 잘되지 않아서 우울하거나 좌절한 건 절대 아니야. 「엠마」를 품고서 베를린을 동분서주 뛰어다닌 지난 2년이 나에게는 정말 좋은 경험이었어. 비록 눈에 보이는 성과를 내거나 극적인 사건을 겪진 않았지만 분명 나와 「엠마」는 천천히 성장하는 중이라고 생각해." 잘 만든 상업 영화에서는 적절한 시점에 항상 극적인 사건이 일어난다. 하지만 니콜은 순간순간의 감정을 어떻게 느끼느냐, 또 그것을 어떻게 기억하느냐가 분명 더 중요하다고 말한다. "그게 우리 삶을 영화보다 더 매력적으로 만들어주는 것 아닐까? 하이라이트가 없더라도 계속 이어갈 수 있다는 것."

베를린에서 영화를 보려면

작가주의 영화를 선호하는 니콜. 그래서 그녀가 추천하는 베를린의 영화관들은 규모가 아담한 편이다. 어느 나라나 비슷한 모양의 멀티플렉스 영화관 대신 베를린 느낌 물씬 나는 영화관을 경험하고 싶다면 니콜의 제안에 주목하자. 특히 영화관별로 빔 벤더스 같은 독일 출신 감독이나 짐 자무시, 김기덕처럼 마니아층을 확보한 감독들의 회고전을 자주 여는 편이다.

❶ Lichtblick Kino

아주 오래된 작품이나 다큐멘터리 혹은 실험 영화 등 평소에 접하기 힘든 영화를 주로 상영하는 작은 규모의 영화관. 실내 흡연과 음주가 가능하다.

add. Kastanienallee 77 10435 Berlin
web. lichtblick-kino.org

❷ Hackesche höfe Kino

'하케셔 호프Hackesche höfe'라는 유명한 아케이드 내에 자리한 영화관. 주로 최신 영화를 상영하는데 독일어 더빙이 없는 경우가 많아 편리하다.

add. Rosenthalerstraße 40/41 10178 Berlin
web. hoefekino.de

❸ b-ware! Ladenkino

스무 명이 채 못 들어갈 법한 아담한 영화관. 친구네 거실에서 편안한 소파에 누워 영화를 보는 듯한 기분을 느낄 수 있다. 저렴한 가격 (4유로)으로 최신 아트 하우스 영화를 감상할 수 있다.

add. Gärtnerstraße 19 10245 Berlin

web. ladenkino.de

❹ Moviemento

활기찬 코트부써 담 거리에 한가로이 자리 잡은 인디 필름 영화관. 종종 감독과의 대화 같은 이벤트를 열기도 한다.

add. Kottbusser Damm 22 10967 Berlin

web. moviemento.de

❺ Freiluftkino-Hasenheide

하젠하이데 공원 내에 있는 야외 시네마. 매년 여름밤에만 특별히 열리는데, 이곳 말고도 베를린 전역에 열 곳 이상 포진해 있다. 대형 스크린으로 영화를 감상할 수 있다.

add. Hasenheide 5 10967 Berlin

web. freiluftkino-hasenheide.de

Bethan

도시 투어 가이드 **베단 그리피스**

Griffiths

영국 웨일스 바닷가 마을 출신. '베스'라는 애칭으로 불린다. 4년 전 베를린에 뿌리를 내린 후 유치원 영어 교사, 갤러리 인턴 등 여러 직업을 전전한 끝에 지금은 인기 투어 가이드로 활동 중이다. 평소에도 역사 공부를 즐기는 '역사덕후' 베스. 어느새 취미가 일, 일이 다시 학구열로 이어져 현재 베를린 훔볼트 대학Humboldt University of Berlin의 역사학과 대학원 진학을 앞두고 있다.

베를린은 과거를 감추지 않고

늘 역사를 기억하는 도시야.

나 또한 그런 이곳에서 내 길을 찾고

성장할 수 있었던 것 같아.

맥주를 물처럼 들이켜며 차진 욕을 맛깔스럽게 구사하는 화끈녀 베스. 하지만 겉으로 드러나는 모습과 달리 속은 여리디여리다. 그래서 섣불리 행동했다가는 나처럼 오랜 기간 원망을 들어야 할지도 모른다. 베스는 까칠했던 우리의 첫 만남을 2년이 지난 지금까지도 이야기하곤 한다.

때는 갤러리 업무로 정신없던 2013년 겨울. 복도에서 마주친 베스가 새로 온 인턴이라며 나에게 인사를 건넸다. 물론 처음에는 나도 상냥했다. 하지만 내 이름을 거듭 말했는데도 알아듣지 못하는 베스에게 결국 "나 선Sun(원을 그리며) 미Me(나를 가리키며)야. 해가 곧 나라고!", 짜증 섞어 말한 후 내 갈 길로 가버리고 말았다. 이게 화근이었다. 베스는 그날 이후 나를 꽤나 불편해하는 듯했다. 하지만 신경 쓸 여력이 없었다. 워낙 사람이 자주 바뀌던 탓에 동료에게 크게 정을 주지 않았고, 무엇보다 갤러리에서의 나는 말수가 많은 편이 아니었다. 일이 끝나기가 무섭게 사무실을 빠져나가곤 했으니 아무리 한곳에 있더라도 우린 딱히 친해질 일이 없었다. 또 그녀는 새로운 시도를 하기 위해 갤러리 인턴을 지원한 터라, 누구보다 일에 의욕적이었음에도 영-독 번역 외에는 할 수 있는 일이 많지 않아 나와 겹치는 업무가 전혀 없었다.

우리가 다시 만난 건 둘 다 갤러리를 그만두고 나서였다. 한 친구의 생일 파티에서 우리는 우연히 다시 마주쳤다. 베스는 "안녕, 선! 미!"라고

힘주어 인사를 건넸고, 나는 민망함에 그저 껄껄 웃고 말았다. 밖에서 만난 것도 처음인 데다 한 테이블에서 맥주를 마시려니 어찌나 어색하던지. 게다가 갤러리에서와는 다르게 술이 한잔 들어가면 누구보다 발랄한 에너지를 발산하는 내 모습이 그녀에게는 아주 낯설게 보였던 모양이다. 그녀 또한 마찬가지였다. 늘 차분한 모습으로 번역 일에 집중하던 베스는 그날 1,000시시 맥주잔을 들고선 큰 목소리로 농담을 쏟아내며 함께 있던 무리의 분위기를 띄웠다. 하지만 그 와중에도 새침하게 거리를 두고 있던 우리 둘. 결국 어색한 분위기를 견디지 못하고 내가 먼저 물었다. "너 아직 그때 일로 삐져 있니?" 술이 잔뜩 들어간 베스는 무척이나 솔직했다. "응. 네가 나를 너무 차갑게 대하는 듯해서 일하는 내내 불편했어. 원래도 성격이 그러니?" "그렇진 않은데⋯⋯. 나도 한창 갤러리를 그만두고 싶었을 때라 많이 날카로웠던 것 같아. 미안해! 그냥 너답게 시원한 욕 한번 하고 푸는 건 어때?" 베스는 마침 기다렸다는 듯 빠른 속도로 'F'로 시작하는 단어들을 쏟아부었다. 정말 쌓인 게 많았던 모양이다. 하지만 악의가 1도 없는 그녀의 속사포 욕들에 다행히 내 마음도 활짝 열렸고, 그날 이후 우리는 아주 끈끈한 친구 사이로 발전할 수 있었다. 그 뒤로 나는 베스를 볼 때마다 조르곤 했다. "욕해봐! 네가 욕하는 게 세상에서 제일 재밌어."

소련 승전 기념 공원

여기, 베를린의 한 공원에 어마 무시하게 크고 수상한 동상 하나가 서 있다. 한 손에 칼을, 다른 한 손에 어린아이를 안고 서 있는 이 남자는 높은 시야로 베를린 전체를 내려다보고 있다. 게다가 부서진 나치 문양 하켄크로이츠Hakenkreuz를 짓밟고 있기까지 하니, 도대체 어떤 사연을 가졌는지 궁금하지 않을 수 없다. 베스가 인터뷰 장소로 택한 곳은 다름 아닌 소련 승전 기념 공원이다. 우리의 신기한 반응을 기다리기라도 한 것처럼 베스는 자연스럽게 설명을 시작한다. "2차 세계대전이 끝나기 직전인 1945년 4~5월, 소련과 독일이 약 보름간 베를린에서 격렬한 전투를 벌였어. 이 공원은 당시 희생된 러시아 군인들을 기리기 위해 1949년 소련이

동상의 맞은편 풍경. 어마어마하게 큰 소련 승전 기념 공원이 훼손되지 않은 채 그대로 남아 있다.

세운 곳이야. 저 동상은 소련 군인이 독일 아이를 안고 있는 모습이지. 다시 말해 '우리 소련이 너희 독일을 구할 것이다'라는 메시지를 담고 있어. 재밌지?" 베를린의 트렙토어 공원Treptower Park 안에 고요히 자리 잡은 이곳은 규모뿐만 아니라 역사적 깊이로도 그 웅장함을 자랑한다. 베를린, 특히 과거 동베를린 지역에서는 이처럼 역사적 인물의 거대한 기념비뿐만 아니라 공산주의 시절의 노동자 동상을 뜬금없이 발견하는 경우가 있다. "체코나 불가리아 등 과거 소련의 위성국가였던 나라들은 지금 공산주의 유물을 부수고 없애기에 열을 올려. 반면 베를린은 양차 전쟁과 냉전 시대 등의 역사적 유물을 그대로 남겨놓았어. 때문에 도시 전체가 살아 있는 역사책 혹은 박물관이나 다름없는 셈이야. 이곳은 집과 가까워서 내가 가장 즐겨 찾는 곳이기도 하고."

베를린에서 찾은 새로운 일과 삶

베스는 4년 전 영국 워릭 대학교University of Warwick의 독일학과를 졸업한 후 곧장 베를린으로 이사를 왔다. 섬나라 영국을 벗어나 드넓은 유럽 대륙을 경험하고 싶던 와중에 물가가 싼 도시 베를린을 택한 것이다. 대학 시절 익힌 수준급의 독일어 실력도 이러한 선택에 한몫했다. 하지만 생각과는 달리, 이 도시에서 베스가 할 수 있는 일은 그다지 많지 않았다. 겨우 찾은 일자리는 영어 강사뿐이었다. 하필이면 유치원. 새로운 생활에 적응하는 일만도 만만치 않은데 종일 어린아이들과 씨름까지 하려니 힘이 두

배로 들었다. 베스는 딱 1년을 채운 뒤 그곳을 나왔다. 이어서 서둘러 찾은 갤러리 일 또한 마찬가지였다. 적은 임금에 맞지 않는 일을 하다 보니 베스의 갈등은 커져만 갔다. 그렇게 베를린에서의 다음을 고심하던 때, 영국에서 그녀의 가족이 방문했다. 베스는 가족과 함께 베를린 곳곳을 다니며 학교에서 배웠거나 책에서 읽은 도시의 역사를 신나게 읊어댔다. 진로 결정에 우울해하던 베스를 위로할 겸 방문한 가족은 그녀의 활기찬 모습에 되레 당황하고 말았다. 그들은 모두 한뜻이 되어 그녀에게 말했다. "베스, 너 투어 가이드를 해보는 게 어때? 그럼 하루 종일 네가 좋아하는 역사에 대해 말할 수 있고, 심지어 그걸 듣기 위해 사람들이 너에게 돈을 지불하잖니!" 그렇게 베스는 베를린에 정착한 지 1년 2개월 만에 투어 가이드라는 새로운 직업에 도전하게 되었다.

수수께끼 직육면체

베스의 투어는 참여자의 나이와 출신에 따라 매번 다르게 진행된다. "내가 제일 좋아하는 투어는 '나이트 투어'야. 베를린 장벽 일대를 돌고 마무리로 독일 맥줏집을 들르는 코스인데, 편안한 분위기에서 사람들에게 좀 더 많은 이야기를 들려줄 수 있어서 좋아. 물론 가이드로서 맥주를 무료로 실컷 마실 수도 있고!" 누가 맥주광 아니랄까 봐. 하지만 우리가 참여하기로 한 날에는 '데이 투어', 즉 베를린의 중심 미테Mitte 지역에서 장장 네 시간 동안 이어지는 역사 투어가 진행될 예정이었다.

베스가 꼽는 이 투어의 하이라이트는 단연 홀로코스트 기념비[*] 다.
각기 다른 높이의 총 2만 7,111개 직육면체가 엄청난 규모로 늘어서 있는
이곳은, 우리나라의 광화문처럼 도시 한복판에 있다. 2차 세계대전 당시
살해된 유럽 유대인 6백만 명을 기리기 위해 미국 건축가 피터 아이젠만
Peter Eisenman의 설계를 기반으로 2005년에 완공한 기념비이다. 베스는 이

---

[*] 공식 이름은 'Memorial to the Murdered Jews of Europe'이다.

곳에서 매번 사람들에게 같은 질문을 던진다. "여러분에게 이곳은 어떤 의미로 다가옵니까?" 질문을 받은 대부분은 진지하게 고민하면서 토론을 하기도, 때론 언쟁을 벌이기도 한다. 이날 가장 흥미로웠던 대답은 다름 아닌 '숨바꼭질'이었다. 네덜란드에서 온 한 관광객의 해석이었다. "2차 세계대전 당시 유대인들은 항상 숨거나 도망 다녀야 했고, 나치에게 발각되는 것은 곧 죽음을 의미했습니다. 하지만 아이러니하게도 베를린의 이 홀로코스트 기념비에는 완벽히 숨을 공간이 없습니다. 위로 아래로 좌로 우로, 나란히 늘어선 블록들 사이 뚫린 공간 때문에 분명 누군가는 저를 보고 있기 마련이거든요. 이보다 더 잔인한 숨바꼭질이 또 있을까요?" 순간, 베스를 포함한 우리는 모두 할 말을 잃었다. 사실 정해진 답이나 해석은 없다. 이 기념비를 짓기로 한 독일도, 심오한 콘크리트를 늘어놓은 건축가도 그 어떠한 의견을 제시하지 않았다. 그래서 방문객 모두가 제각각의 이유를 찾고자 노력하며, 그럼으로써 이 장소에 좀 더 깊게 몰입할 수 있는 여지를 주기도 한다.

인기 가이드가 되기까지

어느새 경험치가 쌓였는지 투어를 이끄는 내내 베스는 자신감이 넘쳐 보였다. 관광객 무리에 섞여 따라다니는 우리에게 틈틈이 윙크를 건넬 정도의 여유까지 보였다. 세련된 영국 억양, 실감 나는 표정과 몸동작까지 그녀의 설명은 귀에 쏙쏙 와 닿았다. 하지만 처음부터 능숙했을 리 만무하

다. 때는 가이드 시험을 준비하던 1년 전쯤이었다. 나와 나탈리, 그리고 리사(열아홉 번째 인터뷰이)는 추운 겨울날 콧물까지 흘리며 장장 여섯 시간 동안 베스의 연습 투어에 참여했다. 날씨 때문인지 긴장한 탓인지 베스는 벌벌 떨며 겨우겨우 설명을 이어갔다. "모두가 초롱초롱한 눈망울로 내가 말하기만을 기다리며 서 있으니 준비한 이야기들이 전혀 떠오르지 않더라고. 그래도 너희가 인내심 있게 기다려주고, 또 솔직하게 피드백을 준 덕에 잘 대비할 수 있었어." 다행히 베스는 만족스러운 결과로 시험을 통과했고, 바로 다음 날부터 가이드 일을 시작하게 되었다. 이 모든 과정을 지켜봤으니, 지금 저 앞에서 스무 명을 이끌고 가는 친구의 모습이 어찌 자랑스럽지 않을 수 있을까!

온종일 베스를 쫓아다니며 설명을 듣고 나니, 나에게도 베를린이 사뭇 달리 보이기 시작했다. 아는 만큼 보인다더니, 베를린을 방문하는 지인들에게 좀 더 다양한 이야기를 할 수 있게 되었다는 점이 큰 성과였다. 함께 걸으며 "저게 뭐야?"라고 묻는 그들에게 "글쎄……. 인터넷 찾아봐"라고 소심하게 대답하던 때와는 분명 다를 테다. 베를린의 상징인 브란덴부르크 문보다 그 아래 기차역이 냉전 시대에 기차가 멈추지 못했던 '고스트 스테이션'이었다든지, 그 앞의 호텔 아들론Hotel Adlon 발코니가 마이클 잭슨이 아이를 흔들어 보였던 바로 그곳이었다든지, 근처의 그저 평범한 주차장으로 보이는 곳 지하에 히틀러가 마지막까지 숨어 있던 벙커가 자리하고 있다든지, 이런 깨알 같은 에피소드를 베스가 아니면 어디서

들을 수 있었을까.

대학 시절, 베스는 나치 히틀러 집권 전후 독일과 관련하여 공부를 했고, 소설보다 더 극적인 당시의 이야기들에 엄청난 흥미를 가졌다. 그래서 독일에 막 도착했을 무렵, 책으로만 배운 역사가 살아 움직이는 듯한 느낌이 들었다고 했다. "투어하면서 그날 설명이 부족했다고 느껴지면 집에 와서 책과 인터넷을 뒤져 보며 다시 공부하곤 해. 특히 생각지도 못한 질문을 받으면 그 답을 찾기 위해 더 많이 배우는 것 같아." 좋아하던 것이 일이 되면 싫어질 법도 한데, 여전히 그녀가 가장 즐기는 취미 생활은 역사책을 읽는 것이다. "엄마가 생일 선물로 역사책을 한가득 사줬지 뭐야!" 하고 자랑하는 그녀의 모습이 나에게는 신기하게 여겨질 뿐이었다.

내가 배운 역사

내가 수능을 볼 당시, 국사는 필수 과목이 아니었다. 암기에 취약했던 나는 일일이 연도를 외워야만 하는 국사 과목을 주저 없이 택하지 않았다. 단순히 내신을 위해 벼락치기로 짧게 외우던 것이 내 역사 공부의 전부였다. 그것마저 힘에 부쳤던 탓인지 지금은 별로 기억이 나질 않는다. 베스와 인터뷰를 하다 보니 이런 나의 어린 시절에 아쉬움이 일었다. 사실 드라마보다 더 드라마 같은 한국의 역사야말로 흥미진진한 요소로 가득할 텐데, 단 한 번도 깊은 관심을 두지 않았던 것이다. 그래서 최근 불거진 연예인들의 말실수에 나 또한 부끄러움을 느끼곤 했다. 빈곤한 역사관의 문제가 비단 그들만의 것은 아니기 때문이었다.

한편 오는 9월, 베스는 베를린 훔볼트 대학교의 역사학과 대학원 진학을 앞두고 있다. 이 모든 변화가 베를린에 있었기에 가능했다고 그녀는 말한다. "투어를 하면서 한 러시아 모녀를 만났는데 그들이 해준 이야기가 가장 기억에 남아. 이 어머니는 러시아가 소련Soviet Union, 1922~1991으로 불리던 때에 어린 시절을 보냈거든. 당시 소련 사람들이 어떻게 하루를 보냈는지, 그 소소한 일상에 대해 실감 나게 들려줬어. 그 이야기를 들으면서 영미권의 시각으로만 역사를 배운 나 자신의 세계관이 얼마나 편협한지, 그리고 책으로만 배웠던 내 역사 지식이 얼마나 부족한지 깨달을 수 있었어. 그다음부터 투어에 참여한 사람들의 생생한 의견과 이야기를 좀 더 귀기울여 듣게 되었지." 이때의 경험을 살려 베스는 위로부터가 아닌 아래로부터의 역사, 즉 풀뿌리 역사에 대해 배우고자 한다. 특히 중앙 유럽에 초점을 맞춰 기술된 그들의 삶과 실제의 삶이 어떻게 다른지에 대해 집중적으로 탐구할 예정이다. "베를린은 과거를 감추지 않고 늘 역사를 기억하는 도시야. 나 또한 그런 이곳에서 내 길을 찾고 성장할 수 있었던 것 같아."

대영제국이라 불리며 세계를 호령하던 영국의 웨일스에서 나고 자란 베스. 그렇기에 우즈베키스탄, 카자흐스탄, 우크라이나 등 중앙 유럽의 역사를 새로운 시각으로 공부해보겠다는 그녀의 결심이 참 낯설고도 멋지다. 누구 하나 예상하지 못했던 그녀의 베를린 가이드 생활과 역사에 대한 관심이 이토록 자연스럽게 삶에 녹아들 줄이야. 그녀에게 베를린은 남겨진 기억과 현재의 시간이 평화롭게 공존하는 도시이며, 나아가 미래의 길을 제시해준 공간이다.

베를린의 생생한 역사를 느끼려면

베단 그리피스에게 역사는 어떤 픽션보다도 더 극적이고 짜릿한 이야기다. 특히 1, 2차 세계대전과 동서 분단 등 혼란스러운 세계 근현대사의 정점이라고 할 수 있는 이 도시를 베스는 놀이터와 같다고 표현한다. 역사는 어렵다는 편견을 버리고 산책하듯 그녀의 추천 장소들을 둘러보면 좋을 것 같다.

❶

Memorial to the Murdered Jews of Europe

베를린의 광화문과도 같은 브란덴부르크 문에서 5분만 걸으면 갈 수 있다. 얼핏 보면 그냥 콘크리트 물체들이 쭉 늘어선 괴상한 곳 같지만, 내용을 알고 보면 그 의미가 다르게 다가온다. 안으로 들어가 직접 조각들 사이를 걸어보고, 길목 끝에 위치한 자그마한 박물관에서 전쟁과 평화의 의미를 되짚어보는 것도 좋겠다.

add. Cora-Berlinerstraße 1 10117 Berlin
web. stiftung-denkmal.de

Soviet War Memorial

1945년 2차 세계대전 막바지에 발발한 소련과 독일의 전쟁에서 희생된 소련 군인들을 기리기 위해 세워진 기념비이자 공원이다. 베를린에 여러 곳이 있지만, 규모로 보나 위치로 보나 이 두 곳이 가장 대표적이다. 베스와 함께 방문한 곳은 트렙토어 공원 내에 위치한 기념비이다.

add. Puschkinallee 12435 Berlin
web. visitberlin.de/en/spot/soviet-memorial-tiergarten

Stasi Museum

영화 〈타인의 삶〉을 본 사람이라면 이 박물관이 더 인상 깊게 다가올지도 모른다. 과거 동독의 비밀경찰들이 어떻게 활동했는지를 자세하게 보여주는 곳으로, 당시 서로를 향한 감시가 얼마나 심하게 이뤄졌는지 살펴볼 수 있다. 현재는 그 의미를 상실한 동독 국정원 건물 내에 자리하고 있다.

add. Ruschestraße 103 Haus 1 10365 Berlin   **web.** stasimuseum.de

④ Deutsches Historisches Museum

독일을 대표하는 역사박물관. 수집에 능한 독일 사람들답게 게르만족의 역사부터 독일 현대사까지 방대한 규모의 전시물을 자랑한다. 역사에 관심이 많은 사람이라면 하루로는 절대 부족하다는 베스의 조언. 상설 전시뿐만 아니라 매번 바뀌는 기획전 또한 매우 알차다.

add. Unter den Linden 2 10117 Berlin
web. dhm.de

⑤ Berlin Wall Eastside Gallery

베를린 장벽 하면 자연스레 떠오르는 그라피티들. 하지만 아무 장벽이나 찾아갔다가는 황량한 벽과 철근만 보고 오는 수가 있으니 꼭 확인해야 한다. '이스트 사이드 갤러리'는 베를린 슈프레 강가를 따라 1.3킬로미터의 길이로 그라피티 장벽이 조성된 바로 그곳이다. 특히 서독과 동독의 총리가 키스를 하는 드미트리 브루벨Dmitri Vrubel의 〈브라더 키스〉가 가장 유명하다.

add. Mühlenstraße 10243 Berlin
web. eastsidegallery-berlin.de

+ Berlin Wall Memorial : 베를린 장벽의 역사와 뒷이야기를 좀 더 알고 싶다면 베르나워 거리에 있는 베를린 장벽 기념관을 살펴보면 좋다. 너무나도 평화로운 녹지 위 장벽을 따라 걷다 보면 벽이 세워졌던 당시의 상황이 더 아이러니하게 느껴질지도 모른다. 상상해보라. 1961년, 어느 날 갑자기 집 앞에 거대한 콘크리트 벽이 세워지던 모습을!

add. Bernauerstraße 119 13355 Berlin   **web.** berliner-mauer-gedenkstaette.de

+ Topography of Terror : 또 다른 부분의 베를린 장벽. 냉전 당시의 여러 이야기를 접할 수 있는 박물관이 위치하고 있다. 특히 베를린 장벽을 넘으려던 동독 사람들의 안타까운 사연들을 통해 당시의 급박했던 상황을 느낄 수 있다.

add. Niederkirchnerstraße 8 10963 Berlin   **web.** topographie.de

Felix

동물 권리 운동가 **펠릭스 알브레흐트**

Albrechtd

장벽이 무너지던 1989년. 동독의 베를린 지역에서 태어난 이래 호주를 여행한 1년을 제외하곤 줄곧 이 도시에서 살아왔다. 베를린 훔볼트 대학교의 아시아 / 아프리카학과에 재학 중이며, 영화 〈반지의 제왕〉 속 '레골라스'에게 영감을 받아 채식에서 비건으로 7년이라는 세월 동안 고기 없는 삶을 꾸준히 실천하고 있다.

네가 누구든,

어떤 옷을 입고 어떤 머리를 하든

베를린 사람들은 크게 신경 쓰지 않아.

타인에 대해 무관심하거나

애써 외면하는 게 아니라

있는 그대로를 인정하는 거지.

의외의 만남은 항상 의외의 인연을 만든다고, 독특했던 펠릭스와의 첫 만남이 이렇게 인터뷰로까지 이어질 줄은 상상도 못 했다.

어느 무더운 여름날, 홍콩 출신의 친구 아만다가 아주 맛있는 아이스크림 가게가 있다며 나를 꾀어냈다. 집에서 자전거로 15분이나 걸리는 곳이었지만, 오랜만에 친구와 수다도 떨고 아이스크림도 먹을 겸 길을 나섰다. 역 앞에서 만난 친구는 무척이나 들떠 있었다. 아이스크림 때문도 나와의 만남 때문도 아니었다. 이유는 다른 곳에 있었다. "야! 거기 머리 긴 훈남 알바생이 있는데, 진짜 매력 있어. 근데 혼자 다시 가기는 부끄러운 거 있지!" 우리는 여고생처럼 낄낄거리며 길모퉁이에 위치한 아이스크림 가게에 들어갔다. '비건 아이스크림'이라고 크게 써놓은 간판이 눈에 띄는 곳이었다. 머리 긴 남자 펠릭스는 활짝 웃는 얼굴로 우리를 반겼다. 아만다와 나는 각자 아이스크림을 세 스쿱이나 사서 바깥 의자에 앉았다. 그리고 펠릭스까지 우리 셋은 오손도손 수다를 떨기 시작했다. 넉살 좋은 펠릭스는 우리를 그날 저녁에 열리는 '비건' 바비큐 파티에 초대했다. 바비큐라 하면 고기를 굽는 게 보통인데 비건, 동물에서 생산되는 어떠한 음식도 먹지 않는 채식의 최고봉을 실천하는 사람들이 모여서 하는 바비큐란 대체 무엇일지 궁금했다. 하지만 아쉽게도 나는 아르바이트를 가야 했고, 육식 애호가인 아만다는 펠릭스를 따라 그날 저녁 파티에 참석했다.

카페 비건즈와 보기만 해도 군침 도는 비건즈 베이커리 코너.

그저 한때의 유쾌한 기억으로만 남았을지도 몰랐을 펠릭스와의 만남은, 아만다가 그날 바비큐 파티에서 만난 그의 학교 동기와 사귀게 됨으로써 뜻밖에 친구 관계로까지 이어지게 되었다. 사람 일은 정말 모르는 것이다. 내가 그 파티에 가야 했나 하는 뒤늦은 아쉬움이…….

베를린 비건의 아지트, '비건즈'

많은 사람이 오가는 바르샤우어 Warschauer 거리를 지나다 보면 비건즈 Veganz라는 밝고 경쾌한 녹색 간판이 눈에 띈다. 입구에서부터 건강한 분위기를 물씬 풍기는 이곳은 이름에서 알 수 있듯이 채식주의자와 비건을 위한 카페이자 슈퍼마켓이다. 비건 Vegan은 채식주의를 뜻하는 베지터리언 vegetarian에서 유래한 단어로, 고기와 생선은 물론이고 달걀이나 치즈, 우유 등 동물에서 생산되는 어떠한 식품도 일절 먹지 않는 라이프 스타일을 의미한다. 현재 베를린 전체 인구의 9퍼센트에 해당하는 약 7백 30만 명이 채식주의자이고, 그중 90만 명이 비건일 정도로 이 도시에서의 채식 문화는 무척이나 자연스럽다. "비건즈의 모든 음식은 다 비건을 위한 거야. 어떤 식재료를 넣었는지 자세히 확인할 수 있으니 안심하고 선택할 수 있어. 케이크나 쿠키 같은 단 음식이 먹고 싶을 땐 이곳을 종종 찾아. 하지만 질이 좋은 만큼 학생이 감당하기에는 조금 비싸서 자주 사 먹진 못해. 하하." 우리는 인터뷰를 펑계로 직접 먹어봐야 한다며 비건 케이크 두 조각을 사서 나누어 먹었다. 우유나 버터 등이 일절 들어 있지 않은데도 여느 케이크보다 훨씬 더 풍부하고 깊은 맛이 났다. 값싼 재료를 쓰지 않고 누가, 어디서, 어떻게 생산했는지를 꼼꼼히 체크하는 이곳 소비자의 성향에 맞추었기 때문에 보통의 슈퍼보다는 비싼 가격을 지불해야 하지만, 그만큼 내가 섭취하는 음식에 안심하고 확신을 가질 수 있다.

학교 밖 진짜 세상

펠릭스 알브렉트는 1989년, 베를린 장벽이 무너진 바로 그 격동의 시기에 베를린 동쪽 지역에서 태어났다. 이 도시의 흔치 않은 토박이 베를리너다. 조부모님, 부모님, 부모님의 형제들까지 모든 일가친척이 지금도 베를린에 모여 살고 있다. 그래서인지 이방인들이 가지는 베를린에 대한 놀라움과 감탄, 사랑의 콩깍지가 펠릭스에겐 전혀 없는 듯했다. 하지만 딱 한 가지, 굳이 멀리 가지 않아도 전 세계 사람들과 금세 친구가 될 수 있다는 점은 그가 베를린을 좋아할 수밖에 없는 이유다. 현재 그는 베를린 훔볼트 대학교에서 아시아 및 아프리카학을 공부하고 있다. "남아공의 인종 이슈나 한국의 교육열 같은 나에게는 낯선 사회와 사람의 일들이 너무나도 흥미로워. 그렇게 공부하다 보면 세상을 보는 관점이 하나로 고정되지 않고 계속해서 바뀌는 듯해. 한 명의 학자가 정립한 세상이 아니라 그 사회에서 실제로 살아가는 사람들의 '진짜 세상'을 볼 수 있다는 점에서 무척 흥미로운 공부야." 홀린 듯한 내 표정을 읽었는지 펠릭스는 곧 얼굴에 장난기를 가득 품고 웃기 시작했다. "인터뷰라니 이런 이야기를 꼭 해야 할 것만 같잖아! 솔직히 말하면 난 학교보다 밖에서 직접 부딪혀 경험하며 배우는 스타일이야. 그래서 좀 더 많은 사람을 만나고 자주 여행을 다니려고 노력해. 이렇게 너희를 만나는 것도 마찬가지야. 내 또래 한국 친구들이 지금 어떤 고민을 갖고 어떻게 삶을 꾸려나가는지에 대한 이야기를 여기 베를린에서 생생하게 들을 수 있잖아?"

펠릭스는 중요한 것을 잊고 있었다는 듯 갑자기 쓰고 있던 비니를 벗어 던졌다. 열여섯 살 때부터 고수해오던 장발을 며칠 전, 정 가운데만 남겨두고 시원하게 밀어버린 것이다. 긴 머리의 펠릭스를 기대하던 우리

펠릭스와 인터뷰를 진행한 장벽 앞 공원.

는 살짝 실망했다. 내가 그 이유를 묻자 우문현답이 돌아왔다. "너는 왜 안
잘라?" 순간 말문이 막혔지만 내가 펠릭스처럼 머리 양옆을 밀고 서울 한
복판을 활보하는 모습을 상상하자 그러지 말아야 할 수많은 이유가 금세
떠올랐다. "베를린에서는 자기가 원하는 이상 그것을 못 할 이유가 없어.
트랜스젠더, 게이, 히피……. 네가 누구든, 어떤 옷을 입고 어떤 머리를 하
든 베를린 사람들은 크게 신경 쓰지 않아. 타인에 대해 무관심하거나 애써
외면하는 게 아니라 있는 그대로를 인정하는 거지." 그러고 보면 베를린에
서는 절로 눈길이 가는 독특한 패션의 사람들을 쉽게 찾아볼 수 있다. 귀
나 혓바닥에 5백 원짜리만 한 구멍의 피어싱을 뚫은 사람이나 온몸을 시
커먼 옷으로 휘감고 다니는 사람을 보고도 속으로 왜 저러나 한심해하지
않는다. 다른 사람의 세계에 가치 평가를 내리는 순간, 나 또한 무수한 타
인의 시선이라는 감옥 안에서 자신의 세계를 검열하게 되기 때문이다. 베
를린이 가진 관용의 힘은 내 세계를 침해받지 않기 위한 좋은 개인주의에
서 나온다.

채식하기 좋은 도시, 베를린

도시 전반에 부는 채식 열풍에서도 이를 엿볼 수 있다. 오늘날 베
를린은 세계에서 손꼽을 만큼 채식하기 좋은 도시로, '비건들의 수도'라는
별명을 갖고 있기도 하다. 그 예로, 여름이 되면 비건을 주제로 한 페스티
벌이 3백여 곳의 채식 음식점을 비롯한 도시 곳곳에서 열린다. 개인이 참

여할 수 있는 동물 권리 보호 관련 행사도 빈번하게 일어난다. 채식주의와 관련해 저명한 영양학 박사와 철학자 들의 강연이 주기적으로 열릴 뿐만 아니라 맥도날드 같은 대형 음식 체인의 무분별한 고기 사용에 대항하는 집회 또한 자주 열린다. 이러한 도시 분위기는, 여러 가지 이유가 있겠지만, 다른 곳들에 비해 유독 진보 성향의 사람들, 소위 좌파들Left Wing이 베를린에 많이 모여 있기 때문이라는 의견이 가장 우세하다. 독일인의 변화라기보다는 새롭게 도시에 유입된 전 세계 젊은이들과 이들의 성향에 맞물려 생겨난 현상이라고 추측할 수 있다. 도처에 널린 채식 식당, 카페, 슈퍼마켓, 심지어 신발 가게까지 서로의 생각을 지지해줄 사람들을 쉽게 만날 수 있는 곳이 많다는 점도 한몫한다.

펠릭스는 고기를 먹지 않는 채식주의자로 4년을 지내다가 달걀이나 치즈, 우유 같은 동물에서 생산되는 것을 일절 먹지 않는 비건으로 3년째 살고 있다. 비건이 되기까지, 그리고 자그마치 7년이라는 시간 동안 신념을 지켜오기까지 커다란 계기나 결연한 의지가 필요했을 것 같았다. 동물 권리 같은 거대 담론이 나올 거라는 우리의 예상을 깨고 그가 들려준 이야기는 엉뚱했다. "약간 말하기 민망하지만, 〈반지의 제왕〉에 나오는 배우를 너무 좋아해서 그 사람처럼 되려고 시작했어. 머리도 그래서 기르기 시작한 거고." "간달프?" "아니, 레골라스." 잡지에서 그 배역을 연기한 올랜도 블룸이 채식을 권하던 기사를 처음 접한 뒤 마음이 동했고, 그처럼 멋있는 사람이 되고 싶어서 채식에 관심을 두기 시작했다는 것. 아이돌 가수들의

2013년 죽은 새끼 돼지를 들고 데모 중인 '긴 머리' 펠릭스. 펠릭스 소장 사진

패션을 따라 하는 것처럼 십대의 펠릭스에게는 레골라스가 아이돌이었던 셈이다. 대체 어디까지가 농담이고 어디까지가 진담인 건지. 하는 행동은 누구보다 묵직하면서 내뱉는 말은 누구보다 가볍다.

유난스럽지 않은 실천

펠릭스는 오랫동안 동물 권리와 보호 관련 집회에 꾸준히 참여해 왔다. 사실 이번 인터뷰도 우연히 SNS에서 발견한 그의 극적인 사진 때문에 추진한 것이었다. 하지만 펠릭스는 이러한 우리의 기대를 과감히 저버린 채 인터뷰 내내 주제를 교묘하게 벗어나는 농담만 날렸다. 7년 동안 하나의 신념을 지키기가 얼마나 힘든데, 그만의 엄청난 철학을 기대했던 우리는 펠릭스의 입에서 '레골라스'가 나오자 당황하고야 말았다. "종교의 극단주의자들처럼 호들갑 떨고 싶지 않아. 이것만이 진실이다, 라는 말에 겁을 먹은 적이 있지 않니? 비건 운동도 마찬가지야. 그래서 나는 그냥 나 스스로가 채식 혹은 비건을 위한 좋은 롤 모델이 되고자 노력해. 술, 담배를 절대 입에 대지 않고, 평소 밝게 지내려 하지. 그게 다야!"

그저 묵묵히 실천하는 펠릭스는 이처럼 자신의 신념을 주변 사람들에게 강요하지 않는다. 그래서 채식을 하면 몸이 더 건강해진다는 말을 하지 않는다. 무엇을 먹느냐보다 어떻게 먹느냐가 더 중요하다는 걸 잘 알기 때문이다. "채식 자체가 건강을 위한 만능열쇠는 아니야. 고기를 일절 입에 대지 않는다고 해도 술 마시고 불량 식품 먹고 불규칙한 삶을 살면 몸은 망가지는 거니까." 또한 동물도 정당하게 살고 죽을 권리가 있다며 주변 사람들을 애써 설득하지도 않는다. 가치의 경중을 논하는 것은 다른 편에 선 사람들과의 선 긋기밖에 되지 않기 때문이다. 공격받는다고 느끼는 순간, 사람들이 지레 채식에 거부 반응을 보일 수 있다는 게 그 이유였다. "굳이 왈가왈부하지 않아도 내가 좋은 채식주의자로 건강하고 즐겁게 살면 그걸 보고 할 사람들은 알아서들 하더라고. 아버지한테 한 번도 채식을 권한 적이 없는데 어느 날 채식을 시작하셨어. 네가 하는 거 보니까 좋아 보이더라, 하시면서. 그거면 충분해!"

나의 채식 이야기

나도 육류 대신 생선만을 섭취하는 '페스코 FESCO'로서의 삶을 3년째 지속해오고 있다. 베를린에서는 많은 이가 채식에 관심을 두고 있고, 또 어느 음식점에 가든 선택의 폭이 다양하기 때문에 전혀 힘든 일이 아니었다. 하지만 한국에 돌아온 뒤로는 고기를 먹지 않는 일에 생각보다 훨씬 더 많은 노력이 필요했다. 예를 들면, 친구 여럿이 모일 경우 각자 하나의 음식을 시키기보다 여러 종류를 시켜 나눠 먹는 일이 빈번하다. 또 아예 단체로 '고깃집'에 가는 경우가 생기기도 하는데, 이때 대개는 내 성향에 대해 거추장스럽다는 반응을 보이곤 한다. 그래서 가까운 사이가 아니라면 굳이 이를 드러내지 않는다. 그러다 언젠가부터는 매일같이 받는

'왜?'라는 질문에 대답하는 것조차 성가시고 꺼려지기 시작했다. 펠릭스가 그랬듯 나 역시 대단한 계기로 채식을 선택한 것이 아니기 때문이다. 단지 어느 순간, 내 손으로 죽이지 않았다고 해서 자연스럽게 동물을 먹는 행위가 불편하게 여겨졌고, 이후 될 수 있으면 먹지 않으려 노력해왔다. 그러던 중 베를린에 살면서 펠릭스와 같은 친구들의 일상을 접하며 채식이 충분히 실천 가능한 일이라는 것을 배웠고, 이것이 내겐 커다란 동기가 되었다. 무엇보다 유난 떨지 않으면서 실천하고 상대의 다름을 대수롭지 않게 여기는 펠릭스를 보고 있으면, 행동하며 살아간다는 건 의외로 어려운 일이 아닐지도 모른다는 생각이 들기도 했다.

나는 베를린에서의 습관 덕에 서울에 와서도 '유별난'이라는 수식어를 달고 '편식'이라는 오해를 받으며 그럭저럭 채식 생활을 유지하는 중이다. 더불어 채식을 하면 마른다는 사람들의 편견을 깨는 데 아주 큰 역할을 하기까지! 나의 선택이 누군가를 혹은 자신을 불편하게 만들지언정, 오래 걸린 이 결심을 번복하지 않을 생각이다. 펠릭스처럼 상대의 선택을 절대 침범하지 않는 선에서 말이다.

베를린의 비건 라이프를 체험하려면

유럽과 북미 대도시를 중심으로 유행처럼 번지고 있는 채식 문화. 베를린 또한 빠질 수 없다. 도시 전역에 비건 음식점과 카페 3백여 곳이 성업 중이며, 일반 음식점은 물론 노점까지도 비건 메뉴를 따로 갖추고 있을 정도다. 펠릭스가 추천한 곳들 외에도 베를린에서 유명하다 싶은 비건 전문 음식점을 꼽아보았다. 고기를 먹지 않아도 얼마든지 미식가로서의 삶을 유지할 수 있을 만큼 음식의 비주얼과 맛이 훌륭하다.

❶ Veganz

베를린뿐만 아니라 빈과 프라하 등 이웃 나라 도시에까지 지점을 확장 중인 비건 슈퍼마켓. '구디즈'라는 카페도 함께 운영 중이다. 콩고기나 비건 치즈 등 일반 슈퍼마켓에서 쉽게 구할 수 없는 제품들이 갖춰져 있다.

add. Schivelbeinerstraße 34 10439 Berlin
web. veganz.de

❷ Alaska

아늑한 분위기의 인테리어가 인상적인 비건 카페이자 바. 저녁에는 타파스, 브런치 시간에는 샌드위치와 비건 랩 등을 판매한다. 칵테일과 맥주, 와인 등 음료도 다양하게 갖추고 있다. 베를린의 '힙스터 타운'으로 불리는 노이쾰른 로이터 거리에 있어 음식 먹는 재미뿐만 아니라 사람들 구경하는 재미도 쏠쏠하다.

add. Reuterstraße 85 Neukölln 12053 Berlin
web. alaskabar.de

③ The bowl

'클린-이팅'이라는 모토 아래 음식을 만드는 비건 레스토랑. 로고도 실내 인테리어도 그린 계열로 꾸며서 한 끼 식사만으로도 몸이 맑아지는 느낌이다. '풀 쪼가리로 배가 얼마나 차겠어?' 싶은 사람들도 당황할 만큼 양이 많다.

add. Warschauerstraße 33 2F 10243 Berlin

web. thebowl-berlin.com

④ Fast Rabbit

비건 패스트푸드 음식점. 멕시칸 스타일의 '더티롤'이 이 집의 대표 메뉴이다. 수프와 샐러드도 가격 대비 매우 만족스럽다. 베를린에서 가장 크고 유명한 마우어 파크 벼룩시장 Mauer Park Flohmarkt(일요일만 오픈) 바로 맞은편에 있어서 찾기 쉽다.

add. Eberswalderstraße 1 10437 Berlin

web. facebook.com/fastrabbitfood

 ### Der Eisbärliner

귀여운 곰돌이 마스코트가 멀리서도 눈에 띄는 비건 아이스크림 가게. 우유와 크림 대신 두유와 각종 과일을 사용해 아이스크림을 만든다. 일반 아이스크림과의 차이를 거의 느끼지 못할 정도로 깊은 맛을 지녔다. 피스타치오, 초콜릿, 바닐라가 가장 인기 있다.

add. Gärtnerstraße 11 10245 Berlin-Friedrichshain

web. dereisbaerliner.de

Gregorio

클러버, 뮤직비디오 제작자 그레고리오 가스페리

Gasperi

이탈리아 밀라노 기술 대학에서 영상 / 그래픽을 전공한 후 베를린으로 옮겨왔다. 춤추고
음악 듣는 클러빙에 심취해 2년 반을 신나게 놀다가 그때 만난 친구들과 함께 뮤직비디오
제작사 보드에즈 bored.as를 차려 운영 중이다. 아직 넉넉지 않은 수입에 낮에는 작은 출판
사에서 웹사이트 관련 아르바이트를 하고, 퇴근 후와 주말에는 친구들과 함께 영상 제작
에 열을 올리고 있다.

영원히 이 도시에 머물진 않겠지.

스스로 해냈다는 생각이 들 때

유유히 떠나고 싶어.

그다음? 글쎄.

세상 어느 곳도 내 집이 아니니

어디든 갈 수 있지 않을까?

———————— 갤러리 첫 출근 날. 사무실에 아직 내 자리가 마련되지 않아 아틀리에 한편에서 앞으로의 업무에 관한 서류들을 훑고 있던 중이었다. 갑자기 쩌렁쩌렁 울리는 웃음소리가 복도를 가로질러 내 귀에 꽂혔다. 깜짝 놀란 나는 호기심에 냉큼 달려 나가보았다. 키가 크고 날씬한 여인이 영국 억양의 영어를 구사하며 아주 높은 톤의 목소리로 친구와 이야기를 나누고 있었다. 빤히 쳐다보는 내게 그녀가 먼저 인사를 건넸다. 나도 솔직하게 고백하며 인사했다. "네 웃음소리가 너무 재밌어서 나와봤어! 난 오늘부터 근무하게 된 선미라고 해." 웃음소리만큼이나 호탕한 성격의 그녀는 런던에서 태어나 쭉 그곳에서 자라고 공부한 런던 토박이, 카일리였다. 카일리는 1년 동안 화가로서의 삶에 도전하고 싶어 베를린으로 이사를 왔고, 이 갤러리의 아틀리에에서 본업인 그래픽 디자인 일로 돈을 벌면서 그림 작업을 병행하고 있었다.

학부 시절, 1년간 영국 대학의 교환 학생으로 지냈던 나는 그들 특유의 거리감 있는 태도를 별로 좋아하지 않았다. 하지만 카일리는 내가 이제껏 한 번도 겪어보지 못한 부류의 영국인이었다. 매사에 솔직하고 또 화끈했다. 그렇게 그녀에게 홀딱 빠지고 만 나는 어미를 쫓아다니는 새끼 고양이처럼 그녀만 보면 좋아서 방방 뛰곤 했다. 카일리는 나보다 열 살이나 많았지만 그건 그다지 중요한 문제가 아니었다. 우리는 전시회와 음악 축제를 함께 다니며 좋아하는 것들을 공유했다. 심지어 나는 그녀가 런던으로 돌아간 후 그곳에 놀러 가기까지 했다. 친구가 된다는 것은 국적이나 언어, 나이를 뛰어넘는 일이라는 것을 그녀를 통해 배웠다.

카일리는 특이하게도 주변 사람들을 다 끌어모아 떼로 몰려다니길 좋아했다. 이번 인터뷰의 주인공 그레고리오 가스페리와의 첫 만남도 그렇게 시작되었다. 아직 베를린 생활에 익숙지 않아 갤러리와 집을 빼곤 딱히 갈 곳이 없던 시절, 카일리가 함께 아토날 Atonal 이라는 음악 페스티벌에 가자고 제안했다. 설레는 마음에 자전거를 타고 공연 장소로 찾아가니 이미 그녀는 열댓 명의 친구와 함께 어울리고 있었다. 쭈뼛쭈뼛 맥주를 손에 든 채 조용히 서 있던 나의 어색함을 읽었는지 카일리는 친구들을 한 명씩 내게 소개해주었다.

거기에 그레고리오가 있었다. 얼굴이 온통 수염으로 뒤덮여 있던 그. 아무리 베를린 청년들이 수염에 집착한다지만, 그레고리오의 수염은 긴 수준을 넘어 커다랗다고 할 수 있을 정도로 압도적인 비주얼을 갖추고 있었다. 그날 우리는 맥주의 힘을 빌려 신나게 페스티벌을 즐겼고, 아침이 되어서야 각자가 집에 어떻게 돌아갔는지도 모르게 흩어졌다. 비록 다음번에 만났을 때는 다시금 어색한 기류가 흐르긴 했지만, 다시 한 번 그

🏃 실험 음악과 영상 작업을 하는 예술가들의 공연이 펼쳐지는 페스티벌. 3년 전부터 크라프트베르크Kraftwerk라고 불리는 어마어마한 크기의 발전소를 공연장으로 활용하고 있다. 매년 8월 중순 혹은 말경에 진행된다. berlin-atonal.com

의 외모에 압도된 나는 그의 삶 이야기가 궁금하여 인터뷰를 청했다. "클럽 가는 게 놀이이자 일"이라고 말하는, 제대로 놀 줄 아는 베를리너 그레고리오를 만나기로!

산타클로스 수염

수염을 깔끔하게 밀거나 인중에 조금만 남겨두는 것이 일반적인 한국에서는 얼굴 전체를 덥수룩하게 덮는 스타일을 찾아보기 힘들다. 산신령이나 산타클로스 분장을 하는 게 아니라면 말이다. 하지만 유럽에서는 덥수룩 수염이 하나의 패션 아이템으로 통한다. 3년 전부터 일부 패션계 남성들이 기르기 시작한 이 수염은 트렌디한 유럽 남성들 사이에서 크게 유행했고, 지금은 길거리에서도 흔히 볼 수 있는 일상적인 스타일이 되었다. 하지만 또 요즘은 일부러 다시 밀어버리는 것이 추세라고 한다. 어째됐든 수염이 패션의 중요한 부분인 것만은 분명해 보인다.

평소, 딱히 멋있어 보이지도 않는 저 수염을 대체 왜 기르는지 궁금했던 나. 그레고리오에게 다짜고짜 사연을 물어보았다. "일단 수염을 기른 내 모습이 맘에 들어. 나를 떠올렸을 때 사람들이 기억하기 쉽기도 할 테고. 근데 이게 무심하게 기른 것처럼 보여도 의외로 다듬는 데 손이 좀 가. 음식을 먹을 때 묻지 않도록 엄청난 주의가 필요하기도 하고. 벌써 3년째 이 스타일을 고수하고 있지. 베를린 친구들은 수염이 있는 내 얼굴만 봐서

면도를 하면 날 몰라볼 거야. 아마 베를린을 떠나기 전까지는 계속 유지할 것 같아. 내 정체성이나 마찬가지니까. 한 가지 더, 내 얼굴이 좀 동안인데 수염이 그걸 가려주기도 해." 그런데 어쩐다. 미안한 이야기지만, 덥수룩한 머리와 수염으로도 가려지지 않는 이 힙스터 청년의 웃는 얼굴은 너무나도 유쾌하고 귀엽다!

이곳저곳을 떠돌며

그레고리오는 오스트리아인 어머니와 이탈리아인 아버지 사이에서 태어났다. 외교관이던 아버지를 따라 어릴 때부터 여러 나라에서 살았다. 덕분에 영어는 물론 독일어, 이탈리아어, 프랑스어까지 완벽하게 구사한다. 약간의 아랍어는 덤이다. "태어난 곳은 네덜란드야. 두 살부터 여섯 살까지 한국 용산에 있는 독일 학교에 다녔어. 그리고 튀니지에서 7년을 살다가 열여섯 살 때 이탈리아로 옮겨 고등학교와 대학교를 나왔지." 그레고리오는 우리를 의식한 탓인지 여러 곳에서 살아봤지만 한국은 꼭 한번 다시 가보고 싶다고 강조했다. "물론 당시에는 한국 그리고 서울의 문화가 어떤지, 그곳에서 산다는 게 어떤 의미인지 잘 몰랐지만 여전히 좋은 기억으로 남아 있어. 최근에 누나와 함께 유튜브로 서울 관련 영상을 찾아봤는데 정말 아름답더라. 근데 조금은 슬프기도 했어. 우리가 기억하던 곳과는 정말 너무나도 다른 차원의 도시가 되어버린 느낌이 들어서. 그래서 지금의 서울보다는 1993년도, 내가 살던 그때의 서울을 가보고 싶기도 해." 그

레고리오는 특히 한국 음식 마니아이기도 하다. 지금도 종종 아시안 마켓에서 장을 보곤 한다. "매운(신) 라면은 역시나 자취생의 필수품이지!" 직접 불고기까지 요리해 친구들에게 먹일 정도라니 25년을 한국에서 살았던 나보다 낫다 싶었다.

마침 생각났다는 듯 그레고리오가 대뜸 휴대폰으로 사진 한 장을 찾아 보여주었다. "한국에서 어린이 옷 광고 모델을 하기도 했어. 그때 입었던 옷들, 지금 다시 보니 완벽한 버가인 클럽 스타일이지 않아? 그대로 입고 놀러 가도 될 정도로 괜찮더라고. 하하. 함께 촬영한 개가 너무 무서웠던 기억이 아직도 선명해. 봐봐. 표정에 그대로 다 드러나지?" 깊은 수염 골짜기 너머에 저런 외모가 숨겨져 있었다니, 어릴 적 그의 특출 난 귀여움에 우리 셋은 놀라움을 금치 못했다.

이렇게 다양한 국가와 문화를 접하면서도 정작 모국 이탈리아에서는 단 한 번도 살아보지 못했던 그레고리오. 열여섯 살이 되던 해, 비로소 밀라노에 가게 되었다. "계속 외국인 학교만 다니다가 이탈리아의 일반 고등학교로 전학을 가게 됐는데 갑자기 전혀 다른 집단 한가운데 던져진 느낌이었어. 전에는 최대 10명이 넘지 않는 반에서 여러 문화적 배경을 가진 아이들과 수업을 했었는데, 갑자기 30명 이상의 이탈리안 학생들 사이에서 이방인 아닌 이방인으로 적응하는 일은 한창 감수성이 예민할 열여섯 살 소년에게는 꽤나 벅찬 일이었지." 그는 오랜 기간 고수해오던 긴 머리도 다른 아이들처럼 짧게 잘랐고 말투에서 생각하는 방식까지 주변에 맞추려고 노력했다. 누가 강요한 건 아니었지만 그때는 그곳에 빨리 적응하고 동화되지 않으면 안 된다고 느꼈다. "친구도 많이 사귀었고 학교생활도 잘 마쳤어. 남들이 보기에는 잘 적응한 것처럼 보였을지 모르지. 하지만 사실 그때의 기억이 썩 유쾌하지만은 않아. 진짜 나를 숨기고 남들이 기대하고 바라는 그 모습에 스스로를 끼워 맞춘다는 생각이 컸거든." 그가 베를린을 꿈꾸기 시작한 건 그때쯤이었다. 다양성과 자유가 당연한 곳, 활발한 현대 미술과 음악 신은 물론, 밤새 벌어지는 파티까지. 그곳에서라면 꾸밈없는 '나'로 사는 게 가능할 것 같았다. 그리고 원 없이 놀고 싶었다. 수염을 기른 것도 그때부터였다.

클럽 버가인

전 세계 클러버들이 끊임없이 몰려들 만큼 유럽 내에서도 음악과 클럽으로 유명한 베를린. 그레고리오는 망설임 없이 버가인Berghine을 그중 최고로 꼽았다. "버가인은 버려진 발전소 건물을 개조한 내부 분위기가 정말 독특해. 또 최첨단 음향 장비를 갖춘 덕에 음악 듣기도 좋고, 장르별 디제이 라인업이 매번 훌륭해. 심지어 야외 정원에 카페까지 갖추고 있어서 나 같은 경우 밤새 춤추기보다는 사람들이랑 대화하러도 자주 가는 편이야." 버가인을 특별하게 만드는 건 무엇보다 금요일 자정부터 월요일 아침까지 논스톱으로 펼쳐지는 불면의 72시간이다. 클럽에서 동이 트는 것을 함께 바라보며 식사도 하고 아이스크림을 사 먹을 수 있을 정도니, 이쯤 되면 버가인은 그냥 클럽이 아니라 클럽으로 떠나는 무박 3일의 패키지여행이나 마찬가지인 셈이다. 때문에 클럽 앞은 명성을 듣고 찾아온 전세계 관광객들과 베를리너들로 항상 장사진을 이룬다. 들어가려면 두세 시간 기다려야 하는 것은 기본이고, 아침까지도 그 줄이 늘어서 있다. 심지어 버가인의 입장 대기 인원을 알려주는 앱까지 생길 정도다. 하지만 문제는 한참을 기다려 겨우 문 앞까지 왔건만 경비원의 '노' 한마디에 허무하게 돌아서야 하는 상황이 심심치 않게 벌어진다는 점이다. 오죽하면 버가인에서 놀았던 경험보다 어떻게 입장할 수 있었는지가 무용담처럼 더

클럽 버가인에 들어가기 위해 늘어선 줄. 사진 출처 telegraph.co.uk

회자가 될 정도일까. 그레고리오에게 대뜸 버가인의 입장 팁을 물어봤다. "내 경험상 화려하고 고급스러운 옷보다는 검은색 계통의 헐렁한 옷을 입는 게 좋아. 또 경비원 앞에서 웃거나 떠들지 말고 진지한 표정을 짓고 있는 게 중요한 것 같아. 하하하." 우리가 수염 때문은 아니냐고 반문하자 "그런가?" 하며 잠시 혼란스러워하더니 아무래도 그날그날의 경비원 마음에 따라 다른 것 같다는 결론을 내렸다.

두 마리 토끼 잡기

"클럽과 파티가 베를린 생활의 1순위였을 정도로 처음에는 정신없이 놀았어. 그러다 보니 어느 순간 문득 '이게 뭐지'라는 생각이 들더라고. 이탈리아에서는 그저 이곳을 벗어나 베를린으로 가는 것만을 생각했는데, 막상 오고 나니 목표가 사라진 거지. 반복되는 파티에 하루가 멀다 하고 사람들을 만나다 보니 정작 내가 뭘 원하는지, 어디로 가고 있는지 방향을 잃은 느낌이 들었어. 그때부터 클럽과 파티가 아닌 다른 우선순위를 찾기 시작했지."

그레고리오는 현재 친한 친구들과 함께 뮤직비디오 제작 레이블 '보드에즈'를 만들어 운영 중이다. "노는 게 지겹다, 새로운 걸 해보자는 뜻으로 저 이름을 붙였어. 나는 홈페이지 운영과 카메라 촬영, 친구는 편집, 또다른 친구는 음악. 이렇게 각자의 분야에 맞춰 일을 나눴지. 아직 시작 단

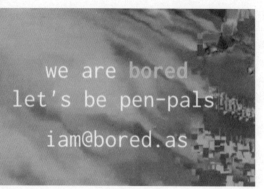

감각적인 보드에즈 홈페이지(bored.as). 이메일 또한!

계라 금전적으로 큰 성과를 기대하긴 힘들지만, 그래도 천천히 제작 문의가 들어오고 있어!" 무엇보다 재밌는 건 이 모든 일이 버가인에서 시작됐다는 점이다. 3박 4일 클럽에서 함께 춤추고, 음악 듣고, 먹고, 마시고, 수다 떨던 바로 그들이 지금 '보드에즈'의 구성원들이다. 그뿐만 아니다. 그들이 직접 만든 뮤직비디오를 홍보하는 곳도, 다음 고객을 유치하는 곳도, 새로운 트렌드를 연구하는 곳도 버가인이다. 이 클럽은 보드에즈의 사무실이나 다름없다 싶다.

어릴 적부터 줄곧 영상 제작에 관심이 있던 그레고리오. 그러던 중 평소 어울리던 친구들의 격려 덕에 본격적으로 뮤직비디오 일에 뛰어들기로 했다. "베를린에서는 학교와 일, 그리고 놀기 바빠서 잊고 살았는데, 클럽에서 어울리던 친구들이 같이 해보자며 적극적으로 추진한 거야. 아직 잘 알거나 다루진 못하지만 비디오는 정말 재미있는 매체라고 생각해. 하나의 프레임에 가두는 사진과는 달리 여러 부분의 레이어를 촘촘히 겹쳐야만 탄생하는 거잖아. 또 혼자가 아니라 늘 함께 작업해야 하는 분야이기도 하고!"

양날의 검과 같은 도시

클럽에는 삼삼오오 여럿이 몰려가는 게 보통이겠지만, 그레고리오는 늘 혼자다. "나는 클럽에서 대개는 춤 안 추고 사람들이랑 이야기해. 술도 잘 마시지 않아서 가면 '버가인 가든'에 앉아 있곤 해. 웃기지? 거기에 몇 시간씩 있으면 춤추는 것보다 훨씬 더 재밌게 놀 수 있어." 그는 그렇게 지금 일하는 동료이자 힘이 되는 친구들을 얻었다. "사실 요즘에는 잘 안 가. 인생의 다른 부분도 다 잘 운영된다면 그때 다시 즐길 수 있겠지? 몇 달 전까지만 해도 내 삶에선 파티가 가장 우선순위였어. 파티가 좋으면 다른 것도 다 좋은 거라고 생각했는데, 지금은 그 반대야. 그냥 막 놀긴 참 쉬워. 근데 이런 시간들이 나라는 존재를 좀먹고 있다는 걸 어느 날 깨닫게 되더라고. 내가 더 가치 있게 여기는 것들을 되찾아야겠다는 생각. 그래서 일단 파티는 나중에! 물론 파티가 싫다는 건 아니야. 하하."

대부분의 인터뷰이가 언급한 부분이지만, 베를린은 정말 다른 유럽 도시들에 비해 현저히 싼 물가를 자랑한다. 그래서 딱히 직업 없이도 아르바이트를 하며 충분히 살아갈 수 있는 환경이다. 그리고 그레고리오와 내가 그러했듯 기존에 속했던 사회에서 벗어나 그동안 하지 못했던 것을 하기 위해 베를린에 오는 경우가 대부분이다. 하지만 선택의 폭이 넓은 만큼 순간의 즐거움에 빠져 시간을 허비하는 경우도 부지기수다. 나 또한 그랬다. 낮에는 아르바이트로 생계를 해결하고, 밤에는 친구들과 어울리며 파티를 즐기던 때가 있었다. 어느 날 집으로 돌아오는 새벽길에 너무나도 헛

헛했다. 정작 이 도시에 오기로 했을 때의 마음일랑 사라진 채, 초라한 시간을 흘려보내기에만 급급한 것이 아닌가 하는 생각이 들었다. "네가 무서워서 혹은 게을러서 멈춰만 있다면 늘 후회하면서 계속 무언가를 놓치게 돼. 베를린은 방황하기 쉬운 도시라서 위험해. 또 반대로 여러 가지를 시도할 수 있다는 점에서는 완벽하지. 그렇게 온탕과 냉탕을 오가다 보면 어느 순간 삶의 목적과 일상의 동기를 찾게 되는 것 같아. 뭐가 널 흥분하게 하는지, 자라게 하는지, 갈망하게 하는지. 당장의 방향을 잃었다 해도 네가 그 과정에서 얻는 것이 있다면 베를린은 정말 괜찮은 곳일 거야."

그레고리오의 방에는 '언제나 스스로에게 도전하라Always challenge yourself'라는 문구가 쓰인 포스터가 걸려 있다. 그는 아직 베를린을 충분히 맛보지 못했다고 말한다. 더 많은 시도를 통해 긴 삶 속에서 지속할 수 있는 무언가를 찾아낼 생각이다. "지금 뮤직비디오를 만드는 것도 그 과정의 일부야. 영원히 이 도시에 머물진 않겠지. 스스로 해냈다는 생각이 들 때 유유히 떠나고 싶어. 그다음? 글쎄. 세상 어느 곳도 내 집이 아니니 어디든 갈 수 있지 않을까Nowhere is my home so I can go everywhere?"

방황의 시절을 지나
내게도 그레고리오에게도 카일리는 꽤나 큰 사람으로 자리 잡고 있다. 왜 항상 카일리가 많은 사람을 몰고 다니는지 그 이유를 조금은 알 것 같았다. "처음 베를린에 왔을 때 나도 카일리와 같이 그 레지던시에 머물렀어. 같은 플랫에 살면서 가까워졌지. 카일리는 정말 긍정적인 사람이야. 그리고 자기가 원하는 게 뭔지, 무엇을 하고 싶은지, 어디에 가고 싶은지 등 선택에 신중한 만큼 또 잘 이끌어가." 우리가 저마다 불안정한 베를린에서의 삶을 이어갈 때, 흔들리지 않고 그레고리오와 나의 굳건한 멘토가 되어준 사람. 그렇게 우리는 카일리를 그리며 인터뷰를 마무리 지었다. 방황의 시절을 가까스로 지나온 우리였다.

베를린에서의 자유는 마치 양날의 검과도 같다. 중요한 건 그것을 쫓는 시도와 과정을 통해 무엇을 얻는가에 있다. 클럽에서의 3박 4일이라니, 한국에서라면 상상할 수 없는 한량다운 삶이다. 너무도 이질적인 그의 자유가 이 도시에서는 아주 자연스럽게 느껴진다. 어찌 됐건 이 모든 일이 결코 선물처럼 찾아오는 것은 아니다. 가끔은 보잘것없더라도, 무던히 그리고 꾸준히!

베를린의 클럽 문화를 즐기려면

우스갯소리로 '베를린 젊은이 중 반은 예술가, 반은 디제이'라고 할 만큼 클럽 문화를 빼곤 이 도시를 설명하기 힘들다. 테크노 음악의 본고장답게 베를린은 전 세계에서 유명 디제이들이 가장 활발히 활동하는 도시이며, 디제이를 꿈꾸는 이들이 환상을 품고 끊임없이 몰려드는 곳이기도 하다. 클럽마다 분위기가 천차만별이니 자기한테 잘 맞는 클럽을 고른다면 저렴한 가격(보통 10-15유로 선)으로 온종일 놀 수 있다.

> 베를린의 클럽은 내부든 외부든 사진 촬영을 할 수 없다. 궁금한 분은 직접 방문해보길!

Q Berghain

그 이름도 유명한 전설의 클럽 버가인. 유럽 사람들은 이곳에서 주말을 즐기기 위해 부러 베를린을 찾기도 한다. 메인인 테크노 음악뿐 아니라 다양한 장르의 음악을 들을 수 있다. 월요일 아침까지도 이곳은 들어가려는 사람들로 장사진을 이룬다. 베를린의 클럽 문화를 단기 속성 코스로 체험하고 싶다면 반드시 들러야 할 곳.

add. Am Wriezener Bahnhof 10243 Berlin
web. berghain.de

2 OHMberlin

2014년 '시프트'란 이름의 기존 클럽 자리에 새로 들어선 곳. 원래 있던 발전소 건물을 개조해 사용하고 있다. 전 세계 유명 디제이들이 공연을 여는 곳으로, '알 만한 사람만 가는' 클럽으로 유명하다. 특히 일렉트로닉 댄스 음악에 관심이 있다면 체크해볼 만하다.

add. Köpenickerstraße 70 10179 Berlin
web. ohmberlin.com

Prince Charles

자욱한 담배 연기와 지저분한 바닥으로 악명 높은 베를린의 여느 클럽들과는 달리, 이곳은 놀랍도록 깨끗하다. 유명 디제이나 사운드 디자인 관련 종사자의 강연을 자주 열어 디제이들이 즐겨 찾는 공간이기도하다.

add. Prinzenstraße 85f 10969 Berlin

web. princecharlesberlin.com

://about blank

현지 힙스터들에게 많은 사랑을 받는 클럽. 특히 일렉트로닉 음악을 좋아한다면 이곳은 반드시 들러야 한다. 밤뿐만 아니라 주말 낮에도 좋은 디제이 라인업을 선정해, 일요일 오전 음악을 들으며 해장 커피를 마시기 위해 찾는 곳이기도 하다.

add. Markgrafendamm 24C 10245 Berlin

web. aboutparty.net

Sisyphos

보헤미안 분위기가 물씬 풍기는 특이한 클럽. 특히 여름에 가기 좋다. 야외 가든에는 춤출 수 있는 공간은 물론 연못과 캠프파이어 장소, 심지어 매트리스까지 준비되어 있다. 위치가 조금 애매하지만, 한번 도착하면 온종일 놀 수 있다.

add. Hauptstraße 15 10317 Berlin

web. sisyphos-berlin.net

Fannie

아티스트,
아동 미술 워크숍 운영자 <u>파니 페브르</u>

Faivre

프랑스 남부 도시 아를Arles 출신. 대학에서 미술사를 전공한 후 친구를 따라 6년 전 베를 린으로 왔다. 하나부터 열까지 그녀가 손수 꾸민 작업실이자 워크숍 공간인 '블루 아방가 르드 아틀리에'를 운영 중이다. 미혼모로 아이를 키우며, 이곳에서 아들 에밀과 함께할 수 있는 아동 미술 프로그램을 주로 열고 있다.

스스로의 선택에

확신을 가지는 순간 알게 돼.

결국 타인의 우려는

그들 자신의 두려움에 불과하다는 것을.

갤러리를 나와 프리랜서로 살겠다고 결심은 했지만, 막상 앞길은 컴컴했다. 그래서 결국 최후의 보루처럼 남겨둔 바로 그것, 한국 식당에서의 아르바이트를 시작했다. 이틀 저녁을 일하면 그래도 일주일은 어찌어찌 버틸 만큼의 월급을 벌었다. 하지만 날이 가면 갈수록 이유도 없이 무기력해지고 처지는 스스로를 견디다 못해 변화를 주기로 결심했다. 그렇게 대뜸 작업실을 구하기로 한 것이다. 모두가 출근하듯 나도 매일 어딘가 갈 곳이 있어야겠다는 생각이 들었기 때문이다. 일단 주변 사람들에게 물어보기 시작했다. 하지만 한겨울의 베를린에서 작업실을 구하기란 무척 어려웠고, 며칠을 하염없이 인터넷 뒤지기만 반복했다. 그러다 한 작업실 광고를 보게 되었다. 가격은 조금 무리가 되더라도 나쁘지 않았고, 장소도 집에서 딱 10분 거리, 걷기에 아주 적절한 위치였다.

작업실의 첫인상은 말 그대로 '카오스'였다. 명랑한 개가 왈왈 짖으며 제일 먼저 맞이하더니 저 멀리 고양이가 놀라서 후다닥 도망가버리고, 그 와중에 어린아이까지 서럽게 울고 있던 참이었다. 마침 왜소하고 예쁜 장한 여인이 인사를 건네려 달려 나왔다. 다행히 그녀가 통제에 나섬과 동시에 작업실은 곧 평화를 되찾았다. 그제야 공간이 눈에 들어왔다. 화려한 페인팅이 잔뜩 걸린 벽돌 벽, 물감과 소품으로 가득 찬 나무 선반, 노란 페인트칠이 입혀진 투박한 책상까지. 정돈되지 않았지만, 그냥 그 자체만으로도 따뜻함이 전달되는 공간이었다. 앞으로 이곳에서 내가 무엇을 하게 될지 아무것도 정하진 않았지만, 더 고민할 이유가 없다 싶어 "나 계약해

도 돼?"라고 물었다. 그녀는 나를 향해 활짝 웃어 보였다. "좋아~" 그렇게 우리의 인연 또한 시작되었다.

블루 아방가르드 아틀리에

회갈색 건물들 사이로 눈에 띄는 파란 벽화, 그 건물 벽 바로 앞까지 뻗쳐 나온 나뭇가지에는 다채로운 색감의 패브릭들이 사시사철 떨어지지 않는 열매처럼 매달려 있다. 호기심을 일게 하는 이 모습은 길 가던 이를 한참 창밖에 머물게 한다. 안을 들여다보면 커다란 캔버스와 페인팅 도구들, 나뭇가지로 만든 옷걸이, 천장에 걸어놓은 수제 모빌까지 개성 넘치는 물건들과 다채로운 색들이 한데 어우러져 있다. "기존 갤러리나 박물관과는 다른 성격으로 삶과 예술이 주는 감동을 사람들이 느낄 수 있을 만한 공간을 만들고 싶었어. 그냥 각자가 그림만 그려도 좋고, 아니면 함께 영화 관람을 하거나 음악 공연을 해도 좋아. 혼자 고뇌하면서 작업하기보다는 여러 사람이 함께 다양한 생각을 나눌 때 그 예술이 더 특별해진다고 생각하거든. 너처럼 아이디어와 에너지가 있지만 막상 혼자서 어떻게 해야 할지 막막한 사람들에게 이 공간을 열어두고 싶어." 바로 이곳이 파니가 운영하는 블루 아방가르드 아틀리에다. 남녀노소 모두를 위한 예술 작업실 겸 워크숍 장소이자 파니와 아들 에밀 그리고 고양이 스시가 함께 사는 곳이다. 그녀는 결코 틀에 갇히지 않고 하고 싶은 것을 제한 없이 마음껏 표현할 수 있는 그런 공간을 만들고자 한다.

이곳에서 그녀는 특히 에밀 또래의 아이들과 함께할 수 있는 워크숍을 자주 연다. 그 시간만큼은 나를 포함한 아틀리에 멤버들에게 양해를 구하고 온전히 이들을 위한 공간으로 탈바꿈시킨다. "보통 아이들은 뭘 할지 심각하게 고민하지 않아. 그냥 표현할 뿐. 특히 캔버스 앞에서 더욱 그런 것 같아. 너무 많은 말과 개념 들이 숨겨져 있는 현대 미술과는 반대로 이곳에서는 내면에 갇힌 너를 뚫고 나와 그 본능을 다시 찾도록 돕고 싶어. 마치 우리 모두가 어렸을 때처럼!" 말이 끝나기 무섭게 파니는 찬장 뒤에 숨겨놓은 커다란 캔버스를 들고 나온다. 만 두 살 무렵의 아이들과 함께 워크숍을 진행했을 때 완성한 작품이란다. 신기하게도 그 그림은 어른이 그렸다고 해도 믿을 만큼, 아니 그보다 훨씬 더 훌륭했다.

베를린으로

파니가 베를린으로 온 지는 6년이 다 되어간다. "프랑스 대학에서 미술사를 공부했기 때문에 그림을 직접 그리는 건 그저 취미로만 여겨왔어. 근데 우연히 내 그림을 본 남자 친구가 진지하게 미술가로서의 삶을 살아보라며 조언해주더라고. 덕분에 그를 따라 이곳 베를린까지 오게 되었고, 본격적으로 내 작업을 하고자 마음먹었지. 사실 난 원래 장기적인 계획을 세우는 스타일이 아니야. 때문에 베를린에서 꼭 뭘 해야겠다는 거창한 계획이나 기대는 없었어." 다만 오기 전에 사람들을 통해서 들은 건 베를린은 예술 하기 좋은 곳, 그렇지만 예술로 돈 벌기는 힘든 곳, 그리고 겨울이 무척 추운 곳이라는 이 세 가지가 전부였다. 그리고 그들의 말은 거짓말같이 꼭 들어맞았다. 도착한 그해 파니가 겪은 베를린의 겨울은 정말 춥고도 끔찍하게 외로웠다. 해가 나지 않는 베를린의 짙은 회색빛 겨울은 마치 영원히 끝이 보이지 않을 터널 같았고, 파니 또한 그 속에서 길을 잃고 헤매기 시작했다.

퍼포먼스 중인 파니.

터널을 지나며

일단 생활비부터 벌어야겠다는 생각에 파니는 당장 베이비시팅 일을 구하기 시작했다. "베를린에서 가장 처음 일한 곳은 독일-프랑스 가정이었는데 아이 세 명을 위해 베이비시터 여섯 명을 고용한 부잣집이었어. 우리가 몰라서 그렇지 이 도시에도 그런 집들이 있더라고. 하하. 어찌 되었든 나는 고용인이다 보니 아이들이 원하는 걸 대부분 들어줄 수밖에 없었고, 그래서 걔넨 꽤나 버릇이 안 좋았어. 엄청나게 고단한 일상이었지." 당시 파니는 미술 시간을 맡아 아이들과 함께 그림을 그리곤 했는데, 이때의 고군분투 경험이 지금 워크숍을 운영하는 데 많은 도움이 된다고 한다. 그렇게 일을 마치고 집으로 돌아가면 같이 살던 친구들이 그녀를 기다리고 있었다. 음악을 하던 그들과 다 같이 어울려 술을 마시고 춤을 추는, 별다를 것 없는 베를린에서의 하루가 반복되며 어느새 3년이 흘렀다. 그러던 중 우연히 기회가 찾아왔다. 한 친구의 소개로 '48시간 노이쾰른'* 이라는 베를린 지역 미술 축제의 연출부로 참여하게 된 것이었다. 덕분에 잊고 있던 파니의 예술혼에 불이 붙기 시작했다. 그녀만의 커뮤니티에서 벗어나 여러 아티스트를 만나고 다양한 예술적 시도를 하게 되면서 파니는 '지금, 여기' 베를린에 와 있음이 얼마나 소중한지 깨닫게 되었다.

🏃 48-stunden-neukoelln.de

그녀는 다시 그림을 그리기로 결심했다. 이후 술과 파티에 쓸 돈을 아껴 물감과 붓, 캔버스를 샀고, 홀로 방에서 작업하며 자신만의 회화 스타일을 갖춰나갔다. "다행히 내 작업에 관심을 보이는 친구들의 입소문을 타고 앨범 표지 작업이며 동화책의 일러스트까지 다양한 문의가 들어왔어. 또 관객 앞에서 즉석으로 그림을 그리는 퍼포먼스까지 하게 되면서 베를린에서의 내 삶이 구체적으로 그려지기 시작했지. 터널을 막 통과해 질주하는 느낌이었달까? 근데 정말 사람은 한 치 앞을 몰라. 바로 그때쯤이었을 거야……."

결정의 순간

'블루 아방가르드 아틀리에', 이곳에 살게 된 지는 채 1년이 안 됐다. 파니는 2년 전 스물세 살의 나이에 아이를 가지면서 그리고 엄마가 되기로 결심하면서 자신과 태어날 아이를 위해 안식처를 만들기로 했다. 사실 파니가 처음 베를린에 오기로 마음먹었을 때처럼 아이의 임신과 출산 또한 결코 계획된 일이 아니었다. "내가 임신했을 때 사람들이 다들 지금은 때가 아니라고들 조언했어. 나이도 어린 데다가 대학도 졸업 전이지, 그림을 그리는 나도 음악을 만들던 남자 친구도 안정적인 수입이 없었으니까. 게다가 당시 그와의 사이도 틀어지기 시작한 때여서 아빠 없이 홀로 아이를 잘 키울 수 있을지에 대한 의구심이 들었어. 하지만 지금 생각해보면, 이건 다 내가 싸워냈어야 할 일종의 시험이었다는 생각이 들어. 어쨌

거나 나는 다른 사람이 아닌 나 자신을 위한 결정을 내려야 했으니까. 스스로의 선택에 확신을 가지는 순간 알게 돼. 결국 타인의 우려는 그들 자신의 두려움에 불과하다는 것을."

파니는 아이를 낳겠다는 결정을 내린 후, 일사천리로 출산과 그다음을 준비하기 시작했다. 먼저 미혼모를 위한 정부 지원금을 받기 위해 관청을 방문했다. 유럽 어느 나라보다 미혼모에 대한 혜택이 좋은 독일에서는 3년이라는 충분한 시간 동안 방값과 적당한 생활비를 지원해준다. 대신 무수히 많은 서류 준비와 관청 직원과의 실랑이를 거쳐야 한다. 고생 끝에 기적적으로 파니의 지원금 신청이 받아들여지고, 줄곧 해오던 베이비시팅 일을 그만둘 때가 임신 7개월 차였다. 집을 함께 쓰던 친구가 파니를 배려해 이사를 가고, 남자 친구가 출산 때까지 함께 있어주었다. 결코 쉽지 않은 결정이었지만, 그들은 태어날 아이를 배려해 집에서 출산하기로 했다. 그렇게 진통제도 먹지 않고 견디기를 스무 시간째, 드디어 아이가 세상 밖으로 나오는 순간이 찾아왔다. 희미하게나마 방을 밝히고 있던 촛불마저 꺼지고 모두가 숨죽이던 조용한 시간이었다. 파니는 가장 편안한 자신의 침대 위에서 그렇게 에밀을 세상에 맞이하였다. "사람들은 보통 아이를 낳기 좋을 시기와 나쁜 시기로 구분하곤 해. 하지만 나는 그냥 아이가 내게 스스로 찾아온 그때야말로 그 일이 일어날 가장 적절한 시기인 것 같아."

상냥한 베를린의 용기 있는 엄마

여느 젊은이들처럼 온갖 파티와 이벤트로 화려했던 파니의 베를린 삶은 에밀이 태어난 후 180도 바뀌게 되었다. 에밀 또래의 엄마들과 어울리면서, 또 하루 대부분을 에밀과 보내면서 전에는 미처 알지 못했던 베를린의 새로운 면면을 발견하게 된 것이다. 이토록 아이들에게 상냥한 도시였다니, 뜻밖이었다. "베를린은 내게 아이를 키우고 가족과 함께하면서 동시에 내가 하고 싶은 예술을 할 만큼의 충분한 그리고 안전한 공간을 제공해줘. 또 런던이나 파리 등의 다른 대도시와는 다르게 도심 속의 시골 같은 고즈넉함과 수수함을 느낄 수 있어. 집 근처 바이센제Weissensee 호수에서는 에밀과 함께 작은 보트도 탈 수 있고, 작은 어린이 농장에서 동물들에게 직접 먹이를 줄 수도 있어. 특히 내가 사는 지역인 프란츠라우어베르크Prenzlauerberg는 도심의 작은 마을 같기도 해. 근처 시장에서는 사람들이 직접 텃밭에서 키운 채소를 팔고, 매주 토요일마다 열리는 동네 벼룩시장에서는 돈 대신 필요한 물건을 서로 교환하기도 해. 이런 여유와 따뜻함을 에밀에게 보여줄 수 있다는 게 정말 좋아." 그뿐만이 아니다. 교육 과정 또한 어느 곳 못지않게 훌륭하다. "프랑스는 양육과 관련해 지켜야 할 규칙들이 너무 많고 엄격해. 이에 비해서 독일은 필요한 규칙은 가르치지만 아이들은 그 안에서 하고 싶은 것을 다 할 수 있도록 풀어줘." 심지어 에밀은 주말에까지 유치원에 가고 싶다고 조를 정도란다.

현재 파니는 블루 아방가르드를 공식적인 사업장으로 등록하기 위해 다시 수많은 서류와의 싸움을 마주하고 있다. 미혼모 지원금을 끊고 작업실과 워크숍 운영만을 통해 생계를 꾸려나갈 구체적인 방법을 모색하기 위해서다. 그냥 편안히 3년 누리면 될 것을 그새를 못 참고 몸이 근질거리나 보다. "예전에는 나 자신만의 생활과 행복을 위해 돈을 벌었다면 이젠 책임져야 할 사람이 하나 더 생겼잖아. 다행히 기간이 넉넉한 지원금 제도 덕에 아이와 내가 살아갈 방법을 나름 여유롭게 찾을 수 있었던 것 같아. 그렇지만 가만히 안주하기보다는 내가 하고 싶은 일 그리고 해야만 하는 일에 끊임없이 도전하는 게 에밀에게도 더 떳떳할 것 같아서 서두르는 참이야."

평소 파니는 육아와 심리학, 미술사 등과 관련된 책을 끊임없이 읽는다. 아틀리에 운영하랴, 그림 그리랴, 에밀 돌보랴 안 그래도 하루 24시간을 쪼개 쓰면서도 그녀는 절대 배움을 게을리하지 않는다. 특히 에밀을 위해서라면. "최근 읽은 심리학책에서 그러는데 생후 3년의 기억이, 비록 이미지는 없을지언정 어떤 식으로든 생애 전반에 각인되고 또 행동으로 드러난대." 그다음 이어진 파니의 말은 다소 충격에 가까웠다. 아무리 엄마기로서니, 저런 용기를 낼 수 있는 사람이 과연 흔할까. "그래서…… 나는 에밀이 어느 정도 자라면 꼭 제대로 이야기해줄 거야. 잠시 낙태를 고민했었다고. 그럼에도 불구하고 나는 너를 낳기로 선택했고 그래서 지금 그 누구보다 행복하다고. 분명 배 속에서 그때의 나를 다 듣고 기억하고 있을 테니까." 파니는 이 세상에 여자로서도 엄마로서도 또 한 명의 인간으로서도 어느새 누구보다 우뚝 서 있었다. 어린 나이와 미혼모라는 편견 따위 아랑곳없이, 그녀는 진실되게 삶과 마주하고 있었다.

천진한 사람

인터뷰가 끝나고 서로 소식이 뜸하던 때, 파니에게 메시지가 한 통 도착했다. 그녀의 부모님이 베를린을 찾는데 한국 음식을 대접하고 싶다는 것이었다. 이에 요리사 수민이 나서기로 했고, 그녀는 고기를 먹지 않는 파니와 가족들을 위해 두부전골을 하기로 했다. 약속 당일 우리는 일찌감치 아틀리에에 도착해 재료 손질을 하며 손님 접대에 열을 올렸다. 파니가 고맙다며 재료비와 수고비까지 챙겨준 덕에 더욱 성의를 보일 수밖에 없었다. 드디어 요리가 완성되고, 파니의 부모님, 우리 둘, 그리고 파니와 에밀, 그녀의 남자 친구까지 총 일곱 명이 식사를 하기 위해 테이블에 둘러앉았다. 수민은 내심 떨리는 기색을 감추지 못했다. 두부와 팽이버섯, 배추까지 들어간 전골을 모두가 찬찬히 입에 넣었다. "음~" 하는 소리와 함께 맛있다는 감탄이 나올 만도 한데 다들 침묵으로 일관하였다. 나 또한 객관적으로 판단하건대 그날의 요리는 아쉽게도 뭔가 되다 만 느낌이었다. 굳이 말하지 않아도 새어 나오는 반응에 수민은 곧 낙담하고 말았다. 대신 우리는 파니의 부모님이 먼 프랑스에서부터 챙겨 온 와인과 치즈를 맛있게 먹는 것으로 위안 삼았지만, 수민은 지금까지도 그때를 매우 쓰라리게 기억한다. 반면 고맙게도 파니는 손수 감사 편지까지 마련해 우리를 배웅해주었다. "맛……있었지만 다음엔 또 다른 걸 먹어보면 좋겠다!"

한국 사회에서 결혼을 하지 않은 상태로 아기를 낳는 건 상당한 용기를 필요로 하는 일이다. 이와는 달리 유럽, 특히나 프랑스에서는 동거나 사실혼 관계에서의 출산 그리고 양육이 비교적 잘 이뤄지고, 사회적으로도 유연하게 받아들여진다. 그저 새로운 형태의 '모던 패밀리'로 여겨지는 듯하다. 덕분에 분명 파니 또한 주저함이 덜했다. 게다가 가족의 열렬한 후원도 그녀가 용기를 내는 데 한몫했다. "저녁이면 가족이 모여 아빠는 드럼을, 엄마는 기타를 치며 노래를 부르셔. 두 분 다 전문가는 아니지만 그냥 예술이 항상 삶에 녹아 있었어. 부모님은 마당에 뛰어노는 닭들마저도 아름답게 여기셨으니까. 처음 에밀을 가졌다고 알렸을 때도 걱정보다 축하를 먼저 해주셨어. 인생에서 누릴 수 있는 가장 큰 아름다움이라고 하셨지."

처음 그녀를 봤을 때, 가녀린 체구에서 뿜어 나오는 강인함이 아이를 둔 엄마의 모성에서 나오는 것이라고 생각했다. 하지만 어쩌면 그녀가 강한 이유는 엄마라서이기보다 그녀 스스로가 에밀처럼 세상을 아름답게 바라볼 수 있는, 겁 없고 천진한 사람이라서가 아닐까.

베를린에서 아이와 시간을 보내려면

베를린이 젊은 싱글들만을 위한 도시라고 생각한다면 오산이다. 독일의 수도답게 육아에 대한 복지가 어느 곳보다 훌륭하기 때문이다. 특히 파니가 사는 지역, 프란츠라우어 베르크에는 싱글맘들을 위해 저렴한 가격의 임대 주택까지 마련되어 있다. '아이-동산'(킨더베르크Kinderberg)이라는 별명을 지닌 이 동네는 한국으로 치자면 강남 8학군처럼 교육에 열성적인 베를리너 부모들의 주거 선호 지역으로 꼽히기도 한다. 파니가 추천한 장소들도 대부분 이 지역에 몰려 있다.

❶ Amitola Laden

패밀리 카페를 지향하는 따뜻한 공간. 특히 아이들의 세컨핸드 장난감이나 옷을 구매할 수 있어 알뜰한 독일 부모들에게 인기가 높다. 도자기 만들기나 요가 등 아이와 함께할 수 있는 클래스도 매일 열린다.

add. Krossenerstraße 35 10245 Berlin
web. amitola-berlin.de

❷ Mundo Azul

어린이를 위한 동화책 전문 서점. 스페인과 프랑스뿐 아니라 일본, 중국 등 전 세계 동화 작가들의 다양한 책을 한눈에 살펴볼 수 있어 일러스트에 관심이 많은 어른도 시간 가는 줄 모르고 구경할 수 있다.

add. Chorinerstraße 49 10435 Berlin
web. mundoazul.de

MACHmit! Museum for Children

어린이들을 위한 박물관. 과거 교회 건물을 개조하여 만든 곳으로, 전시보다는 체험 프로그램을 중심으로
4~12세 아이들이 마음껏 뛰어놀 수 있도록 구성했다. 분기별로 바뀌는 교육 프로그램도 유익하니 꼼꼼히
확인하고 방문하면 좋을 듯하다.

add. Senefelderstraße 5 10437 Berlin

web. machmitmuseum.de (독어)

　　　 visitberlin.de/en/spot/machmit-museum-for-kids (영어)

Kids' farm, Jugendfarm Moritzhof

파니가 에밀과 함께 자주 방문하는 곳으로, 마을 주민들을 위한 공동
텃밭뿐만 아니라 양, 염소, 돼지 등 동물들에게 직접 먹이를 주는 시
설도 갖추고 있다. 온 가족이 함께 시간을 보내기에 매우 적합한 곳
이다.

add. Schwedterstraße 90 10437 Berlin

web. jugendfarm-moritzhof.de

Kindercafé Milchbart

독일판 키즈 카페. 하지만 한국과 달리 다양한 놀이 시설이 갖춰져 있기보다는 부모와 아이가 함께 휴식을
취할 수 있는 베이커리 겸 동네 사랑방 같은 공간으로 꾸며져 있다.

add. Paul-Robesonstraße 6 10439 Berlin

web. milchbart.net

Michiyasu

부토 댄서 **미치야스 후루타미**

Furutami

일본 오사카 출신으로, 여자 친구와 함께 베를린에 온 지 어언 4년이 다 되어간다. 일본 현대 춤 장르의 하나인 부토를 내세워 퍼포먼스와 댄스 공연을 활발히 보여주고 있으며 체코, 폴란드 등 동유럽권으로까지 점점 무대를 넓혀가는 중이다. 베를린에서의 부토 강연 및 워크숍 또한 정기적으로 열고 있다.

매번 새로운 것을 시도하려는

이 도시 사람들이 끊임없이 나를 자극해.

베를린은 마치 하나의 커다란 실험실 같아.

블루 아방가르드 아틀리에에 출근 도장을 찍으며 새 일상에 적응하던 무렵이었다. 새로운 인물이 등장했다는 소문에 파니의 친구들이 시도 때도 없이 작업실을 찾았다. 인사를 하려는 건지 구경을 하려는 건지, 한참을 내 옆에 머무르는 그들 때문에 참 난감했다. 그중에는 로랑이라는 프랑스인 아저씨(?)도 한 명 껴 있었다. 실험 음악을 하던 친구였는데, 김추자를 즐겨 듣는다는 자기소개가 끝나기 무섭게 당장 다음 주에 한국과 일본으로 3개월간 놀러 간다는 게 아닌가! 마침 파니의 이야기를 듣고 바로 나를 만나러 왔다는 그에게, 나는 괜히 신이 나 홍대에서 활발히 활동 중인 프랑스인 퍼포머 친구를 연결해주었다. 그는 작업실에서 나와 한참을 이야기하다 자신의 굿바이 파티에 꼭 오라는 신신당부를 남기고서야 자리에서 일어났다.

파티 당일. 마침 엄마가 겨울 대비용으로 보내주신 소주가 눈에 띄어 로랑 선물용으로 몇 병을 챙겨 집을 나섰다. 주소가 맞긴 한데, 깜깜한 밤에 눈까지 쏟아지는 바람에 집을 찾기가 힘들어 혼자 헤맸다. 그때 뒤에서 왠지 모르게 친숙한 일본어가 나긋하게 들리기 시작했다. 보아하니 뭘 찾는 모양새가 나랑 비슷해 보였다. "너네도 로랑 파티에 가는 거니?" "응! 맞아!" 후루와 그의 여자 친구 카나코였다. 덕분에 무사히 파티 장소에 도착한 뒤, 우리는 곧 곁에 앉아 이런저런 이야기를 나누었다. 추운 날씨에 얼었던 몸이 녹자 와인 한잔에 취기가 돌았고, 우리는 엉겁결에 로랑에게 선물할 소주까지 뜯어버리고 말았다.

"지난주 막 로랑과 동유럽 투어를 마치고 베를린에 돌아왔어. 함께 퍼포먼스 그룹을 만들었거든. 얼마간 보지 못할 로랑에게 인사도 하고 뒤풀이도 할 겸 파티에 오게 되었어." 어떤 퍼포먼스인지 설명을 부탁하자 그는 대뜸 부토라는 단어를 꺼냈다. 부토……? 생소한 단어에 궁금증이 생겨 캐묻자 그는 말 대신 몸으로 보여주기 시작했다. 그때까지 그저 친근하고 친절한 일본 사람이라고 여겼던 후루는 순식간에 분위기를 바꿔 카리스마 넘치는 모습으로 돌변하였다. 30초가 채 안 되는 움직임이었지만 그 어떤 말보다 확실한 설명이었다. 동그래진 눈과 떡 벌어진 입으로 나는 감상평을 대신했다. 이후 꼭 그의 퍼포먼스를 보러 가겠다고 약속했지만 우리는 다시 만나지 못했다. 그러던 중 인터뷰를 결심한 뒤 후루에게 연락을 취했다. "미안. 카나코와 한 달 동안 덴마크로 휴가를 떠나기로 했어. 다녀와서 꼭 보자!" 결국 나의 끈질긴 구애와 기다림 끝에 날짜를 잡았고, 드디어 그의 이야기를 들을 수 있게 되었다.

떠나자, 결심

지난 2011년 일본의 후쿠시마 대지진은 일본 사회뿐만 아니라 전 세계를 혼란에 빠뜨릴 만큼 커다란 충격을 안겨줬다. 지진과 쓰나미로 인한 피해는 물론이고, 원전 폭발로 어마어마한 양의 방사능이 누출되면서 회복할 수 없을 것만 같은 초유의 사태가 발생했다. 에너지에 대한 인간의 지나친 욕심과 자연의 무시무시함을 간과한 탓이었다. 그러나 사고 발생 당시 일본 정부는 자국민을 안심시키고자 결과를 축소하며 사실과 진실, 꾸밈과 거짓을 구별할 수 없도록 혼란을 가중했다. 이에 대해 일본 국민들은 놀라우리만큼 침착했고, 의심스러울 정도로 덤덤했다. 후루는 바로 이때 일본을 떠나기로 결심했다. 더 이상 목소리를 내려고도 들으려고도 하지 않는 이 사회에서 버틸 수 없을 것 같다는 판단이 들어서였다. "정부에 대항하는 데모에 참여했는데 모두가 너무 소극적으로만 움직이더라고. 베를린에서 이런 일이 일어났다면 아마 밤낮으로 온 도시, 아니 온 나라가 데모로 난리가 났을 거야. 그리고 그게 맞는 거야. 그때 정말 일본과 다수의 일본 사람에게 크게 실망했고, 지금 떠난 지 벌써 4년이 다 되어가지만 다시 돌아가고 싶은 생각은 전혀 없어." 후루는 확고했다. 그가 당시에 받앉을 상처가 조금은 짐작이 가는 듯했다. 모두가 한목소리로 화를 내야만 하는 상황임에도 불구하고 그 열기를 식히기에만 급급한 사회가 너무나도 낯설고 무섭게까지 느껴졌을 것이다. 우리 또한 그렇지 아니한가.

일본을 떠날 무렵, 후루는 직장을 다니고 있었다. 스웨덴 가구 업체인 이케아의 첫 일본 지점 레스토랑 매니저였다. 대학을 졸업하고 나니 댄서로 먹고살 길이 막막해 일을 시작하게 된 것이었다. 5년 동안 꾸준히 일하면서 주말에만 간신히 댄서로 퍼포먼스에 참여하곤 했다. 그렇게 줄곧 아티스트로서의 삶과 생계의 책임감 사이에서 갈등하던 후루는 여자 친구 카나코와 함께 무작정 떠나기로 했다. 지진이 일어난 직후였다. "함께 직장을 관두고, 세계 여행을 가기로 했어. 먼저 유럽, 그다음 남미로 딱 1년을 계획했지. 하지만 가장 먼저 머문 덴마크에서 생각지도 못하게 6개월을 지냈고 지금은 베를린에 4년째 거주하고 있어. 정말 계획은 지키지 않으려고 세우는 것 같아. 하하." 8년을 이어온 관계의 이 둘은 가장 가까운 사이임에도 불구하고 존댓말을 쓰며 늘 서로에게 존중을 표한다. "우린 굳이 결혼이라는 제도에 얽매이지 않기로 했어. 베를린에서 나는 부토 퍼포머와 강사로, 카나코는 일본어 번역가 겸 유명 온라인 여행사의 일본 전담 매니저로 일하고 있어. 함께할 땐 같이 즐겁게 일상을 보내고 또 각자가 하고 싶은 것 그리고 해야 하는 것이 있을 땐 각자의 시간을 존중하는 편이야."

부토와의 만남

후루의 퍼포먼스를 처음 접한 대부분의 사람은 쉬이 입을 다물지 못한다. 부토라는 형식의 일본 춤에 익숙하지 않기 때문이기도 하겠지만 이 괴상하다 싶은 움직임이 춤이 될 수 있다는 점이 아마 그 주된 이유일 듯하다. "관객에게 내 공연이 어땠느냐고 물어본 적은 한 번도 없어. 아마 다들 이상하다고 생각하겠지? 그래도 계속해서 퍼포먼스 요청이 들어오는 것을 보면 꽤 인기가 많은 것 같기도 해."

때는 20년 전, 후루가 니혼 대학교 공연연극학과에 입학하던 무렵으로 거슬러 올라간다. 후루는 당시 학교 선배가 속해 있던 산카이 주쿠 Sankai Juku 부토 그룹과 가깝게 지내면서 그들의 연습실을 빈번히 오가기 시작했다. 발레 전공이었던 후루에게 부토의 세계는 꽤나 큰 충격이었다. 엄한 규율과 철저한 연습이 요구되는 발레와 달리 부토 그룹은 늘 헝클어진 옷차림으로 담배 피우고 사케 마시는 일이 일상의 전부인 것처럼 보였기 때문이다. 후루는 부토라는 춤보다 이렇게 멋에 취한 사람들에게 더 큰 관심이 생겼다. "부토야말로 진정한 '펑크'처럼 느껴졌어. 음악 장르에만 있는 줄 알았던 펑크가 그들의 삶 자체에 녹아들어 있더라고."

패전 후, 1960년대 일본에는 여러 예술적 아방가르드 움직임이 일어났다. 그중 춤의 분야에서는 일본 가부키와 현대 무용이 결합된 부토라는 새로운 형식이 히지카타 타츠미와 오노 카즈오에 의해 고안되었다. 이

(위)워크숍 중인 후루.
(아래)퍼포먼스 중인 후루.

는 일본 내에 팽배했던 허무주의와 세계의 흐름이었던 표현주의가 결합하여 탄생한 신新 몸의 언어였다. 하얀 물감으로 온몸과 민머리를 칠해 개성을 지우고, 흉측하리만큼 끊임없이 몸을 뒤트는 게 기본 콘셉트였다. "부토는 원래 기존 형식과 개념에서 철저히 벗어나고자 만들어진 춤이었어. 네가 줄곧 믿어왔던 것을 '왜?'라고 의심하는 과정, 바로 이게 내가 부토에 매료된 이유야. 또 하나! 지구 반대편 호주 그리고 현재 우리가 살고 있는 베를린이 공존할 수 있는 유일한 이유는 바로 중력이 있기 때문인데 우리는 종종 그걸 잊고 살곤 해. 그걸 깨우쳐주는 게 바로 부토라는 춤이야." 어둠의 춤이라 불리는 부토는 이처럼 하늘이 아닌 땅, 즉 땅의 중력을 향해 무겁고 또 무겁게 움직이는 춤이다.

베를린으로

후루가 베를린에 온 것은 현실적인 이유와 우연한 선택에 따른 것이었다. 유럽 여행을 하다 길게 머물게 된 덴마크에서 그에게 장기 비자를 허용하지 않았고, 당시 친구를 방문할 겸 찾은 이 도시에 결국 자리를 잡게 되었다. 다른 도시에 비해 베를린은 비교적 예술가들에게 후한 비자 선택권을 주었기 때문이다. 그렇게 벌써 3년이라는 시간이 흘렀다. "베를린은 정말 끝내줘. 전 세계에서 온 사람들을 한 장소에서 만날 수 있고, 이들과 하나의 예술을 함께 추구할 수 있으니까. 또 매번 새로운 것을 시도하려는 이 도시 사람들이 끊임없이 나를 자극해. 베를린은 마치 하나의 커다란 실험실 같아. 그리고 가장 중요한 건 내 것에 온전히 집중할 수 있는 시간이 주어진다는 것. 한국과 마찬가지로 일본은 사회 내에서의 경쟁과 압박이 너무 심해. 그에 비해 베를린은 누구나 하고 싶은 것에 집중할 수 있는 여유로운 도시야." 물론 후루에게도 힘든 시기는 있었다. 아무리 베를린에 기회가 많다고 하더라도 부토 퍼포먼스 댄서로 생활비를 충당하기란 쉽지 않았기 때문이다. 다행히 처음에 친구 덕에 정착한 곳이 베를린에서 전설처럼 남아 있는 타헬레스Tacheles였고, 그때의 인연으로 여러 퍼포먼스 행사에 초대받으면서 후루는 현재 부토 워크숍과 공연을 번갈아 하며 꽤 여유 있는 생활을 갖추게 되었다.

　　후루의 부토 워크숍에는 베를린에 거주하는 다양한 나라의 사람들이 참가한다. 대부분이 부토에 대한 개념을 미리 숙지하고 있는 상태라 이론은 가볍게 넘어가고, 바로 실전에 들어간다. 다행히 말보다 몸을 쓰는 워크숍이다 보니 수업은 매번 만식이다. "너 자신을 느끼고 감정에 몸을 맡겨라 같은 주문을 거는 사람은 되고 싶지 않아. 그렇다고 부토를 과학적으로만 접근하는 건 아니지만 각자 몸의 움직임에 더 집중하도록 유도하는 편이야. 이 자세에서는 이 근육과 뼈를 사용해야 한다는 식으로." 10년 전부터 부토는 '아방가르드함'에 반한 베를린 예술가들 사이에서 유행처럼 번지기 시작했다. 그렇게 몇 번의 유행과 지남을 반복하다 작년부터 다시 인기를 끌기 시작했고, 덕분에 후루를 찾는 사람들이 최근 더 늘게 되었다.

비우고 또 채우는

말로만 듣던 후루의 퍼포먼스를 보기 위해 찾은 곳에서 우리는 흥분을 감출 수 없었다. 공연이 열리는 노이베스트 Neuwest는 특이하게도 과거 전쟁 당시 영국 공군이 베를린에 떨어뜨린 미사일을 천장에 그대로 남겨놓았고, 후루는 그걸 부수려는 그야말로 '파괴적인' 즉흥 연기를 하고 있었다. 그날따라 '필'을 제대로 받았는지 그는 격정적인 동시에 섬세한 부토의 움직임을 선보였고, 이를 통해 풀어낸 그의 반전反戰 메시지는 명쾌하고 또 통쾌했다. 얼마 못 가 공간의 상징과도 같은 미사일 장식이 우려된 스태프가 공연을 제지하는 해프닝까지 생기고 말았지만, 그래서 더욱더 인상 깊은 공연이 완성될 수 있었다. "내 공연은 매우 쉬워. 그래서 더 쉽게 사람들의 공감을 끌어내기도 해. 무리해서 관객과 벽을 둘 필요는 없으니까. 공연 전에 항상 나 자신을 비우자고 다짐해. 머릿속은 물론이고 몸까지도. 그래야 즉흥적으로 당일의 공연 장소와 관객을 온전히 받아들일 수 있거든." 자신을 비우라니. 뭔가 쉽고도 어려운, 참 아리송한 주문이다. 이처럼 부토가 일상, 일상이 부토인 후루에게 모든 세상일과 만물은 비워진 자신을 채우는 과정이었다.

공연이 끝난 후 우리는 인터뷰를 위해 다시 만났다. 카리스마 넘치던 그의 모습에 우리는 무한한 감탄을 표했고 그는 말없이 고개를 숙이며 수줍어하였다. 하지만 부토에 관한 이야기만 나오면 언제 그랬냐는 듯 누구보다 확신에 가득 차서 말을 이어나갔다. 마지막으로 포즈를 취해달라

는 우리의 짓궂은 요구에 후루는 대뜸 손을 들어 올리더니 이리저리 움직여 보이기 시작했다. 그림자가 만들어내는 이미지가 재밌다면서 한참을 해와 씨름하는 그를 보며 이번엔 또 다른 후루를 마주하는 듯싶었다.

　이후 나와 수민은 후루와 카나코를 우리가 머무는 집에 초대해 저녁을 대접하기로 하였다. 인터뷰 날 갑자기 일이 생겨 약속 시간에 늦어버린 탓에 미안함이 남아 있었고, 또 유독 한국 음식을 좋아한다던 카나코에게 수민의 음식 솜씨를 맛보여주고 싶기도 하였다. 수민은 몇 날 며칠을 메뉴 구성에 고심하더니 매운 제육볶음과 감자전을 하기로 결정하였다. 약속 당일, 조금만 서두르면 될 것을 촉박한 시간에 장을 보고 재료 손질을 하느라 전전긍긍하던 때에 시간에 딱 맞춰 벨이 울리고 말았다. 이제 막 감자를 강판에 갈려던 중이었는데, 정확해도 너무 정확했다. 결국 카나코는 소매를 걷고 우리를 도와 직접 요리를 하기 시작했다. "이렇게 직접 한국 요리법을 배울 수 있으니까 더 좋은데?" 다행히 그날 저녁은 모두의 입맛을 만족시켰고, 우리는 그들이 사 온 와인을 즐겁게 마실 수 있었다. 이상하게도, 깊은 각자의 속을 드러내지 않아도 서로가 서로를 이해하는 듯한 기분은 그날의 덤이었다. 단순히 같은 피부색 때문이 아닌 멀리 떠나온 각자의 모국에 대한 감정이 교차해 우리는 그렇게 밤새 술잔을 기울였다. 그렇게 또 하나의 좋은 인연을 얻게 되었다.

베를린에서 현대 무용과 퍼포먼스를 감상하려면

하루가 멀다 하고 예술 행사가 열리는 베를린에서 '퍼포먼스'는 도시를 상징하는 주요
한 키워드 중 하나이다. 하지만 베를린의 퍼포먼스는 꼭 객석과 무대가 분리된 공연장
에서만 열리지 않는다. 후루의 경우 와인 바, 폐차장, 대안 공간 등 장소의 구분 없이 부
토 퍼포먼스를 펼치고 있다. 그가 추천한 장소들에 덧붙여 현대 무용과 움직임을 접할
수 있는 공간 또한 소개한다.

Greenhouse Berlin

8층짜리 초록빛 건물 전체가 아티스트 백여 명의 작업실 및 공연장
으로 꽉 차 있다. 특히 2층에는 '보노보Bonobo'라고 불리는 실험 음악
공연장이, 8층의 '플라토 갤러리Plateau Gallery'에는 다양한 장르의 퍼
포먼스 및 전시를 접할 수 있는 복합 문화 공간이 자리 잡고 있다. 후
루도 종종 8층에서 'gape 프로젝트*'의 일환으로 퍼포먼스를 펼치곤
한다.

* 실험적인 퍼포먼스를 위한 전시를 여는 그룹. 후루도 이 그룹에 속해 있으며 현
  재까지 여섯 번의 이벤트를 열었다.

add. Gottlieb-Dunkelstraße 44 12099 Berlin
web. greenhouse-berlin.de

Neu West Berlin

후루가 공연했던 예전 장소는 부동산 붐을 타고 한 건축 회사가 매입해 곧 비싼 아파트로 바뀔 예정이라고
한다. 현재 한창 공사가 진행 중이다. 대신 같은 이름으로 새로운 곳에 자리를 잡고, 여전히 다양한 전시와
퍼포먼스 등 예술 이벤트를 선보이고 있다.

add. Yorckstraße 86 10965 Berlin
web. neuwestberlin.com

❸ Uferstudios

베를린 교통공사BVG로 쓰이던 건물을 개조해 현재는 현대 무용/춤을 위한 스튜디오와 공연장, 워크숍 장소로 활용하고 있다. 원래는 트램과 버스 차고지로 쓰였던 터라 넓은 공간에 벽돌 건물이 드문드문 들어서 있어 처음 방문하면 조금 당황할지도 모른다. 전 세계 안무가와 댄서 그리고 타 장르 아티스트들이 모여 다양한 협업을 보여주고 있으며, 일반인의 워크숍 참여도 가능하다.

add. Uferstraße 8/23 (Gate 2, Postal Adress) 또는 Badstraße 41a (Gate 1) 13357 Berlin

web. uferstudios.com

❹ Acker Stadt Palast

2012년에 현대 연극, 춤, 퍼포먼스를 위해 세운 비영리 기관. 베를린의 중심 미테에 자리하고 있다. 특히 실험 음악과 춤을 결합해 상연하는 프로그램으로 유명하다. 전반적으로 장르 구분이 뚜렷하지 않아 어떤 공연을 보게 될지는 직접 가봐야 안다. 공연이 끝나고 아늑한 뒤뜰에서 사람들과 어울려 맥주 한잔 마시는 재미도 쏠쏠하다.

add. Ackerstraße 169 10115 Berlin   **web.** ackerstadtpalast.de

❺ HAU

베를린의 대표적인 국제 퍼포먼스 센터이자 극장. 베를린 크로이츠베르크Kreuzberg 지역에 총 세 군데가 있다. 현대 무용에 초점을 맞춘 이곳은 전 세계 영young 댄서들에게 다양한 공연 기회를 제공해 큰 극장에서는 접할 수 없는 신선하고도 실험적인 현대 무용 작품들을 만날 수 있다.

add. HEBBEL AM UFER – HAU 1: Stresemannstraße 29 in 10963 Berlin

HEBBEL AM UFER – HAU 2: Hallesches Ufer 32 in 10963 Berlin

HEBBEL AM UFER – HAU 3: Hallesches Ufer 10 in 10963 Berlin

web. english.hebbel-am-ufer.de

+ '8월의 춤'이라는 뜻의 탄츠 임 아우구스트Tanz im August(국제적인 규모의 현대 무용/춤 페스티벌)도 매년 여름 베를린 전역에서 열린다. 위에 소개한 우퍼 스튜디오와 하우에서도 이 페스티벌을 접할 수 있다.

web. tanzimaugust.de

Milena

건축가, 아마추어 디제이 **밀레나 페트코바**

Petkova

불가리아의 흑해 근방에서 태어나 수도 소피아에서 건축을 공부한 후 교환 학생의 기회로 베를린에 오게 되었다. 졸업 후 베를린에 남아, 현재 프랑스계 건축 회사에서 건축가로 일하고 있다. 또한 주말에는 클럽 디제이로 변신, 컬러풀한 베를린 라이프를 즐기고 있는 8년 차 베테랑 베를리너다.

적어도 도전에 두려움을 느끼는

사람은 되지 않으려 해.

지금처럼 이 일이 내게 맞지 않는다고 느낄 때,

거리낌 없이 박차고 새로운 것을

시작할 수 있는 사람이길 바라.

앞서 인터뷰한 니콜의 도움을 받아 집을 이사하고선, 곧 함께 살 플랫 메이트를 구하기 시작했다. 혼자서 집을 쓰기에는 값도 비쌀 뿐만 아니라 방도 두 개나 됐기 때문이다. 베게게죽트WG-Gesucht[*] 라는 유명 사이트에 집 소개를 올려두니 금세 50명이 이메일을 보내왔다. 맨날 방을 구하던 입장에서 내가 사람을 뽑으려니 왠지 모르게 긴장이 됐다. 사람들의 소개서를 꼼꼼히 읽은 후 마음에 드는 다섯 명을 추려 답장을 보냈고, 다음 날 두 시간씩 시간을 나눠 그들을 집에 초대하였다. 맨 처음에 도착한 사람이 류보, 불가리아 출신의 몸집이 매우 큰 아마추어 배우 겸 디제이였다. 함께 차를 마시며 은밀하게 서로를 탐색하던 시간이 흐른 후, 나는 다시 연락을 주겠다며 다음 사람을 맞이할 준비를 했다. 그렇게 네 명이 더 왔다 갔지만, 류보의 선한 인상과 상냥한 말투가 계속 생각났다. 또 하나, 그의 커다란 덩치로 혹시 모를 도둑도 잘 막아줄 것만 같았다. 그렇게 류보는 나의 플랫 메이트가 되었다.

이사 당일 날, 짐이 별로 없다던 그는 큰 트럭에 다섯 명의 친구까지 태워 집 앞에 등장했다. '이게 뭐지' 싶던 찰나, 그의 친구들이 우르르 집 안으로 들어와버렸다. 일어난 지 얼마 되지 않아 몰골이 멀쩡하지 못했던 나는, 그저 어색하게 미소만 짓고 서 있을 수밖에 없었다. 바로 그때, "와, 너 꼭 〈이웃집 토토로〉에 나오는 단발머리 여자애 같아! 난 밀레나야.

🏃 wg-gesucht.de

우리 친하게 지내자"라며 대뜸 어떤 여인이 날 꽉 안아주는 것이 아닌가. 그렇게 어색했던 분위기는 눈 녹듯 녹아버렸다. 이처럼 거침없이 화끈하고도 한없이 포근한 그녀를 나는 이후 류보보다도 더 따르게 되었다. 특히 그에 대한 사소한 불만을 서로에게 장난스레 토로하며 더 가까워졌다. 류보 왈 "너희 그만 좀 붙어 다녀라. 아니면 나 좀 끼워주든가!"

템펠호프 공원

긴 겨울이 끝나고 베를린에 봄이 찾아오면 수많은 사람이 별 이유도 없이 밖으로 나가기 시작한다. 자전거나 스케이트보드 등 취미를 즐기고, 햇볕을 쬐며 책을 읽고, 야외에서 커피를 마시거나 바비큐를 즐긴다.

그중 베를린 남쪽에 위치한 템펠호프 공원 Tempelhofer Feld은 단연 인기 장소로 꼽힌다. 사방을 둘러봐도 끝이 보이지 않는 이 공원은, 한가운데 철새 도래지가 있을 정도로 넓어도 너무 넓다. 원래는 베를린의 주 공항으로 쓰이며 1927년부터 2008년까지 제 역할을 다하다 5년 전 베를린 외곽에 새 공항이 지어지면서 폐쇄되었다. 현재는 시민들을 위한 공원으로 변신, 베를린의 허파 노릇을 톡톡히 하고 있다. "이 공원을 빼놓고선 나의 베를린이 완성되지 않는 느낌이야. 마침 내가 베를린에 살기 시작한 무렵 생기기도 해서 더 애착이 가기도 해. 지난여름에 베를린 시가 한 아파트 건설 회사에 이 땅을 팔려고 했는데, 시민들의 거센 반대로 다 없던 일이 되었어. 정말 다행이지 뭐야!" 인터뷰 시작 전부터 해줄 이야깃거리가 한가득이라며, 온몸에서 흥분된 기운을 뿜어내던 밀레나였다.

베를린에는 이 템펠호프 공원처럼 쓰이지 않는 혹은 버려진 공간과 건축물을 재활용하는 일이 매우 흔하다. 흘러간 과거와 현재, 그리고 다가올 미래를 보존하려는 독일인의 특성이 도시 곳곳과 건물에 고스란히 드러나 있는 듯하다. 가장 좋은 예가 바로 벙커 보로스 Bunker Boros로, 한 건물에 담긴 역사로 책을 쓸 수 있을 정도로 그 용도가 다양하게 변모해왔다. 히틀러 시대1943년에 지어진 이 벙커는 종전 후에는 포로수용소로, 동독 공산주의 시절에는 과일 저장소인 '바나나 벙커'로, 그리고 통일 후에는 베를린 테크노 붐과 함께 클럽으로 활용되었다. 현재는 크리스티안 보로스 Christian Boros라는 아트 컬렉터가 건물을 구입하여, 자신의 미술 컬렉션을 보관하고 소개하는 용도의 미술관으로 쓰고 있다. "베를린 건물들에는 이처럼 역사가 생생히 숨을 쉬고 있어. 또 그걸 귀하게 여기기 때문에 절대 부수려고 하지 않아. 반면 불가리아는 슬프게도 공산주의 시대의 유물들을 지금 모두 없애려 하고 있어. 당장의 개발과 수익에만 목적을 두거든. 바로 이런 차이 때문에 내가 건축가로서 베를린에 더 머물고 싶어 하는 것일지도 몰라."

행복한 건축가, 되기

밀레나가 졸업 후 처음 일하게 된 베를린의 자그마한 건축 사무소는 무척이나 특별했다. 유목민 같은 히피 사장님 덕에 언제나 사무실의 턴테이블에서는 음악이 흘러나왔고, 아이디어를 얻고자 야외 공원에 둘러앉아 회의를 하기도 했다. 직원 모두가 각자의 카세트테이프를 들고 와 함께 음악을 듣는 파티를 연 적도 있다. "여기서 일하면서 '아, 베를린의 건축가들은 이렇게 자연스럽고 아름답게 나이 드는구나'라고 생각했어. 이 회사에 다니면서 앞으로 내가 건축가로서 지향해야 할 자세나 삶의 방향을 찾은 듯했어. 그러나 안타깝게도 이 사무소는 1년 후 자금 사정으로 문을 닫게 되었고, 지금의 회사로 옮기게 되었지."

현재 밀레나가 베를린에서 몸담고 있는 곳은 꽤 규모가 큰 국제적인 건축 회사이다. 수많은 건축가 지망생이 모여드는 이 도시에서 이런 안

정적인 직업을 갖고 있다는 걸, 그녀 스스로도 무척 행운으로 여긴다. 하지만 이런 밀레나에게도 고민이 없는 것은 아니다. '좋은' 건축물을 짓기 위해서는 함께 일하는 사람들과의 충분한 물리적·심적 교류가 무엇보다 중요함을 알기 때문이다. "지금 사무실에서 함께 일하는 사람들 대부분은 집이 있고, 가족이 있고, 아이가 있는 안정적인 삶을 살아. 그런데 주말에 뭐 했냐고 물어보면 아무 대답도 하지 못해. 그냥 집에 있었대. 마치 살기를 멈춘 듯한 느낌마저 들어. 사실 난 내가 그렇게 될까 봐 너무 무서워. 지금도 앞으로도 결코 이런 안정적인 삶만을 원해서 건축가가 된 건 아니거든." 밀레나는 요즘 들어 건축가로서 품었던 자신의 이상이 의심스러울 만큼, 현실에서 불편함을 느끼곤 한다. "창의적인 동시에 생산적일 수 있는 직업을 갖고 싶어서 건축을 택했어. 하지만 내가 지금 일하는 곳은 너무 기술적인 면만 강조하고, 주로 아파트나 콘도 같은 사업의 수익성에만 목을 매. 그러다 보니 건축에 대한 내 열정이 조금씩 깎이는 듯한 느낌이야. 내가 과연 계속 여기서 살아남을 수 있을까 싶은 생각도 들고……."

음악과 함께

이런 밀레나를 위로해준 건 다름 아닌 음악, 그리고 그 속의 사람들이었다. "새로 들어간 건축 회사 일에 잘 적응하지 못했을 때(지금도 물론 고민 중이지만. 하하), 휴가까지 써가며 CTM 음악 페스티벌 의 자원봉사를 신청했어. 그때 우연히 만난 사람들과 3년이 지난 지금까지도 가족같이 지내고 있어. 나는 어떤 사람의 음악적 취향을 보면 그 사람이 무슨 생각을 하고 있는지 알 수 있다고 믿거든. 5분만 얘기해보면 내가 이 사람과 잘 맞을지 아닐지에 대한 판단이 들어. 건축만큼이나 음악은 나에게 무척 중요한 삶의 요소니까." 지난여름, 밀레나는 친구 셋과 함께 하우스 음악의 본고장인 미국 로스앤젤레스를 여행하기도 했다. 온전히 '음악'에 포커스를 맞춘 여행이었다. 또한 최근, 밀레나는 이 친구들의 응원 덕에 취미로만 여기던 디제이 믹싱을 종종 소규모의 베를린 클럽에서 틀기 시작했다. 때문에 낮에는 건축 사무실에서, 밤과 주말에는 클럽에서, 요즘 밀레나는 하루의 1분 1초가 부족할 지경이다.

내가 밀레나의 디제잉을 처음 접한 건, 노말 바Normal Bar라 불리는 자그마한 술집에서였다. 겉으로는 1층의 평범한 바인데 좁은 계단을 통과해 밑으로 내려가면 하얀 벽으로 둘러싸인 동굴 같은 곳이 나온다. 그래서 친구들 사이에서는 이곳을 케이브Cave로 부르곤 한다. "이곳의 주인 라이언과 친한 사이라 종종 부탁을 받고 음악을 틀곤 해. 또 친구들의 생일 파티에서 축하를 겸에서 하기도 하고. 일종의 아지트 같은 곳이지!" 케이브

🏃 일렉트로닉, 디지털, 익스페리먼털 뮤직(실험 음악)을 주제로 베를린 사운드와 클럽 문화, 그리고 예술적 액티비티를 어우르는 베를리너들의 큰 연례행사이다. 부제는 '실험적인 음악과 예술을 위한 페스티벌'. ctm-festival.de

의 밀레나는 커다란 헤드폰으로 음악을 들으며 한 손으로 믹서를 돌리느라 분주한 모습이었다. 그 어느 때보다 집중한 그녀가 신기하면서도 낯설었다. "어떤 종류의 음악을 듣느냐는 질문을 싫어해. 매번 다르기 때문에 딱 한 가지로 정의할 수 없는 느낌이거든. 지금은 'she's drunk'라는 뮤지션의 음악에 빠져 있어. 아마 내일이면 또 달라질 거야. 하하." 밀레나에게 음악은 마약과도 같은 존재다. 마음에 드는 음악이 들리지 않으면 한없이 불안하기까지 하다니 말이다. "우연히 이어폰에서 '우와' 싶은 곡이 나오면 정말 행복한 기분이 들어. 한동안 계속 반복해서 듣곤 해. 그런데 슬픈 건, 내 뇌가 이 음악을 기억하고 또 금방 지루함을 느껴. 그럴 때면 냉큼 또 다른 음악을 찾아 스스로를 만족시키곤 하지. 이쯤 되면 중독인 거지?"

에너지가 넘치는 그녀

밀레나는 내가 베를린에서 만났던 친구 중 아마도 가장 부지런한 사람일 거다. 류보가 말하길 "걔는 너무 에너지가 차고 넘쳐서 문제야. 자전거로 30분이나 걸리는 회사에 매일 출퇴근하는 것도 모자라 일이 끝나면 또 음악을 들으러 클럽에 가거나 이젠 자기가 직접 디제잉까지!" 그뿐만 아니다. 밀레나는 이런 에너지를 주변 사람들에게 전파하느라 여념이 없다. 그들이 들을 음악을 쉴 새 없이 공급해주는 건 물론이고, 먹는 것과 입는 것까지 끊임없이 신경 써주는 그녀의 모습을 보다 보면 마치 한국의 정 많은 이모같이 느껴진다. "세상과 사람, 건축과 음악에 대한 호기심을 도통 멈출 수가 없어. 공산주의로 고립된 문화를 가졌던 불가리아에서 자라서인지 뒤늦게 베를린에서 알게 된 이 세상이 너무나도 흥미로워! 아시아 사람과 친구가 된 것도 네가 처음이야. 한국이 어디에 있는 나라인지 네 덕분에 처음 찾아봤으니까."

부지런한 밀레나의 또 다른 취미는, 베를린의 버려진 건물들을 탐색하는 일이다. 나 또한 밀레나의 강력한 추천으로 지난여름 베를린 외곽 베엘리츠Beelitz를 함께 방문하기도 했었다. 과거 동독에 속해 있던 이 지

역은 통일 이후 현재는 버려진 창고와 건물 들로 가득하다. 그래서 저녁에는 빛이 들지 않아 무섭기까지 하다. 가끔은 친구들이 이 동네에서 경찰 몰래 파티를 열기도 하는데 나 또한 류보, 밀레나와 함께 놀러 간 적이 있다. 걸리면 당장 독일에서 추방될지도 모르는 나로선 얼마나 심장이 쫄깃했는지 모른다. 하지만 숲속 한가운데에 그라피티로 가득한 흉가에서 열린 이 자그마한 음악 페스티벌은 정말이지 무엇보다 특별했던 일로 기억된다. 밀레나는 이 동네를 자주 찾으며 버려진 건물들에 대한 기록을 사진으로 남기곤 한다. 우리가 '합법적'인 대낮에 함께 찾아간 곳은 과거 동독의 병원으로 쓰이던 건물이었다. 그곳은 아무도 관리하지 않아 덩그러니 버려져 있었다. 마치 '귀신의 집'에 온 것처럼 전쟁에서 부상당한 이들, 그렇게 이 병원에서 죽어간 이들이 우리를 보고 있을 것만 같은 상상이 들기도 했다. 하지만 밀레나는 무서움에 떠는 나는 아랑곳없이 건물 이곳저곳을 오가며 그곳을 카메라에 담기 바빴다. "소문을 듣기론, 여러 건축 회사들이 시에 입찰을 넣기 위해 애쓰는 중이래. 가장 유력한 건, 아티스트들을 위한 레지던시 겸 콘도로 바꾸자는 의견인데, 생각만 해도 멋지지 않니? 여기서 숨만 쉬어도 멋있는 무언가를 만들어낼 수 있을 것만 같아."

밀레나가 꿈꾸는 건축 이야기

인터뷰 두 달 전, 나는 나탈리와 함께 류보가 있는 불가리아의 수도 소피아에 다녀왔다. 여행에서 돌아온 우리는 밀레나에게 변화된 소피아의 모습에 대해 들려주었다. 그중에는 공산주의를 상징하는 기념물들이 전부 부서졌거나 부서질 위기에 있고, 그 자리를 맥도날드의 전단이 대신하고 있다는 소식도 있었다. "난 그런 점이 정말 슬프고 아쉬워. 그건 우리의 부끄러운 과거가 아니라 엄연히 존재하는 역사 중 한 부분이잖아. 도시의 역사는 마치 퍼즐과 같아서 그중 하나라도 없으면 완성되지 않아." 밀레나는 불가리아에서 만난 한 건축과 교수의 이야기를 들려주었다. 역사와 도시와 건물을 보존한다는 것은 다음 사람들을 위해 사랑을 남기는 것과도 같다는 그의 말. 안타깝게도 현재 불가리아는 가장 어려운 길을 택해 역사를 소모하고 새 건물을 짓기에 분주하다. 이러한 이야기를 나누며 내가 나고 자라온 도시 서울이 떠올랐다. 건물이 낡음과 동시에 부수고 또 새로운 건물을 짓기에 분주한 그곳. 분명 화려한 타워팰리스 또한 언젠가 낡고 추해질 텐데, 서울이든 소피아든 세상의 자본은 결코 도시에 여유를 허락하지 않는다.

밀레나에게 건축은 세상을 조금 더 좋게 그리고 아름답게 만들 수 있는 도구이자 수단이다. 제일 처음 몸담았던 사무실처럼, 그녀는 음악이 늘 함께하고 사람과 자연, 그리고 역사가 어우러지는 그런 건축물을 짓고 싶다. "어제 친구 생일 파티에서 에너지 관련 일을 하는 사람을 만났는데 내일 콜롬비아에 간대. 그곳에서 태양열 에너지 판을 지어주는 봉사 프로젝트에 참가한다더라고. 나도 이런 일을 해보면 어떨까 싶어. 어딘가 도움이 필요한 곳에 가서 학교를 짓거나 병원을 짓는 그런 건축 사무실에서 일

하는 거 말이야. 적어도 도전에 두려움을 느끼는 사람은 되지 않으려 해.
지금처럼 이 일이 내게 맞지 않는다고 느낄 때, 거리낌 없이 박차고 새로
운 것을 시작할 수 있는 사람이길 바라. 행복한 건축가가 되고 싶고, 또 그
렇게 살고 싶어."

여행을 준비하며

며칠 전, 밀레나에게 메시지가 하나 도착했다. 올가을 드디어 아시
아를 방문할 예정이란다. 한국은 아직 계획에 없지만 6개월의 기간 동안
방콕을 시작으로 이곳저곳을 여유 있게 둘러볼 계획이라고 했다. "일상의
자유가 허락된 지 얼마 되지 않은 불가리아 친구들은 여행을 많이 다니지
않아. 하지만 내가 베를린에서 만난 사람들은 열여덟 살에 벌써 다른 나라
에 와 직업을 가지기도 하고, 또 세계 일주를 하다 한 도시에 머물러 영어
를 가르치기도 해. 하도 그런 이야기를 많이 접하니까 나도 얼른 더 많이
여행을 다녀야겠다는 생각이 들어. 지금보다도 더 풍부한 삶을 살 수 있을
것만 같아." 혹 여유가 되면 아시아 어디쯤에서 만나자던 밀레나. "그 도시
에 반해 거기서 일자리를 구하게 될지도 몰라! 그렇다면 너희를 꼭 초대
할게."

베를리너의
제안

베를린에서 미술관으로 탈바꿈한 건축물을 보려면

앞서 밀레나가 언급한 것처럼, 베를린에는 기존의 건축물을 부수지 않고 용도만 변경해 사용하는 경우가 허다하다. 물론 경제적인 사정도 있겠지만, 가장 큰 이유는 베를린 사람들이 그 건물이 오랫동안 품어온 스토리를 중시하기 때문일 것이다. 이런 경우, 대부분 공공 미술관으로 바뀌는데, 베를린에서는 클럽(그레고리오의 인터뷰를 참고)이 추가된다. 이곳에는 밀레나가 추천하는 미술관과 갤러리 등을 위주로 소개한다.

❶ Sammlung Boros

광고 회사를 운영하는 크리스티안 보로스가 2005년에 건물을 사들여 개조한 공간. 맨 위층은 그와 가족이 거주하는 펜트하우스로, 아래층 벙커는 그가 소유한 미술품 컬렉션을 전시하는 '잠룽 보로스'로 운영하고 있다. 가이드 투어를 통해서만 감상할 수 있기 때문에 홈페이지 예약은 필수다. "내가 이해하지 못하는 미술에 관심이 있다"는 보로스의 말처럼, 다소 난해할 수 있는 현대 미술 작품을 감상할 기회이다. 또 유르겐 텔러Juergen Teller, 아이웨이웨이Ai Weiwei 같은 비교적 대중적인 현대 작가들의 작품도 살펴볼 수 있다.

add. Reinhardtstraße 20 10117 Berlin
web. sammlung-boros.de

❷ Kindl - center for contemporary art

어마어마한 천장 높이를 자랑하는 현대 미술 전시장. 2014년 스위스 출신의 미술계 종사자들이 의기투합해 문을 연 신생 공간. 과거 양조장 건물을 개조하였으며 그중 보일러실만 전시 공간으로 활용 중이다. 주변은 여전히 건물 개조 등으로 공사 중이라 어수선하지만, 그래서 숨은그림찾기를 하는 것 같은 매력이 있다.

add. Am Sudhaus 2 12053 Berlin   **web.** kindl-berlin.com

③ Neues Museum

선사 시대 유물부터 고대 이집트의 미술품까지 아우르는 베를린의 신 미술관. 1855년에 프리드리히 아우구스트 스튈러Friedrich August Stüler가 디자인한 이 건축물은 1, 2차 세계대전을 치르면서 심하게 훼손되었으나, 2003년부터 2009년까지 영국 출신의 유명 건축가 데이비드 치퍼필드David Chipperfield의 지휘 아래 긴 시간의 보수 작업을 거쳐 재개방하였다. 치퍼필드는 채색도 다시 하지 않을 만큼 남길 수 있는 건 다 남기고자 했다. 지금도 안에 들어가면 벽에 전쟁 당시 박힌 총알 자국이 그대로 남아 있다.

add. Bodestraße 1-3 10178 Berlin
web. smb.museum/en/museums-and-institutions/neues-museum

④ KÖNIG GALERIE

베를린의 대표적인 갤러리스트 요한 쾨니그Johann König가 운영하는 갤러리의 두 번째 지점. 국제적으로 활발히 활동하는 젊은 작가군의 전시를 자주 연다. 회화뿐만 아니라 비디오, 사운드, 사진, 퍼포먼스 등 다양한 매체가 결합된 복합적인 전시를 선보인다. 이 공간의 가장 큰 매력은 기존 건물의 3층 정도 되는 어마어마한 높이의 천장에서 빛이 새 들어오는 큰 사각형의 메인 홀이다. 온전히 작품에 집중하기에 더없이 좋은 환경을 지니고 있다.

add. Alexandrinenstraße 118-121 10969 Berlin
web. koeniggalerie.com

⑤ Hamburger Bahnhof

과거 베를린과 함부르크를 오가는 기차를 세워둔 곳으로, 1847년 지어진 역사이다. 1996년부터 현대 미술관으로 기능하며 보수와 증축을 통해 건물을 확장하였다. 요셉 보이스Joseph Beuys, 앤디 워홀Andy Warhol, 사이 톰블리Cy Twombly, 로버트 라우센버그Robert Rauschenberg 등 20세기 미술 컬렉션을 특히 많이 소장하고 있으며, 1년에 네 번 전 세계의 유망 작가를 선정해 개인전도 활발히 열고 있다. 바로 옆에 위치한 '사라 비너Sarah Wiener' 레스토랑 역시 퀄리티 높은 음식과 분위기를 맛볼 수 있는 명소로 꼽힌다.

add. Invalidenstraße 50-51 10557 Berlin
web. smb.museum/en/museums-and-institutions/hamburger-bahnhof

Jaakko

뮤지션 <u>야코 사볼라이넨</u>

Savolainen

핀란드의 중소 도시 유바스퀼라Jyväskylä 출신 뮤지션. 10년 전, 수도 헬싱키로 옮겨 트램 운전과 음악 작업을 함께해오다 친구의 추천으로 베를린에 왔다. 야코 아이노 칼라비 Jaakko Eino Kalavi라는 예명으로 런던의 유명 레이블 회사와 계약을 맺고, 싱글 앨범을 발매, 유럽 전역을 누비며 활발히 활동 중이다.

이 도시는 이제 나에게 '집'이나 다름없어.

언제든 떠나도 다시금 돌아올 수 있는.

———————— 우리의 포토그래퍼 나탈리가 사는 건물에는 특이하게도 다섯 명 정도의 핀란드 출신 아티스트 청년이 모여 산다. 맨 처음 한 명이 둥지를 틀자 다른 한 명이 빈집에 찾아오고, 또 빈집을 내어주면서 그렇게 많은 인원이 모이게 됐다. 크리스마스를 앞둔 어느 날, 나탈리의 초대로 그 건물의 주인이 운영하는 책방 파티에 가게 되었다. 건물 세입자들이 다 함께 모여 핀란드 전통 음식을 먹고 글뤼바인을 마시며 논다는 것이었다. 생소한 문화를 접한다는 설렘을 안고 찾아간 그곳에서 만난 핀란드 남자들의 첫인상은 '매우 크다, 잘생겼다, 그리고 옷을 잘 입는다'였다. 하지만 시간이 지나다 보니 웬걸, 반전이었다. 그들은 파티 내내 손님은 아랑곳없이 자기네들끼리만 시시덕거리고 있었다. 앞서 늘어놓은 장점들이 너무나도 무색할 만큼 불쾌한 마음이 들어서 나는 곧 자리를 떠났다. 그날 이후 나에게는 핀란드인들에 대한 강한 편견이 생겨버렸다.

야코 사볼라이넨은 나탈리를 통해 늘 소문으로만 듣던 그 무리 중 한 명이었다. 핀란드에서는 물론 베를린과 런던에서도 꽤나 유명한 뮤지션인데, 그의 음악이 끝내주게 좋다는 것이었다. "음악이 좋으면 뭐해! 멀대같이 키만 큰 사람들!" 이미 전의 일로 심통이 난 나에게, 그는 별 관심의 대상이 아니었다. 하지만 나탈리가 그의 음악을 틀자마자 나의 의지와는 달리 귀가 먼저 반응하기 시작했다. 뭔가 진 것 같은 기분이 들긴 했지만, 좋은 건 사실이었다. 그래, 좋다! 안 그래도 음악 하는 베를리너를 만나고 싶었는데, 이참에 야코를 만나 물어나 보자. 그때 왜 그랬니?

인디계의 슈퍼스타

　야코를 만나 인터뷰하기 전까지 그에 대한 사전 지식이 그리 많지 않았다. 직접 음악을 만들고 악기를 연주하고 노래를 부르고 디제잉까지 하는 핀란드 출신의 뮤지션이라는 것이 전부였다. 우리는 먼저 나탈리를 통해 야코의 스케줄을 파악한 후, 다짜고짜 그가 디제잉을 한다는 바에 찾아갔다. 맥주를 한 잔씩 앞에 두고 시끌벅적 저마다의 수다 삼매경에 빠진 사람들 사이, 허리까지 기른 금발을 다소곳하게 양쪽 귀 옆으로 넘기며 엘피판을 고르는 야코가 보였다. 술에 취한 사람들을 뒤로한 채 그는 선곡에 신중을 기하고 있었다. 무작정 찾아갔으니 무작정 섭외하는 수밖에. 야코

뮤지션 야코 아이노 칼라비.

가 잠시 쉬는 틈을 타서 단도직입적으로 질문을 뱉어버렸다. "우리랑 인터 뷰할래?" 야코 특유의 담담한 표정에 잠시 긴장했지만 곧 간결하고도 혼 쾌한 답변이 돌아왔다. "그래!" 우리 셋은 섭외에 성공했다는 기쁨에 바가 문을 닫는 새벽 4시까지 맥주를 마셔댔다. 디제잉을 마친 후 우리를 발견 한 야코가 하는 말, "우아— 여기 내 열혈 팬들이 남아 계셨네!" 아, 민망함 과 부끄러움에 웃어야 할지, 말아야 할지. 그게 우리의 공식적인 첫 만남 이었다.

뮤지션을 인터뷰하기 전에 할 수 있는 가장 확실하고도 빠른 사전 조사는 그의 음악을 들어보는 일이다. 먼저 〈노 엔드No End〉라는 그의 대 표곡을 유튜브에서 찾아보았다.[*] 뮤직비디오를 틀어보니, 몽환적인 일렉 트로닉 사운드에 맞춰 그의 분신쯤 돼 보이는 장발의 유럽 남자아이들이 들판을 뛰어다니고 있었다. 알딸딸한 그의 노래와 영상은 우리의 취향을 단박에 사로잡았고, 그렇게 흥분한 상태에서 검색 엔진을 풀가동하기 시 작했다. 웹상에서의 야코는 유럽 인디계의 떠오르는 슈퍼스타나 다름없었 다. 영국의 최고 인디 레이블인 도미노 레코드^{**} 에 소속된 첫 번째 북유 럽권 가수로 소개되어 있었고, 유럽 여러 나라에서 공연을 하는 것은 물론 중국이나 일본에서도 이미 공연을 한 적이 있는 전도유망한 뮤지션이었던

🏃 youtube.com/watch?v=HT6dDiQBPPI&ab_channel=WeirdWorld
🏃🏃 런던 올림픽 개막식 때 오프닝 무대에 섰던 영국 밴드 악틱 몽키스Arctic Monkeys도 이곳에 속해 있다.

것이다. 그날 밤 우리는 본격 인터뷰에 대한 설렘과 긴장 탓에 그의 음악을 틀어놓고는 넘실넘실 춤을 추었다. 영락없는 '빠순이'들이었다.

카페 모마

런던에서 뮤직비디오를 막 찍고 돌아온 야코를 다시 만난 곳은, 베를린의 카페 모마cafe moma. 야코가 사는 동네의 자그마한 카페였다. 내심 그가 자주 찾는 핫한 바나 공연장을 인터뷰 장소로 기대했던 우리는 실망을 감추지 못했다. 왜 하필 이곳이냐는 우리의 질문에, 그는 되레 의아한 표정을 짓는다. "바쁜 스케줄을 마치고 베를린에 돌아오면, 꼭 그다음 날 이곳을 찾아. 조용히 혼자 커피나 클럽 마테Club Mate를 들이켜며 다음 일을 생각해." 무대에서 내려온 야코는 마치 동네 백수 오빠 같은 이미지를 풍기고 있었다. 정리되지 않은 긴 머리, 대충 입은 듯 늘어진 회색 티, 아직 졸린 기색이 역력한 풀린 눈까지. 하지만 무대 위의 화려한 야코가 아닌, 동네 친구로 만난 야코여서 새삼 안도감이 들었다. 도도할 것만 같았던 그는 조곤조곤 자신의 이야기를 들려주는 데 열심이었다.

🎵 베를린의 클럽 문화를 상징하다시피 하는 음료. 카페인 함량이 높아 밤새워 놀기 위해 보드카에 섞어 마시기도, 또 다음 날 술을 깨기 위해 마시기도 한다.

나는 헬싱키의 트램 운전사

야코가 나고 자란 유바스퀼라는 수도 헬싱키에서 세 시간가량 떨어진, 온통 호수로 둘러싸인 조용한 마을이다. "시골에서 살다 보면 그다음 단계는 그 나라의 수도로 가는 거야. 그래서 어릴 적부터 늘 헬싱키로 가는 것을 꿈꿨어. 가서 제대로 음악을 해보고 싶었거든." 야코는 열한 살 무렵, TV에서 접한 미국의 록 그룹 에어로스미스Aerosmith에 반해 처음 기타를 배우기 시작했다. 그 후 동네 친구들과 밴드를 결성해 꾸준히 뮤지션으로서의 삶을 꿈꾸다 스물두 살이 되던 해에 드디어 헬싱키로 떠날 결심을 했다.

이사하고 야코가 가장 처음 한 일은 일자리를 구하는 것이었다. 종류를 가리지 않고 여러 군데 회사에 지원했지만 다 떨어져 불안하던 때, 면접을 보러 오라는 연락을 받았다. 바로 트램 회사였다. 한국인에게는 다소 생소한 트램은 유럽의 도시에서 흔히 볼 수 있는 편리한 대중교통 수단이다. 전차와 비슷한 시스템으로 거리 한복판에 깔린 레일 위를 쉴 없이 달린다. 베를린에서는 특이하게 과거 동독 지역에만 이 트램이 깔려 있다. 저렴한 가격으로 많은 인원을 수송할 수 있으며 지하철보다 짧은 거리로 비교적 빨리 닿을 수 있다는 장점 때문일 것이다.

야코는 그의 트레이드마크인 긴 머리를 휘날리며 장장 8년간 한결같이 헬싱키 트램을 몰았다. "나 트램 코스를 1등으로 졸업했어. 이래 봬도 나름 되게 능력 있는 트램 운전사야! 하하." 그에게 운전은 별로 어려운 일이 아니었다. 그래서 더 일상이 지루하게 느껴졌고, 그런 일을 끊임없이 반복해야 한다는 게 가장 힘들었다. "똑같은 루트에 똑같은 풍경을 마주하며 혼자서 작은 트램 앞 칸을 지키고 있자면 종종 숨이 막혀와." 그렇게 처음 1년 동안은 풀타임으로, 그다음 해부터는 파트타임으로 일했다. 그러면서도 야코는 절대 음악의 끈을 놓지 않았다. "전날 집에서 작업한 곡을 트램을 운전하며 듣고 또 듣곤 했어. 당시 트램이 나의 작은 작업실이나 다름없는 셈이었지. 또 주말이면 여기저기에서 공연을 하고, 알음알음 업계 사람들을 사귀며 때를 기다렸어. 인위적으로 애쓰지 말자고 스스로

핀란드 헬싱키에서 트램을 운전하던 시절의 야코.

를 다독였고, 자연스럽고 무난하게 나만의 음악적 커리어를 쌓고자 노력했지. 당시 핀란드의 소규모 레이블을 통해 몇 장의 음반을 발매하기도 했었어. 아는 사람만 아는 일이지만." 그렇게 공연을 이어가던 어느 날, 같이 어울리던 핀란드 밴드 친구들이 런던에서 온 한 남성을 소개해주었다.

현재 야코의 매니저 일을 맡아주고 있는 그 사람은 3년이 지난 지금까지 야코와 함께하고 있다. 당시 그를 통해 영국 도미노 레코드와 계약을 맺으면서 야코에게 더 이상 트램 일을 하지 않아도 되는 때가 찾아왔다. 그가 그토록 기다렸다던, "내가 만든 음악으로, 음악가의 삶으로 돈을 버는" 바로 그 순간이 찾아온 것이었다. 야코는 다시금 떠날 채비를 했다. 이번에는 더 큰 도시 베를린으로.

야코의 일상

"아, 내가 보낸 트윙고 사진 받았니?" 나탈리가 대뜸 야코에게 묻는다. "주로 대중교통이나 자전거를 이용하는 베를린에서는 딱히 차를 몰 일이 없지만, 처음 이사 올 때 헬싱키에서부터 이곳까지 이 자그마한 경차에 짐을 가득 싣고 왔었어. 스웨덴의 스톡홀름을 거쳐 페리를 타고 베를린까지 혼자 운전해서 3일 만에. 다시 핀란드에 가져다 두고 싶어도 또 운전하기가 벅차서 그냥 두고 있어. 사실 보험을 들지 않고 차 검진을 받지 않아서 베를린에서 운전하는 건 불법일 거야⋯⋯." 야코는 자신의 SNS에 '가지

각색의 트윙고'라는 사진 앨범을 만들어 길 가다 마주친 여러 색의 트윙고 사진을 올려두곤 한다. 우표 수집 대신 온라인 차 수집인 셈이다. 현재 스물여섯 개의 트윙고들이 전시되어 있다. 가끔 친구들이 차를 빌려 가긴 하지만, 대체로 야코의 트윙고는 그의 집 앞에 얌전히 '전시'되어 있는 중이다. "재미있잖아. 색색의 트윙고를 거리에서 마주치면 꼭 기록을 남겨두는 편이야. 친구들이 그걸 보곤 나탈리처럼 '인증샷'을 보내오기도 해."

슈퍼스타처럼 유럽 전역을 누비며 투어를 하고 화려한 조명과 팬의 환호를 받는 야코지만, 그의 베를린 일상은 너무나도 단출하다. 낮에는 대개 이 카페 혹은 자신의 작업실에서 홀로 음악 작업을 하고, 밤에는 클럽이나 바에 가서 음악을 듣거나 직접 디제잉을 맡는다. "최근에 베를린 커뮤니티 라디오 Berlin Community Radio라는 인터넷 음악 방송의 디제이를 맡았어. 두 번 정도 집에서 혼자 녹음했는데 꽤 재미있더라고. 일단 엘피판을 짊어지고 다니지 않아도 돼서 좋아." 이 사이트는 베를린에서 활동하는 뮤지션들이 각자의 프로그램을 구성해서 생방송 혹은 녹음 방송을 올리고,

모든 사람이 무료로 인터넷에서 들을 수 있도록 구성되어 있다. 꼭 베를린에 있지 않아도 클럽에 가지 않아도 현지의 트렌디한 음악을 디제이 취향에 따라 골라 들을 수 있다는 장점이 있다. 이 사이트를 방문하면 유럽 연합 국기

가 그려져 있는 새파란 티셔츠를 입은 'JEKS'라는 이름의 야코 채널이 메인에 떡 하니 걸려 있다.[※]

작업을 하지 않을 땐 뭘 하냐고 물었더니, 야코는 대뜸 "먹으러!"라고 답한다. "물가가 비싼 헬싱키에서는 외식은 상상도 못 할 일이었어. 근데 베를린에서는 전 세계 음식을 엄청 저렴한 가격으로 사 먹을 수 있어서 그 재미가 쏠쏠해. 요새 빠져 있는 건 아랍 음식. 가게마다 분위기도, 가격도, 맛도 천차만별인 베를린 각지의 음식점을 비교하면서 내 나름의 순위를 매기고 있지." 그러면서 야코는 최근 자주 가는 레바논 식당에 관한 이야기를 꺼내기 시작했다. 1.5유로의 저렴하고 맛 좋은 중동식 샌드위치는 물론이고, 밤새도록 레바논 전통 음악이 흘러나오는 가게의 분위기가 매력적이라고 했다. 새벽에 굶주린 배를 채우면서 음악이 들릴 리 만무한데, 누가 뮤지션 아니랄까 봐!

음식에 관한 이야기를 나누다 보니 대뜸 한 번도 맛보지 못한 핀란드 음식이 궁금해지기 시작했다. "어제도 핀란드 친구 중 한 명이 매미 mammi라는 음식을 만들어줘서 다 같이 모여 먹었어. 주로 부활절에 먹는 디저트인데 '똥'처럼 생겼지만 맛은 꽤 좋아……. 다음에 기회가 되면 꼭 먹어봐!" 궁금해서 찾아보니 매미는 정말 야코가 말한 대로 시커먼 무엇처럼 생긴 것이었다.

핀란드인에 대한 편견

마침 친구들 이야기가 나와서 이때다 싶어, 야코에게 물었다. "대체 왜 그렇게 너네끼리 몰려다니니?" 뾰로통하게 묻는 나의 질문에 야코는 킥킥대며 웃기 시작했다. "핀란드 사람들은 다른 유럽 사람들이 비해 유독 잘 뭉치고 끈끈한 편이야. 서로 응원해주고 지지해주니까 힘이 많이 돼. 사실 유럽 내에서 핀란드인이 차갑고 소극적이라는 편견은 나도 익히 들어 잘 알고 있어. 하지만 우린 부끄러움이 많을 뿐이지, 막상 친해지면 둘도 없어." 특히 야코가 자주 어울리는 핀란드 친구들은 헬싱키에서부터 막역했던 사이라, 베를린으로 오게 된 결정적인 계기가 되었다고 하니 조금씩 이해가 됐다. 잠시 후 야코는, 오해를 풀겠다며 구글까지 동원해 우리에게 보여주기 시작했다. 신기하게도 우리 같은 생각을 가진 사람이 많아서인지, 인터넷에서 핀란드인의 성격에 대한 장문의 글들을 꽤 발견할 수 있었다. "사람을 알아가고, 사귀는 데 긴 시간이 소요되는 것뿐이지 상대방에게 관심이 없는 건 전혀 아니야. 만나자마자 친한 척하는 게 오히려 이상하고 허무하다고 느낀 적이 있지 않니?" 듣고 보니 참 그러하다. 되레 마음에도 없으면서 억지웃음을 지으며 처음 본 사람을 대했던 나의 '불친절함'이 떠올라 새삼 부끄럽기까지 했다. "오해해서 미안해!"

여유만만 아티스트

요즘 야코는 여러 장의 싱글을 모은 첫 정규 앨범 출시를 앞두고 막바지 작업에 한창이다. 레이블이 있는 런던과 베를린을 오가며 녹음과 수정, 뮤직비디오까지 할 일이 태산이다. 하지만 베를린에서의 계획을 묻는 우리의 질문에 야코는 태평스럽게 대답을 던졌다. "적당히 재미있고 적당히 시간을 소비할 수 있을 만한 아르바이트를 찾고 싶어." 뭐 이런 여유작작한 뮤지션이 다 있나 싶다. "베를린에서는 스스로 노는 경계를 정하지 않으면 안 돼. 하루 일과에 의무적으로 해야 하는 일이 따로 없다 보니까 흐트러지기 쉽거든. 그래서 트램을 운전하던 것처럼 뭔가 규칙적인 소일거리를 찾을 수 있었으면 좋겠어. 예를 들면 관객이 많지 않은 영화관에서 티켓 검사원으로 일한다든지?" 이것이 세계 각국의 아티스트들이 몰려든다는 베를린에서 가장 어려운 미션인 '예술로 먹고살기' 단계에 이른 사람의 마땅한 여유일지도 모르겠다. 하지만 이는 분명, 그가 지루한 트램 속에서도 줄곧 음악의 끈을 놓지 않았기에 가능한 일이 아닐까. 무대에서 내려온 그를 만나고 난 뒤, 우리는 한층 더 그의 팬이 되어버렸다.

인터뷰를 정리하고 헤어질 무렵, 야코는 대뜸 "뚜드드— 둠"이라는 멜로디를 들려주었다. 바로 오늘에 대한 인상이란다. 이 짧은 마디에 어떤 감정을 실을 수 있겠느냐마는 지금까지도 이렇게 내 머릿속에 기억되는 걸 보면 그 어느 것보다 참 의미 있는 선물임은 틀림없다. 야코는 여전히 베를린에 기반을 둔 채 온 유럽을 돌아다니며 공연을 하는 데 정신이 없다. 특히 여름에는 사방에서 크고 작은 페스티벌이 열리는 탓에 정말 눈코 뜰 새 없이 바쁘다. "베를린은 여름이 최고라는데, 나는 아이러니하게도 겨울의 베를린에 더 친숙한 편이야. 어쨌든 이 도시는 이제 나에게 '집'이나 다름없어. 언제든 떠나도 다시금 돌아올 수 있는. 외국에서 살아본 첫 도시로 런던이 아닌 베를린을 택한 건 정말 잘한 일이야. 적은 돈으로 큰 만족을 얻는 소소한 기쁨을 만끽하는 중이니까!"

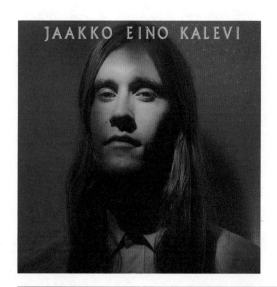

| 야코의 홈페이지 | weirdworldrecordco.com/jek |

베를린에서 음반을 구입하려면

야코를 비롯해 베를린에서 활동하는 디제이들에겐 엘피판을 사 모으는 일이 중요한 취미이자 일상이다. 레코드 숍마다 다른 색깔과 분위기를 갖고 있으니, 관심 있는 사람이라면 두루 방문한 뒤 '나만의 숍'을 점찍어두는 것도 좋을 듯하다.

❶ Oye Records

베를린의 유명 디제이 델포닉Delfonic이 운영하는 곳. 하우스 음악과 테크노 댄스 장르의 레코드를 다양하게 보유하고 있다. 베를린의 레코드 숍 가운데 새로운 컬렉션을 가장 발 빠르게 들여다 놓기로 유명하다.

add. Oderbergerstraße 4 10435 Berlin
web. oye-records.com

❷ The Record Loft

광고도 안 한다. 심지어 간판도 없다. 순전히 베를리너들 사이에서 입소문만으로 알려진 레코드 숍. 특이한 점은 레코드를 들고 계산대에 가면 직원이 Discogs.com에서 가격을 체크해 그것보다 낮은 판매가를 제시한다. 보통 5유로 정도 저렴한 가격에 레코드를 살 수 있다.

add. Adalbertstraße 9 10999 Berlin
web. recordloft.de

❸ Space Hall

베를린에서 가장 크고 유명한 인디 레이블 전문 레코드 숍이다. '일렉트로닉 메카'로 불리는 이곳은 테크노, 더브스텝뿐만 아니라 힙합, 인디, 록 등 여러 장르의 레코드를 두루 소유하고 있다. 이름처럼 실제 우주 공간을 연상케 하는 분위기 속에서 음악을 듣거나 레코드를 고르는 재미가 있다.

add. Zossenerstraße 33 19061 Berlin
web. spacehall.de

❹ hhv.de Store

비록 매장의 규모는 작지만 온라인상으로 7만여 장이라는 어마어마한 레코드를 소유하고 있으며, 스트리트 웨어와 스니커즈 같은 다양한 아이템도 판매 중이다. 주로 인터넷에서 레코드를 구매한 뒤 직접 픽업하는 시스템이어서 시간을 절약할 수 있다.

add. Grünbergerstraße 54 10245 Berlin
web. hhv.de

❺ Jazz Dreams

이름에서 알 수 있듯 재즈 음악을 전문으로 취급하는 레코드 숍. 베를린에서 가장 많은 재즈 레코드를 소유하고 있다. 재즈에 해박한 지식을 지닌 가게 주인이 상시 대기 중이어서 그의 추천을 받는 것도 좋을 듯하다.

add. Hermann-Hesse-straße 25 13156 Berlin
web. jazz-dreams.de

Tanja

아티스트, 빵집 점원 **타냐 지이크**

Sieg

타냐는 동베를린에서 태어나 베를린 바이센제|Weisensee 미술 학교를 졸업한 베를린 토박이이다. 팔고 남은 빵을 되파는 콘셉트의 '세컨드 백' 빵집에서 일한 지 어언 4년이 다 되어간다. 이 가게의 철학에 공감하며 자신이 믿는 것들에 대한 일상의 실천을 이루고자 한다. 낮에는 일로 생활비를 벌고, 밤에는 작업실에서 본인의 미술 작업에 매진하며 전시 활동을 펼치고 있다.

난 우유 없이는 살 수 없는데,

그러기 위해서 끊임없이 쓰레기를 만들어내는 것이

나름의 딜레마였어.

그러다가 내 작업을 위해

활용하면 어떨까 하는 생각이 든 거지.

그림을 그리기 위해

꼭 캔버스를 사야 하는 건 아니니까.

독일 하면 생각나는 세 가지를 꼽는다면? 아마도 대다수가 차, 빵, 맥주라고 답할 것이다. 심지어 빵 같은 경우는, '독일 빵집'이라는 상호가 고유명사처럼 존재할 만큼 널리 알려져 있기까지 하니 말이다. 한국에 있을 때부터 빵이라면 자다가도 벌떡 일어나던 나이기에 베를린에 살기 시작하면서 당연히 주식은 빵이 되었다. 거리마다 빵집이 들어서 있어서 수십 가지가 넘는 종류의 빵을 가게별로 맛보는 재미가 쏠쏠했다. 특히 독일 사람들이 식사용으로 즐겨 먹는 '거북이 등딱지'(한국에서 놀러 온 친구가 붙인 별명. 정말 그렇게 생겼다!) 빵은 두껍고 투박한 외관과는 달리, 한입을 베어 먹는 순간 어쩜 이리도 부드러울 수 있을까 감탄을 자아내는 촉감과 맛을 지녔다.

한창 인터뷰이들을 섭외하던 때, 독일의 빵이라는 주제로 누군가와 이야기를 나눠보고 싶었다. 도대체 독일 빵은 왜 이리도 특별한 맛과 식감을 내는지 궁금증을 풀고 싶었다. 그래서 사방팔방 '빵집에서 일하는 친구'를 찾아다니기 시작했다. 마침 예전에 베스(두 번째 인터뷰이)의 생일 파티에서 만났던 영국 청년 조지가 생각났다. 영국식 홈메이드 소스를 판매하던 친구였는데, 분명 빵집 사람들과도 인연이 있을 거라고 추측했기 때문이다. 조지는 나의 간곡한 부탁에 타냐라는 친구를 소개해주었다. 그의 예전 룸메이트였던 타냐는 오랫동안 한 '중고' 빵집에서 일해왔다고 했다. 빵을 중고로 판다고? 우리는 처음 우리의 귀를 의심했다. 어떻게 빵을 '세컨드 핸드second hand'로 사고팔 수 있다는 거지? 그렇게 인터뷰 시작 전부터 호기심을 한가득 품고, 타냐를 빵집 앞에서 만나기로 했다. 서로 모르는 사이라서 인터뷰가 어떻게 흐를지도 전혀 예측할 수 없는 상태였고, 타냐가 빵에 대해 얼마나 심도 있는 이야기를 해줄지도 의문이었다. 그렇게 나름의 흥분과 긴장이 오가는 상태에서 그녀를 처음 만났다.

공유의 문화

중고에 대한 편견이 있는 우리나라와는 달리, 베를린 사람들은 쓰던 것을 나누는 일이 너무나 자연스럽다. 중고 물품을 사기 위해 꼭 어디론가 가야만 하는 것도 아니다. 본인이 쓰지 않는 물건을 문 앞에 내놓는 일, 그리고 그것을 서슴없이 가져가는 일이 생활화되어 있기 때문이다. 이런 정보들을 실시간으로 공지하는 인터넷 사이트가 있는데, 이는 주머니가 가벼운 베를린 젊은이들 사이에 제법 인기가 많다. 주시하는 눈들이 많다 보니 쓸 만한 물건의 경우 심할 때는 몇 초도 채 안 돼서 가져간다는 댓글이 달릴 정도다. 이렇게 나눔과 재활용을 통해서 가치를 재발견하는 행위는 베를린을 가난하지만 섹시한 도시로 만드는 데 한몫한다. 하지만 설마 먹는 음식까지 재활용할 줄이야. 그것도 한국인의 밥심만큼이나 중요한 독일인의 '빵심', 빵을 말이다.

독일의 빵 문화는 유네스코 무형 유산 Intangible Heritage 후보에 올랐을 정도로 그 역사가 오래되고 특별하다. 주재료나 만드는 방법에 따라 3천여 가지 다른 종류의 빵이 있을 정도고, 몇 세대에 걸쳐 가업을 이어온 제빵 장인도 많다. 특유의 맛을 유지하기 위해 효모를 몇백 년간 보존하는 가게도 부지기수이다. 이처럼 독일인에게 있어서 빵은 그 자체로 삶이자 일상이다.

'세컨드 백' 빵집 앞에 도착하니 타냐는 마침 가게 주인인 베스타와 함께 우리를 기다리고 있었다. 베스타가 이 빵집의 취지에 대해 더 자세히 설명해줄 수 있을 것 같아 미리 부탁했다고 한다. 이런 세심한 배려라니, 인터뷰 시작 전부터 우리는 이미 타냐에게 빠져들고 있었다. 먼저 베스타에게 그토록 궁금해 마지않던 중고 빵에 관한 이야기를 들어보기로 했다. "쉽게 말하면, '세컨드 백'은 하루 지난 빵을 다른 베이커리를 통해 사온 다음 저렴한 가격에 손님에게 되파는 곳이야. 그러고도 남은 빵은 농부들에게 또다시 팔아서 동물 사료로 쓰이니까 생산한 모든 빵을 남김없이 사용한다는 점이 이 가게의 콘셉트라고 할 수 있지!"

베스타는 15년 전 이 사업의 아이디어를 처음 구상했다. 당시 하루 지난 빵을 판다고 했을 때 제정신이냐며 황당해하는 사람들이 많았다고 한다. 물건값이 저렴한 전국 슈퍼마켓 체인에서 그날 만든 빵을 1유로에 살 수 있는 사람들에게 하루 지난 빵을 그보다 비싼 값에 되판다는 게 비정상처럼 여겨졌기 때문이다. "하지만 독일의 전통 방식으로 만들어지는 빵의 경우 하루가 지나도 충분히 먹을 수 있는데, 매일 엄청난 양이 단순

세컨드백에서 주인 베스타와 타냐.

한 시장 경제 논리로 버려진다는 점이 불편했어." 베스타는 그렇게 15년간 꾸준히 새벽에 일어나 백 킬로가 넘는 거리를 운전해 서른 곳이 넘는 독일 전통 빵집에서 빵을 받아 본인의 가게를 꾸리고 있다. "보통은 하루에 백여 명의 손님이 와. 우연히 처음 들렀다가 하루 지난 빵이라는 걸 알고 나서 황당해하거나 심지어는 화를 내는 사람 한둘을 제외하고는 이 아이디어의 진정성을 이해해주고 지지해주는 단골손님이 더 많아."

낭비하지 않는 소비

한참 동안 베스타와 이야기를 나누고 난 뒤, 타냐와 우리 셋은 오래간만에 해를 본 기념으로 근처 공원에 가서 이야기를 나누기로 했다. 타냐는 그녀의 어린 시절 이야기를 들려주며 왜 베를린에서 '세컨드 백'과 같은 빵집이 탄생했으며 인기를 끌 수밖에 없는지 차근차근 설명해주었다. "이런 베를린의 반소비주의적 경향은 역사적 배경을 통해 설명이 가능해. 동독 사회주의가 서독의 자본주의를 갑작스럽게 맞닥뜨리면서 생긴 사회적 혼란은 양쪽에서 견고하게 돌아가던 시스템을 멈추고 사이의 틈을 만들었거든. 그리고 그 속에서 상반된 가치관이 혼재되던 것이 바로 지금 베를린의 독특한 색을 만든 거야." 특히 소비나 낭비라는 개념이 없었던 동독 사람들에게 갑작스럽게 침투한 서독의 컨슈머리즘Consumerism은 편리하다기보다는 의문스럽게 보였다. 겨울에는 절대 구할 수 없었던 바나나가 사계절 내내 슈퍼에 있다는 게 너무 낯선 일이었던 것이다. 필요한 양보다 늘 넘치게 물건이 만들어지고 또 너무나 쉽게 버려진다는 것도 그 당시에는 지금처럼 자연스러운 일이 아니었다. 타냐는 베를린이란 도시가 지금처럼 자유롭게, 또 다양하게 목소리를 낼 수 있게 된 데에는 이러한 사회적 틈을 통해 기존의 것을 낯설게 바라보던 경험 때문일 것이라고 말한다.

의견을 드러내는 일

세상에 내 의견을 드러내는 일은 분명한 용기를 필요로 한다. 다름과 틀림에 대한 구별이 모호한 탓에, 올바로 의견을 피력하고자 하는 개인의 사사로운 의지마저 빼앗아간다. 타냐를 통해 독일의 데모 이야기를 듣다 보니 자연스레 한국의 이야기가 흘러나왔다. "독일과 한국은 상황이 많이 다른 것 같아. 1980년대에 독재에 대항해 격렬한 데모가 이뤄져서 그런지 지금의 사람들은 그런 무브먼트에 참여하는 자체를 너무 극단적이라고 꺼리는 것 같아. 특히 우리 세대들이 그렇고." 반면, 독일은 이런 점에서 어릴 적부터 훈련이 아주 잘 이뤄지는 편이다. 독일 사람 한두 명만 모여도 곧 길고 지루한 토론이 시작되니, 술자리에서 이들을 절대 붙여 앉히지 말라는 농담이 빈번하게 오가기까지 한다. 그만큼 토론이라는 문화를 통해 서로에게 이유 없는 비난이 아닌 논리적인 비판을 하는 데 익숙하다. 그뿐만이 아니다. '메이데이'를 대표적으로 해서, 때가 되면 평소 관심 없던 사람들도 축제를 즐기듯이 데모를 위해 길거리에 나서곤 한다. 데모는 개인의 목소리에 힘을 싣는 지렛대 역할을 할 뿐, 그 어떤 편견도 싣지 않는다. 이처럼 베를리너들은 자신의 의견을 남과 공유하며 표현하고, 또 이해하고 존중하는 문화를 갖추었다는 인상을 준다. 물론 여기에는 나름의 고충이 있다. 개인을 침범하는 집단의 오류가 어김없이 찾아오는 것이다. 타냐도 마찬가지였다.

독일에서는 나라 사랑, 더 나아가 국가주의 등과 같은 단어들이 마치 금기어처럼 여겨지곤 한다. 2006년 독일 월드컵이 분수령이 되어 분명 느슨해지긴 했지만, 독일인들은 놀라울 만큼 철저하게 역사적 사명감과 죄책감을 지니도록 교육받는다. 타냐 또한 그랬다. "우리 아빠는 거의 매일 밤 TV로 홀로코스트나 나치에 대한 다큐멘터리를 보셨어. 그리고 학교에 가서도 늘 이와 관련된 공부를 해야 했고. 사실 우리 또래는 전쟁을 직접 겪지 않아서 그런지 이 모든 게 가끔은 너무 버겁다는 생각을 했어. 집에서도 학교에서도 늘 이와 관련된 이야기들이 끊임없이 따라다녔고 심지어 꿈에서까지 마주해야 했으니까 말이야."

지난 백 년간 독일은 내부적으로 또 외부적으로 엄청난 역사적·정치적·경제적 변화를 겪어왔다. 때문에 타냐의 가족뿐만 아니라 대다수의 독일 사람들은 이러한 극단적 변화에 의문을 품고 토론을 통해 '이 나라에서 우리가 원하는 것이 무엇일까, 이 상황 속에서 우리가 할 수 있는 게 무엇일까?'에 대해 의견을 나누는 일을 마치 습관이나 전통처럼 여겼다고 한다. "이러한 상황 때문인지 독일인은 자신의 의견을 적극적으로 드러내는 일에 다들 자연스러운 듯해. 특히 진보적인 사고를 지닌 사람들이 많이 모여 사는 베를린에서는 그런 움직임이 다양하게 자주 일어나는 편이야. 이렇게 나와 비슷한 생각을 지닌 사람이 많으니 늘 모임이 생기고, 함께 거리로 나가 데모를 하는 그 과정이 하나도 억지스럽지 않다고 해야 할까?" 타냐 역시 자신의 목소리를 세상에 내는 데 누구보다 적극적이었다.

작은 움직임, 큰 실천

불현듯 타냐는 잠시 말을 멈췄다. 어떤 데모에 참여하느냐는 우리의 물음이 혹여나 불쾌감을 주었나 싶어 당황한 우리는 서로의 눈치만 보고 있었다. 3분의 침묵이 마치 세 시간처럼 길게 느껴지던 순간이었다. "내가 이 빵집에서 일하는 거, 사실 개인적인 실망감과도 관련 있어. 정치적으로 말은 뻔지르르하게 해놓고 막상 사는 방식이나 행동은 전혀 그렇지 못하니까 함께 데모하던 많은 사람에게 실망감을 느꼈어." 2년 전, 타냐는 '증오 Hate'라는 구호를 외치는 무리에 질려 더 이상 데모에 참여하지 않기로 결심했다. "인종 차별을 반대한다면서 무턱대고 증오를 외치는 모습이 나치와 별반 다를 게 없어 보였거든. 내가 가진 에너지를 누군가를 싫어하기 위해 쓰고 싶지 않아서 그걸 마지막으로 데모에 나가지 않고 있어." 타냐가 빵집 아르바이트를 시작하게 된 건 그 무렵이었다. 데모같이 극적인 방법으로만 자신의 의견을 표출하는 것이 아니라, 베스타가 하는

것처럼 매 삶의 순간에서 자신이 믿는 바를 실천하는 것 또한 사회를 바꾸는 데 도움이 되지 않을까 하는 생각에서였다. "모임에 나가면 그저 폭력적인 행동에 가담하기 위해 온, 정말 바보 같은 사람들도 많아. 그들을 보면서 내 의지와 의도에 대해서도 다시금 생각해볼 수 있었고, 그래서 지금은 일상에서 내 생각을 소소하게나마 실천하는 게 즐거워." 타냐의 침묵은, 분명 겉치레를 넘어 속까지 닿아본 사람만이 느낄 수 있는 진심에서 나왔을 것이다.

빵과 예술에서의 재활용

세컨드 백에는 하루 100~150명이 방문한다. 손님 대부분이 이미 빵집의 이야기를 듣고 오지만, 꼭 한두 명 정도는 하루 지난 빵을 파는 것에 대해 화를 내기까지 한다. "일한 지가 꽤 되어서 이런 손님들을 대처하는 요령이 생겼어. 의문이 드는 것도 어쩔 수 없는 일이니까. 그래도 대부분 내 설명을 듣고는 납득하고 돌아가는 편이야." 이곳에는 식사용으로 먹는 빵 외에도 브라우니, 케이크 등 다양한 종류의 빵이 있다. 타냐가 선물로 먹고 싶은 빵을 하나씩 고르라고 했다. 나는 내일 아침 먹을 거북이 등딱지 빵, 나탈리는 브라우니, 수민은 양귀비 씨Poppy Seed가 박힌 기다란 빵을 골랐다. 나와 나탈리는 이미 익숙한 맛이라 걱정할 일이 없었지만, 수민의 과감한 선택은 안타깝게도 실패로 돌아가고 말았다. 한입을 베어 먹은 그녀의 표정을 보고는 궁금증이 일어 뺏어 먹어보았다. 음, 좋게 말

하면 무척 특이했고, 나쁘게 말하면 입맛이 뚝 떨어지는 마력을 지닌 빵 맛이었다.

평소 타냐는 빵집에서의 일이 끝나기 무섭게 곧장 작업실로 달려 간다. 아르바이트로 생활에 리듬이 생겨 오히려 활기가 넘치는 기색이었 다. 그녀는 'Crossing the End(한계를 넘어서)'라는 제목의 2인전을 다가오 는 1월에 열기 위해 학교 동기와 함께 준비 중이었다. 작품이 보고 싶다는 우리의 성화에, 그녀는 마침 갖고 있던 습작들을 꺼내 보여줬다. 우유갑에 실크 프린팅 작업을 한 후 유화로 색을 입히는 작업이었다. "그러고 보니

이것도 우리가 오늘 이야기 나눈 재활용과 관련이 있네. 난 우유 없이는 살 수 없는데, 그러기 위해서 끊임없이 쓰레기를 만들어내는 것이 나름의 딜레마였어. 그러다가 내 작업을 위해 활용하면 어떨까 하는 생각이 든 거지. 그림을 그리기 위해 꼭 캔버스를 사야 하는 건 아니니까. 아직 실험 단계인데, 전시 즈음에는 완성된 작품을 볼 수 있을 거야!" 무엇 하나 허투루 쓰는 게 없는 깍쟁이 타냐다.

예측 불가능한 만남

인터뷰가 끝나갈 무렵, 꽤나 친해진 우리는 다음 만남을 기약했다. 타냐는 우리에게 사과 따러 가기를 제안했다. 타냐의 가족이 과수원이라도 운영하나 싶었지만 그녀는 곧 의외의 흥미로운 이야기를 들려주었다. "여기 이 웹사이트* 한번 가봐. 내 친구가 하고 있는 프로젝트인데, 유럽 전역에서 무료로 수확할 수 있는 과일이나 채소 등의 정보를 나누는 곳이야. 예를 들면, 누구도 소유하지 않은 공원의 체리와 사과나무의 위치를 적어놓은 지도라든지, 먹을 수 있는 야생초들이 어느 타이밍에 어디서 자라고 있는지 같은 정보까지도 나와 있어!"

빵의, 빵에 의한, 빵을 위한 인터뷰를 기대했던 우리. 사실 타냐의

🏃 mundraub.org

입을 통해 들은 독일의 빵 문화는 생각보다 흥미롭지 못했다. 아마 우리가 쌀을 대하듯, 너무 익숙하고 당연하게 여기기 때문일 것이다. 하지만 단순히 음식을 넘어, 독일과 독일인의 뿌리가 되는 문화임에는 틀림이 없다. 한국에 사는 독일 사람들에게, 독일 빵이 너무나 그리워 '독일 빵집'을 찾아갔다가 허탕만 치고 왔다는 이야기를 들었다. 그 정도로 타국에 있는 독일인들이 가장 고향을 그리워 하게 되는 이유가 바로 빵이다.

어쨌거나 조금 어긋난 주제로 인터뷰를 끝맺긴 했지만, 분명 타냐를 통해 빵보다 더 매력적인 베를린 문화와 베를리너에 대해 깊이 알 수 있는 자리가 되었다. 독일인의 아이덴티티와도 다름없는 빵을 재활용하는 '세컨드 백'을 통해 아나바다 문화를, 배려심이 넘치면서도 뚝심 있게 자기의 소신을 지키는 타냐를 통해 실천하는 베를리너를 보았다. 예측 불가능한 이런 만남이야말로, 진정 인터뷰의 묘미이지 않을까.

사진 출처 mundraub.org

| 타냐의 블로그 | tanja-sieg-berlin.blogspot.de |

베를린의 벼룩시장을 구경하려면

'아나바다'에 능한 베를리너들답게 베를린에는 온갖 종류의 벼룩시장이 넘쳐난다. 장소마다 단체마다 시장의 성격이 매우 다르니, 날씨 좋은 일요일에는 벼룩시장 투어에 나서는 것도 좋은 방법이다. 매주 벼룩시장에 참여하는 전문적인 상인들뿐만 아니라 직접 디자인한 티셔츠, 에코 백, 엽서 등을 판매하는 아티스트들, 삼삼오오 모여 서로가 입지 않는 옷을 사고파는 힙스터들도 눈에 띈다. 온라인으로 손쉽게 참가 신청도 가능해서 나 또한 이사를 할 때마다 벼룩시장을 활용해 돈을 아끼곤 했다.

❶
Flohmarkt im Mauerpark

베를린 장벽 공원에서 매주 일요일에 열리는 마켓. 규모로 보나 인지도로 보나 베를린에서 가장 인기 많은 벼룩시장이다. 관광객이 몰리는 바람에 베를리너들에겐 다소 상업적으로 변질되었다는 비판을 받기도 한다. 그럼에도 불구하고 베를린을 방문한다면 꼭 들러야 하는 장소. 마켓 주변에서는 흥이 넘치는 젊은이들의 다양한 길거리 공연도 구경할 수 있다.

add. Bernauerstraße 63-64 13355 Berlin

web. flohmarktimmauerpark.de

❷
Boxhangner platz

정사각형 모양의 공원을 둘러싸는 형태로 구성된 벼룩시장. 한 바퀴만 빙 돌면 다 둘러볼 수 있을 만큼 아기자기한 규모다. 하지만 이곳에선 물건을 사고파는 일보다 공원 한가운데서 여유롭게 휴식을 취하는 베를리너들을 감상하는 재미가 더 크다. 매주 일요일에 연다.

add. Boxhagener Platz 1 10245 Berlin

web. visitberlin.de/en/spot/flea-market-on-boxhagener-platz

❸

Nowkoelln Flowmarkt

현재 베를리너들에게 가장 핫한 벼룩시장으로, 슈프레 강 주변을 따라 테이블이 쭉 늘어선 형태로 장이 열린다. 아기자기하고 포근한 느낌의 마켓을 선호한다면 단연 이곳을 추천한다. 여기서 파는 음식들 또한 매우 훌륭하다.

add. Maybachufer 36 12047 Berlin
web. nowkoelln.de

❹

Trödelmarkt Arkonaplatz

매주 일요일마다 여는 가족적인 느낌의 벼룩시장. 더는 쓰지 않는 유아 용품이나 작아서 못 입는 아이 옷들을 심심치 않게 발견할 수 있다. 그뿐만 아니라 상태가 매우 훌륭한 예쁜 디자인의 가구도 싼 가격에 구매할 수 있다. 협상만 잘한다면 배달도 해준다.

add. Arkonaplatz 10435 Berlin
web. troedelmarkt-arkonaplatz.de

❺

Hallentrödelmarkt Flea Market

베를린에서 흔히 볼 수 없는 '실내' 벼룩시장. 그 유명한 아레나 클럽 옆에 자리 잡고 있다. 특이한 점은 상인들이 매우 불친절하다는 것. 그리고 가게들이 정돈되지 않은 상태라는 것이다. 설마 이런 것까지 팔까 싶은 것들만 늘어놓은 느낌이다. 하지만 그래서 어떤 시장보다 독특하다. 매주 토요일과 일요일에 연다.

add. Eichenstraße 4 12435 Berlin
web. hallentrödelmarkt-berlin-treptow.de

베를린에서 맛있는 빵을 맛보려면

Zeit fuer Brot

'빵을 위한 시간'이라는 귀여운 이름의 빵집. 달콤한 시나몬 롤 빵이
특히 맛있지만 그 외에도 다양한 식사 빵을 제공한다.

add. Alte Schönhauserstraße 4 10119 Berlin

web. zeitfuerbrot.com

Soluna-Brot & Öl

베를린 빵집 순위에서 항상 상위권에 오르는 곳. 규모는 작고 아담하
지만 다양한 종류의 식사 빵을 갖추고 있다. 기본에 충실한 맛 덕분
에 외국 사람들보다 독일인들이 주로 찾는 곳이다.

add. Gneisenaustraße 58 10961 Berlin

web. facebook.com/pages/Soluna-Brot-Öl/122179474502697

Les Patisseries de Sebastien

프랑스 출신의 베이커 세바스찬이 운영하는 빵집. 프랑스 스타일의
다양한 빵과 디저트를 맛볼 수 있다.

add. Invalidenstraße 157 Berlin 10115

web. facebook.com/Les-Patisseries-de-Sebastien-239890682731104

Kausar

모스크 가이드   카우자 엘-후세인

El-Hussein

베를린 자유 대학교 Free University of Berlin에서 영어와 프랑스어를 공부하고 있는 아랍계 무슬림 여성. 카우자의 아버지는 1970년 팔레스타인 내전 때 가족과 함께 독일로 망명을 왔고, 이후 베를린에 정착했다. 카우자는 매주 수요일, 학생과 일반인을 대상으로 모스크 투어 봉사를 진행하며 이슬람에 대한 바른 이해를 돕기 위해 노력하고 있다.

만약 너처럼 평소에 단 한 명의 무슬림이라도

가까이 알고 지냈다면,

그리고 서로를 조금이라도 이해하고자 했다면

파리의 테러도, 페기다도

결코 발생하지 않았을 거야.

베를린에서 두 번째 겨울을 맞이할 무렵, 오래 알고 지내던 프랑스 친구 미리암이 갑작스럽게 한 이슬람 행사에 참여한다는 소식을 전해왔다. 7년 전 터키에서 함께 영어를 가르치며 쌍둥이처럼 붙어 다닐 정도로 각별한 사이였는데, 각자 고국으로 돌아간 뒤 소식만 간간이 전하던 때였다. 행사 당일, 나는 베를린 외곽에 위치한 모스크 예배당으로 찾아갔다. 오랜만의 만남에 어색함보다는 설렘이 더 컸기에 주저하지 않았다. 하지만 기쁨도 잠시, 미리암은 강연 준비로 정신없이 바빠 나를 챙길 겨를이 없었다. 결국 나는 낯선 곳에 혼자 덩그러니 서서 불안한 눈동자만 굴려야 했다.

그때 누군가가 영어로 친절하게 말을 건넸다. "많이 낯설지? 내가 통역해줄게. 옆에 같이 앉자." 그 뒤로도 그녀는 두 시간 동안의 아랍어 강연과 이슬람 예배에 대해 영어로 설명해주며 나를 살뜰히 챙겼다. 천사같이 다가온 그녀의 이름은 바로 카우자 엘-후세인. 미리암이 베를린을 떠난 이후에도, 카우자와 나는 종종 연락을 주고받으며 소식을 이어갔다. 그리고 이 프로젝트를 준비하면서 나는 카우자에게 조심스럽게 인터뷰를 부탁했다. 길거리에만 나가도 쉽게 마주치는 터키·아랍 음식과 히잡을 쓴 여성들. 이 낯설지만 익숙한 베를린의 또 다른 문화에 관해 이야기를 나누고 싶었다. 고맙게도 그녀는 고심 끝에 우리와의 만남을 수락했다. 파리에서 사고가 터진 지 얼마 되지 않아 조심스러웠을 텐데도 불구하고.

베를린의 이민자 문화

1960~70년대 서독은 전쟁의 폐허를 복구하기 위해 외국 이주 노동자들을 많이 받아들였다. 그중 70퍼센트 이상을 차지하는 터키인 대다수가 베를린에 정착하면서 그들의 문화가 자연스레 이 도시 깊숙이 스며들게 되었다. 그중 가장 손쉽게 접할 수 있는 것은 바로 음식 문화다. 베를린 길거리 곳곳에서 케밥, 되너, 팔라펠, 후무스 가게들을 볼 수 있는데, 이는 그 음식들이 결코 그들만의 것이 아니라는 걸 말해준다. 실제로 그것들은 베를리너들에게 독일 소시지보다 훨씬 더 많은 사랑을 받으며, 맛 좋고 건강하고 저렴하기까지 한 최고의 패스트푸드 대접을 받는다. 맥도날드가 베를린에서만큼은 좋은 성과를 내지 못하는 이유이기도 하다. 또 다른 문

화로 종교를 꼽을 수 있다. 터키 및 아랍 출신 이민자들 대부분은 이슬람교를 섬기며 대가족 문화를 중시한다. 이들의 전통 덕에 현재 독일에서 태어나는 아이 중 약 10퍼센트가 무슬림 부모를 두고 있다고 한다. 이처럼 베를린 내 무슬림 수가 날로 증가하면서 그들의 종교 또한 이 도시를 구성하는 일부분이 되어가고 있는 것이다.

팔레스타인 출신인 카우자의 부모님은 1970년대 무렵 베를린으로 이민을 온 후, 현재 두 딸과 함께 아늑한 무슬림 가정을 꾸리며 살고 있다. 첫째 딸 카우자는 베를린 자유 대학교에서 영문학과 불문학을, 동생은 베를린 공대에서 정보 기술 관련 공부를 하고 있다. 카우자는 인터뷰 날짜 잡기가 가장 힘든 인터뷰이 중 하나였다. 얼마나 공부를 열심히 하는지, 연이은 시험과 과제에 도통 시간이 나질 않는단다. 약속 시간을 몇 번이나 바꿔가며 어렵게 만났을 때도 그녀는 허겁지겁 학교에서 달려오던 참이었다.

핫해진 게토

베를린 장벽이 여전히 존재하던 때1961~1989년, 서베를린에 정착한 이주민들은 주로 베딩Wedding과 크로이츠베르크, 노이쾰른 등 중심에서 떨어진 외곽 지역에 모여 살았다. 그곳은 당시 동베를린과 가장 근접한 서베를린으로, 서독 시민들이 꺼리던 소위 게토Ghetto였기 때문이다. 하지만 지금은 180도 다르다. 아이러니하게 최근 이 세 곳으로 전 세계 젊은이들이 몰려드는 추세이다. 이국적인 문화와 싼 물가로 젊은 아티스트들 사이에 소문이 나면서 베를린에서 가장 비싼 집값을 지급해야만 하는 '핫'한 곳이 되어버린 것이다. 요즘 크로이츠베르크 거리를 걷다 보면 스냅백을 쓴 젊은이들과 히잡을 두른 무슬림 여성이 나란히 걷는 모습을 흔하게 볼 수 있다. 그리고 그 모습이 전혀 낯설지 않다.

모스크에서

카우자를 만난 곳은 베를린 노이쾰른에 위치한 이슬람교 예배당 쉐히트릭 모스크 Şehitlik-Moschee였다. 이곳은 카우자가 집과 학교 말고 베를린에서 가장 많이 찾는 곳이다. 예배뿐만 아니라, 매주 수요일이면 독일 학생과 외국인 들을 대상으로 이곳에서 안내 봉사를 꾸준히 하고 있다. "모스크 내부의 흰색, 파란색, 빨간색 등은 각각 맑은 하늘과 붉은 해를, 또 바닥에 깔린 녹색 카펫은 풀밭을 상징해. 그리고 창문과 천장의 화려한 문양들은 별과 달을 의미하고. 이렇게 모스크에 자연을 들임으로써 무슬림들이 모스크와 바깥세상을 구분하지 말아야 한다는 메시지를 담고 있어."

무슬림은 새벽, 아침, 낮, 저녁, 일몰 이렇게 하루 다섯 번의 예배를 드린다. 때마침 하루의 마지막 예배를 알리는 이맘*의 기도 소리가 스피

⚡ 이슬람교의 지도자를 뜻한다.

커를 통해 노래처럼 흘러나와 모스크의 야경을 뒤덮고 있었다. 기도가 끝난 뒤 쉐히트릭 모스크는 문을 닫았다. "원래 모스크는 하루 종일 문을 닫지 않아. 근데 종종 이슬람에 반감을 품은 사람들이 사원에 유리병을 던지거나 유럽을 떠나라는 협박 편지를 보내는 탓에 최근에는 밤 9시 이후 문을 닫기 시작했어." 사실 유럽 내 무슬림에 대한 불편한 시선들은 사회 깊숙한 곳에 늘 존재해왔다. 2015년 1월, 이슬람 풍자만화를 게재한 파리의 한 잡지사에 이슬람 극단주의 젊은이들이 찾아가 전 직원을 살해한 '샤를리 앱도' 테러 사건이 이러한 반감에 불을 지폈을 뿐이다. 독일에서도 그 사건 이후 무슬림에 대한 부정적인 시선들이 노골적으로 드러나기 시작했다. 베를린에서 동쪽으로 두 시간가량 떨어진 드레스덴Dresden에서는 페기다 집회가 대규모로 벌어지기까지 했는데, 이들은 이슬람 문화로 인해 독일의 전통적인 기독교 문화가 퇴색하는 것을 경계한다는 주장을 펼쳤다. 물론 여기에 반하는 시위가 독일 곳곳에서 동시에 일어났고, 독일 총리 앙겔라 메르켈Angela Merkel이 연설을 통해 이를 직접 비판하면서 점차 진정되는 분위기다.

🏃 PEGIDA – Patriotische Europäer gegen die Islamisierung des Abendlande: '유럽의 이슬람화에 반대하는 애국적 유럽인들'이라는 의미.

베를린에서 무슬림 여성으로 산다는 것

카우자에게 베를린에서 무슬림 여성으로서 겪는 불편에 대해 조심 스레 물어봤다. "하루에 다섯 번 하는 예배도 사람들이 많은 데서 하면 구 경거리가 되니까 외진 장소에 숨어서 하곤 해. 또 히잡 같은 경우, 프랑스 에선 더 심하지만 독일에서도 착용을 금지하는 직장이 많아. 길거리에서 도 히잡을 썼다는 이유만으로 나쁜 말을 들을 때도 있고. 사실 유럽 내 무 슬림 여성들이 강요를 받아서 히잡을 쓰는 건 아니야. 사람들은 우릴 수동 적이고 생각 없는 여자 취급하는데, 사실 저마다 깊은 고민을 통해서 스스 로 착용 여부를 결정하는 거거든. 이유는 다양한데, 기본적으로 이슬람 경 전인 코란에 따라 사람들 관계가 결코 외관으로 정해지면 안 된다는 가르 침을 따르고 있어. 또 여성의 고유한 가치를 지키기 위함이기도 해. 히잡 쓰는 여성을 무조건 이상하다고 손가락질하기보다는 그저 다른 가치관을 가진 사람으로 봐주면 좋겠어."

한국에서는 사실 이슬람이라는 종교에 대해 올바로 접할 기회가 흔 치 않다. 대부분 미디어가 보여주는 대로 이슬람에 대한 편견을 가지거나 더러는 단순히 과격한 종교로 취급을 하기도 한다. 반면 나의 경우는 이슬 람에 대한 선입견이 다른 사람에 비해 비교적 덜한 편이다. 인구의 99퍼센 트가 무슬림인 터키에서 현지 고등학생들에게 영어를 가르치며 한 달여를 머물렀고, 당시 온종일 그 아이들과 붙어 있다시피 하며 직간접적으로 그 들의 삶을 상당히 가까운 거리에서 지켜봤기 때문이다. 확실한 건 종교 이

전에 그들도 그저 우리와 비슷한 일상을 살아가는 평범한 사람들이라는 것이다. 게다가 그들은 내가 만난 그 어떤 외국인들보다 열린 마음으로 나를 대해주었다. 덕분에 미디어에만 의존하던 기존의 거리감을 완전히 무너뜨렸을 뿐만 아니라, 이후 터키 사람들의 열렬한 팬이 되었다.

물론 당시 내가 겪은 이슬람과 무슬림은 세속적 이슬람주의를 지향하는 터키에 한정되기 때문에 이 종교 전체를 안다고 하기엔 무리가 있다. 다만, 적어도 미디어가 왜곡하는 부분과 그에 의한 쉬운 선 긋기는 지양해야 한다는 입장이다. 물론 나 또한 극단적인 이슬람주의자들과 기존 무슬림의 악습, 이를테면 명예 살인 같은 일들을 옹호하는 것은 절대 아니다. 하지만 그들이야말로 이슬람 문화를 망치는 데 앞장서는 반-이슬람주의자일 뿐이라는 생각이다. 카우자의 말처럼, "만약 너처럼 평소에 단 한 명의 무슬림이라도 가까이 알고 지냈다면, 그리고 서로를 조금이라도 이해하고자 했다면 파리의 테러도, 페기다도 결코 발생하지 않았을" 것이다.

파라다이스의 강

카우자의 이름은 아랍어로 '파라다이스의 강'이라는 뜻을 지닌다. 독일어를 모국어로 구사하며 독일 문화에 누구보다 익숙한 독일인 카우자. 다만 기독교가 아닌 이슬람 종교를 따르고 신념에 따라 히잡을 쓰는 것이 우리가 상상하는 일반적인 독일인과 조금 다를 뿐이다. "베를린은 내

엑스패트와 이미그랜트, 그리고 리퓨지 그 사이

한번은 베를린에서 함께 어울리던 유럽계 친구들 사이에서 재미난 토론이 오간 적이 있다. 한국 출신인 내가 엑스패트expat 국외 노동자인지 이미그랜트immigrant 이민자인지 리퓨지refugee 난민인지에 관한 이야기였다. 첫 번째는 대개 북유럽, 북미 등 선진국 출신의 젊은이들이 이주한 경우를 뜻한다. 그다음은 동유럽, 아프리카, 아시아 등 정치·경제적으로 독일보다 열세한 곳에서 옮겨 온 경우, 마지막은 전쟁 등과 같이 피치 못할 사정으로 이주한 경우를 의미한다. 사실 이 세 단어 사이에 정확한 정의나 경계가 있는 것은 아니다. 하지만 모두가 암묵적으로 동의하는 어느 정도의 '선'이 있음은 분명하며, 국적과 인종, 출신에 따라 그 쓰임과 의미가 모호하게 갈리곤 한다. 예를 들어 같은 또래이지만 독일로 이주해 사는 영국인은 엑스패트로, 폴란드인은 이미그랜트로 칭하는 식이다. 그렇다면 한국인인 나 같은 경우 경제적으로는 풍족할지언정 인종적으로 보았을 때 대체어느 부류에 속해야 할지, 당시 우스갯소리로 시작해 자못 깊은 토론으로까지 이어지고 말았다. 결론은 나지 않았지만 이 애매한 언어적 구분과 차별에 모두가 씁쓸함을 느꼈다. 각자의 사정과 이유가 어찌 되었든 남녀노소 불문하고 우리 모두 더 나은 삶을 위해 베를린에 온 것만은 틀림없는데, 우리는 서로를 자연스럽게 구별하고 있었던 것이다.

고향이야. 이 도시를 정말 사랑해. 내 가족, 친구들뿐만 아니라 너희처럼 다양한 배경의 친구들을 사귈 수 있으니까." 카우자는 대학에서 공부를 마친 후 고등학교 영어 교사가 되기 위한 시험을 준비할 계획이다. 독일의 공공 기관에서는 히잡 착용을 금지하고 있지만, 그녀는 언젠가 자연스럽게 이해받을 수 있을 때가 올 거라고 생각한다. 보통 이슬람을 언급할 때면 억압받는 여성의 이미지를 떠올리곤 한다. 하지만 카우자를 포함해 내가 만난 대다수의 무슬림 여성들은 평범 혹은 그 이상의 대범함을 갖추고 있었다. 인터뷰 막바지에 모스크 내부에서 사진 촬영을 하자 우리에게 핀잔조로 화를 내던 남자가 있었다. 당황한 우리와는 달리, 카우자는 예배당이 소란스럽지 않도록 목소리를 낮춘 채로 너무도 당당하게 말했다. "친구들에게 제 종교를 소개하고 싶은데 그게 문제가 되나요?"

베를린에서 다양한 종교를 경험하려면

수많은 민족이 부대끼며 사는 베를린에는 그만큼 다양한 종교가 공존한다. 그리고 그 안에서 생기는 '다름'에 있어서 서로에게 무척 관대한 편이다. 특히 1년에 한 번씩 열리는 '종교를 위한 긴 밤 Langen Nacht der Religionen' 행사가 이러한 베를린의 열린 태도를 잘 보여준다. 베를린에 있는 기독교, 유대교, 천주교, 이슬람교, 불교 등의 종교 예배당이 저녁 8시부터 그다음 날 오후까지 모든 이에게 장소를 개방하고 다양한 강연을 여는 특별한 행사이다.

Kaiser Wilhelm Memorial Church

2차 세계대전 당시 연합군의 폭격으로 심하게 훼손된 교회 건물을 그대로 남겨두고, 그 옆에 새 예배당을 지었다. 이 장소의 별명은 다름 아닌 '텅 빈 이 The Hollow Tooth'. 내부로 들어가면 전쟁 당시의 참혹함을 느낄 수 있는 사진 등이 전시되어 있다.

add. Breitscheidplatz 10789 Berlin
web. gedaechtniskirche-berlin.de

Şehitlik Moschee

카우자와 인터뷰를 한 쉐히트릭 모스크. 누구에게나 열려 있으며, 매주 수요일이면 카우자의 가이드나 외부인을 위한 영어 강의를 들을 수 있다. 하지만 관광지가 아닌 현지 무슬림의 예배를 위한 곳이니 약간의 주의가 필요하다.

add. Columbiadamm 128 10965 Berlin
web. sehitlik-camii.de

❸ Rykestrasse Synagogue

나치를 피해 베를린에서 빠져나가기 전, 이 도시에는 커다란 유대인 커뮤니티가 존재했다. 또 그들을 위한 예배당과 시너고그Synagoge도 여럿 있었다. 그중 라이케 거리에 위치한 이 시너고그는 가장 아름답다는 평을 듣는 곳이다. 전쟁과 나치, 분단 등을 겪으며 손상된 곳을 보수하여 2007년에 다시 개방했다.

add. Rykestraße 53 10405 Berlin

web. visitberlin.de/en/spot/synagoge-rykestrasse

❹ Berliner Dom

베를린의 상징으로 널리 알려진 베를리너 돔은 원래 천주교 성당이다. 박물관 섬 내에 있으며 여름이면 그 앞에 위치한 '루스트 가든', 즉 유흥의 정원 풀밭에 누워 햇살을 만끽하는 재미가 쏠쏠하다. 베를리너 돔은 웅장한 모습의 외관뿐만 아니라 내부의 스테인드글라스가 아름답기로 유명하다. 한편 에메랄드빛 돔의 시커먼 자국들은 닦지 않아서가 아니라 전쟁의 상흔을 그대로 남겨놓았기 때문이다.

add. Am Lustgarten 10178 Berlin

web. berlinerdom.de

❺ Das Buddhistische Haus

베를린 외곽에 위치한 불교 사찰. 현재는 스리랑카 출신의 스님이 지키고 있다. '불교의 집'이라는 뜻을 지닌 이곳은 폴 달케Paul Dahlke에 의해 1924년에 세워졌으며, 현존하는 유럽의 가장 오래된 절로 알려져 있다.

add. Edelhofdamm 54 13465 Berlin

web. das-buddhistische-haus.de

Thomas

패션 디자이너 **토마스 헤어츠**

Herz

독일 쾰른 옆 작은 마을에서 태어난 토마스는 영국과 스웨덴 등지의 패션 기업에서 20여 년간 일하다 베를린에 정착하기로 마음먹고 2년 전 독일로 돌아왔다. 패션 디자이너로서의 경력은 오래되었지만 자신의 이름을 건 브랜드는 처음인 새내기 사업가다.

요즘 정말 신나!

옷감은 물론이고 단추, 지퍼 하나하나까지

다 내 선택을 통해 완성되니까.

누군가가 내 옷을 입었을 때

오랫동안 간직하고 싶다는 느낌이 들면 좋겠어.

베를린에 산 지 1년이 넘었음에도 독일어를 배울 생각이 딱히 들지 않았다. 영어를 쓰는 외국인 친구들이 주변에 워낙 많았고, 독일 친구들마저도 영어로 대화하길 원했기 때문이다. 심지어 모르는 사람과 대화할 때도 못하는 독일어로 뻐끔거리기보다 영어를 쓰면 더 대우해주는 듯한 기분까지 들었다.

라틴어 계열의 이탈리아어나 프랑스어에 비해 게르만어의 파생인 독일어, 영어, 네덜란드어는 상대적으로 지루하게 들린다. 특히 독일어의 경우, 문법이나 발음 체계가 너무나도 기계적인 탓에 듣고 있자면 조금 퍽퍽하게 느껴질 정도이다. 그런 이유로 베를린행을 택할 때도 영어로 의사소통하면 된다는 생각에 독일어 공부를 전혀 하지 않았다. 갤러리에서도 전혀 문제 될 일이 없었다. 애초에 한국계 미국인이 운영하는 곳이라서 독일어를 쓸 일이 그다지 많지 않았다. 하지만 문제는 프리랜서 생활을 결심하고부터였다. 아무리 이 도시에 외국인이 많다고 하더라도, 주 언어인 독일어를 유창하게 쓸 줄 아는 독일인이 모든 일에서 항상 우선했다. 영어는 이 도시 사람이라면 누구나 쓸 줄 아는 공통의 언어일 뿐이었다. 나는 한국에 돌아가기 전까지 적어도 먹고살기에 불편함이 없을 정도의 독일어를 배워두자 마음먹었다. 그리고 바로 어학원에 등록했다.

어학원은 꽤 재미있었다. 언어학 박사 과정에 있던 어여쁜 선생님 안나와 여섯 명 정도의 내 또래 학생들이 한 팀을 이뤄 두 달간 수업을 받왔다. 그리고 그곳에서 나는 키아라라는 이탈리아 친구를 사귀게 되었다. 바로 옆자리에 앉아 회화 파트너로 매번 떠듬떠듬 서로의 근황을 이야기 하다 보니 어느새 가까워져버린 것이다. 당시 키아라는 패션 잡지 『데어 훈더트 Der Hundert』에서 인턴으로 일하고 있었는데, 덕분에 학원이 끝나면 그녀와 함께 베를린에서 열리는 패션 이벤트들을 챙겨 다니곤 했다. 평소 미술관이나 갤러리의 전시 행사만 쫓아다니던 나는 별 관심 없던 베를린 의 패션계를 조금은 엿볼 수 있었다.

아쉽게도 우리는 두 달 뒤 각자 다른 어학원을 선택하면서 헤어지게 되었다. 이후 뜨문뜨문 SNS로 서로의 소식을 전하던 중, 내가 인터뷰에 관 한 이야기를 들려주었다. 그러자 그녀는 대뜸 "며칠 전에 톰 헤어츠라는 디 자이너를 알게 됐는데, 옷도 예쁘고 무엇보다 사람이 좋아! 한번 만나봐"라 는 메시지를 보내왔다. 그제야, '아, 맞다. 패션! 힙스터 천국 베를린에서 패 션 이야기를 빼면 섭섭하지'라는 생각이 들어 바로 톰에게 메시지를 보내 인터뷰 의사를 물었다. 답장은 명쾌했다. "물론이지! 내일 당장 볼까?"

베를리너는 패션 테러리스트?

독일 사람들은 유럽에서도 옷을 못 입기로 정평이 나 있다. 옷의 실 용성과 기능성을 우선시하는 그들이다 보니, 실제로 베를린에서 옷 좀 입 는다 싶은 사람들은 북유럽 지역이나 이탈리아 출신의 외국인인 경우가 많다. 그런데 최근 독일 정부가 자국의 패션 산업 활성화를 위해 베를린을 중심으로 지원을 시작했다고 한다. 오죽하면 정부가 두 팔을 걷어붙였겠느냐는 우스갯소리까지 나온다. 이유야 어찌 됐든, 덕분에 유럽 각국의 패션 업계 사람들, 그중에서도 적은 자본으로 브랜드를 론칭하려는 젊은 디자이너들이 런던과 파리를 떠나 베를린을 찾는 경향이 두드러지기 시작했다. 톰 또한 '톰 헤어츠Tom Herz'라는 패션 브랜드를 운영하는 패션 디자이너이자 1인 기업 대표이다. 주로 온라인 소비자를 상대하며, 오프라인으로는 베를린 초zoo 지역에 위치한 비키니하우스* 내 편집 숍 LNFA에서 판매를 진행하고 있다. "아직 단독 숍은 열지 못했어. 나만의 컬렉션을 완성한 지 2년도 채 안 됐기 때문에 좀 더 베를린 소비자의 취향에 익숙해져야 할 필요가 있다고 느꼈거든. 비키니하우스는 그런 점에서 좋은 시작이라고 생각해."

⟰ 기존 건물을 보수해 2013년 새로 문을 연 이곳은 호텔, 영화관, 사무실, 심지어 동물원까지 바로 옆에 둔 커다란 복합 쇼핑몰이다. 유명 브랜드 대신 전문 큐레이터가 주기적으로 엄선한 소규모의 편집 숍을 통해 다양한 디자인의 상품을 만나볼 수 있다. 톰의 옷을 판매하고 있는 LNFA('Live Networking Fashion and Art'의 줄임말) 또한 젊은 패션 디자이너의 컬렉션과 아티스트의 작품을 주로 판매하는 곳이다.

그와 나의 옷 이야기

인터뷰를 위해 우리가 만난 카페는 톰이 미팅을 위해 자주 찾는 세인트 오버홀츠 St. Oberholz라는 곳이다. 베를린 중심 미테 지역의 큰 사거리에 위치해 컴퓨터로 일하는 프리랜서들의 작업 공간이나 캐주얼한 미팅 장소로 널리 이용된다. 평소 운동을 즐겨 한다는 톰은 화려한 옷 대신 편한 운동복을 입고 등장했다. "패션쇼 같은 행사가 있지 않으면 늘 편한 옷을 입어. 일상에서 매번 화려함을 추구할 순 없잖아." 그래도 사진 촬영을 위해서라면 능숙하게 자세와 표정을 바꿔가며 모델 뺨치는 모습을 보여주었다.

베를린에서 지내는 동안, 나는 티셔츠 몇 장 말고는 새 옷을 사지 않았다. 원래 패션에 크게 신경 쓰지 않기도 하거니와 당장의 생활비가 아쉬운 마당에 옷과 신발은 나의 우선순위가 아니었다. 다행히 이 도시에는 티셔츠에 구멍이 나도 별로 신경 쓰지 않는 사람들뿐이어서 그럭저럭 갖고 있던 옷을 버무려 무던하게 입곤 했다. 그래도 아쉬울 때면 가끔 벼룩시장에 들러 10유로 이내의 옷들을 구매했고, 가장 비쌌던 것이 20유로짜리 인조 털 코트였다. 터키 할머니가 더 이상 입지 않는다며 내놓은 그 옷을 걸치고선 시장에 걸린 거울 앞에 서서 한참을 고민하던 기억이 난다. 부드러운 털에 덮여 부피가 상당했던 그 옷을 겨우내 따뜻하게 입고 지냈는데, 결국 한국에 돌아올 즈음 아쉬움을 뒤로하고 친구에게 넘겨주어야 했다. 벼룩시장이 아니라면 친구들끼리의 옷 교환 행사를 통해 헌 옷을 장만하기도 했다. 늘 옷장에 걸려 있기만 할 뿐 시간이 지나도 절대 입지 않을 옷이 누구에게나 하나쯤은 있을 것이다. 그런 것들을 과감하게 싸 들고 와 친구들과 서로서로 바꿔 입는 소소한 이벤트였다. 한번은 니콜(첫 번째 인터뷰이)의 집에 모인 적이 있는데 내 돈으로는 절대 사지 않았을 반짝이 재킷을 골라 집고선 한동안 상당히 만족해했다. 그렇게 베를린에서의 나는 최소한의 소비로 입는 문제를 해결했다.

베를린 패션

사실 유럽의 다른 어느 도시보다 개성을 중시하는 베를린에서는 유행이라고 부를 만한 정형화된 패션 스타일을 찾아보기 힘들다. 그럼에도 불구하고 하나를 꼽자면 바로 '버가인 패션'일 것이다. 두 시간 줄 서서 기다려도 클럽 문지기의 '예스' 혹은 '노' 한마디에 입장 여부가 갈린다는 버가인 클럽은 반드시 검은색 옷을, 그것도 무심한 듯 겹겹이 겹쳐 입거나 흘러내리듯 연출한 차림새여야 들어갈 수 있다는 소문에서 유래한 패션 스타일이다. '톰 헤어츠'의 옷 또한 무채색의 미니멀리즘을 강조한다. 반복되는 그래픽 패턴이나 심플한 아이콘을 주로 디자인에 적용한다. 톰의 컬렉션을 쭉 감상하다 보면, 베를린에서 옷 좀 입는다 싶은 사람들의 취향을 한데 모아놓은 것 같다. 그만큼 그의 옷이 이 도시 속에 녹아 있다는 생각이 든다.

톰이 패션 디자이너로서의 삶을 살게 된 건 아주 우연에 가까운 일이었다. 고등학교를 졸업한 후 새로운 경험을 쌓기 위해 근교 도르트문트Dortmund로 옮긴 그는 오페라 하우스에서 아르바이트를 하게 되었다. 그때 배정된 부서가 다름 아닌 의상 디자인실이었다. "어릴 때부터 손재주와 감각이 있긴 했지만, 이렇게 전문적으로 할 수준은 아니었어. 그래서 남들보다 열심히 할 수밖에 없었지. 무대 의상을 만들다 보니 다채로운 색감과 화려한 패브릭을 마음껏 다룰 수 있다는 게 가장 즐거웠어." 그렇게 옷만드는 일에 흥미를 느끼다가 그는 쾰른의 디자인 응용 대학Fachhochschule

Köln에서 패션 디자인을 공부하기로 마음먹었다. 대학 생활에 관해 묻자 톰은 도리어 독일 패션 학교에 대한 불만을 쏟아냈다. 창의적으로 실험하게끔 하는 건 좋지만 모두를 아티스트로만 키우려고 한다는 것이다. 학교를 졸업한 후 바로 아디다스 Y-3팀에 취직할 당시, 톰에게 상업적인 패션 세계는 적응하기 쉽지 않은 곳이었다. "돈 많은 부모가 후원해주지 않는 이상 졸업 후 바로 자신의 브랜드를 론칭하는 건 불가능해. 먼저 이 세계에 뛰어들어 경험과 인맥을 쌓는 게 무엇보다 중요하지. 근데 막상 대학은 학생들에게 자신만의 컬렉션을 만들고 개성만 실컷 뽐내도록 가르치고 있어. 정작 회사에서 일을 시작하면 그 색깔을 지우는 데 무척 애를 먹어. 다들 '내가 최고다!'라는 식이니까."

톰 헤어츠

그는 자신의 이름을 내건 '톰 헤어츠'를 론칭하기까지 20여 년이라는 세월을 기다렸다. "요즘 정말 신나! 옷감은 물론이고 단추, 지퍼 하나까지 다 내 선택을 통해 완성되니까." 옷의 질감은 디자이너 톰에게 있어 가장 중요한 요소다. 이를 위해 톰은 부지런히 천 박람회를 다니며 자신의 디자인과 걸맞은 질 좋은 옷감을 찾아 헤맨다. "누군가가 내 옷을 입었을 때 오랫동안 간직하고 싶다는 느낌이 들면 좋겠어. 주로 니트와 저지로 옷을 만드는데, 둘 다 부드러운 촉감과 가벼운 무게감이 강조돼. 그래서 더 어려운 직물이야." 저렴한 가격의 패스트 패션에 익숙해진 젊은이들에게 가격이 비싼 고품질 옷이 쉽게 눈에 들어올 리 없다. 특히 베를린 같은 도시에서는 더더욱 그렇다. 벼룩시장에서만 간간이 옷을 사던 나뿐만 아니라 대부분의 젊은 베를리너들은 값비싼 옷을 선뜻 집어 들지 않는다. 아니 애당초 그런 생각조차 품지 않는 듯하다. 옷은 더우면 더운 대로 추우면 추운 대로의 가림막 역할을 할 뿐이라는, 실용성에 가치를 두는 사람들이라면 더더욱 그러할 것이다. "베를린에 대해서는 상반된 마음을 동시에 느껴. 내 옷을 살 사람이 필요하니까 도시가 경제적으로 좀 더 풍요로워지면 좋겠다 싶다가도 동시에 지난 5년간 베를린의 너무 많은 것들이 상업적으로만 변질되는 것이 안타깝기도 해. 하지만 패션의 가치를 알아주는 사람들이 점점 늘어나는 추세고, 외국 사람들도 많이 찾으니까 충분히 기회가 있다고 봐." 하지만 오랜 기간 런던에서 일했던 톰에게 베를린의 상업적이지 못한 패션 환경은 아직까지 무척 낯설다.

현재 톰은 혼자 회사를 운영하고 있다. "회사에 소속되어 있을 땐 디자인 일만 하면 됐지만, 지금은 홈페이지 만드는 것부터 모델 사진 찍는 일까지 나 혼자 다 소화하고 있어. 오히려 예전에 더 크리에이티브한 것들을 많이 시도할 수 있었던 것 같아. 하지만 무엇이든 장단점이 있겠지. 나만의 것을 새롭게 만든다는 건 분명 쉽지 않은 일이니까." 톰의 경력과 나이에 처음부터 다시 시작하기란 쉬운 선택이 아니었을지도 모른다. 이미 디자이너로서 충분히 인정받았음에도 불구하고, 그는 자신의 브랜드를 론칭하겠다는 일념 하나로 낯선 도시 베를린을 택했다. 어찌 보면 아직 커리

'톰 헤어츠' 옷들과 바우하우스 디자인에서 영감을 얻었다는
'톰 헤어츠' 시그니처 무늬.

어를 쌓아가고 있는 내 또래의 친구들보다 더 값진 출발선을 통과한 게 아닐까 싶다. "누가 입어도 '톰 헤어츠'의 느낌을 살릴 수 있는 옷을 만들고 싶어. 그러려면 아직 갈 길이 멀긴 하지만 베를린은 누구도 서둘지 않으니까, 또 누구든 기다려주는 곳이니까!"

'톰 헤어츠'의 사이트	tomherz.com

Thomas Herz

베를린의 패션 트렌드를 한눈에 보려면

톰의 인터뷰에서도 밝혔듯이, 베를린에서 나고 자란 사람들은 사실 패션에 크게 신경 쓰지 않는다. 하지만 베를린은 뉴욕이나 런던 같은 예술 캐피털로 주목받으면서 영국, 이탈리아, 핀란드 등지에서 몰려든 젊은이들 덕에 점점 패션 친화적인 도시가 되어가고 있다. 또한 1년에 두 번, 베를린 패션 위크가 열리면서 패션 관계자들의 관심을 한껏 받는 추세이다.

Q ANDREAS MURKUDIS

2003년에 문을 연 콘셉트 스토어이자 편집 숍. 원래 있던 미테 지역에서 포츠다머 거리로 옮겨왔다. 포츠다머 거리는 갤러리 밀집 지역으로 유명해져 지금은 다양한 전시와 이벤트가 끊임없이 열리는 곳이기도 하다. 베를린에 패션의 '숨'을 불어넣었다는 평을 듣는 이곳의 대표 안드레아스 무쿠디스가 여전히 옷과 소품 등을 직접 선택해 판매한다. 가격대는 높은 편이다.

add. Potsdamerstraße 81e 10785 Berlin
web. andreasmurkudis.com

+ Acne Studios

안드레아스 무쿠디스로 들어가는 입구 바로 옆에 새로 생긴 패션 매장. 패션에 관심 있는 이들에게 꾸준히 사랑받는 스웨덴 브랜드다.
add. Potsdamerstraße 87 10785 Berlin　　**web.** acnestudios.com

❷ KONK

베를린을 기반으로 활동하는 디자이너들의 옷과 소품을 판매하는 편집 숍. 베를린의 패션 트렌드가 궁금한 사람들은 꼭 들러봐야 하는 곳이다. 생소한 이름의 브랜드들이지만, 베를린 패션 위크에 주기적으로 참가하는 등 꾸준한 활동을 보이는 디자이너들 위주로 꾸려져 있다.

add. Kleine Hamburgerstraße 15 10117 Berlin

web. konk-berlin.de

❸ TEMPORARY SHOWROOM

다른 편집 숍들과는 달리 베를린뿐 아니라 곳곳의 패션 위크에 나온 젊은 디자이너들과 그들의 작품을 선별해 말 그대로 '쇼룸'처럼 활용하는 곳이다. 원래 갤러리로 쓰던 곳을 크리에이티브 디렉터이자 주인인 마틴 프레무직Martin Premuzic이 패션을 위한 전시 및 행사, 그리고 판매 공간으로 바꾸어 운영 중이다.

add. Kastanienallee 36A 10435 Berlin

web. temporaryshowroom.com

❹ A.D. Deertz

남성복 디자이너 윕케 데어츠Wibke Deertz의 숍. 옷을 잘 입고 싶지만 딱히 티 내고 싶어 하지 않는 패셔니스트들을 위한 곳이라고 할 수 있다. 베를린 친구들이 입고 싶어 하는 옷을 좋은 소재를 활용해 만든다는 그녀의 말처럼, 이 도시의 크리에이티브 종사자들이 선호할 만한 의상 컬렉션을 갖추고 있다.

add. Torsstraße 106 10119 Berlin

web. addeertz.com

❺ Voo Store

베를리너들이 즐겨 입을 만한 아이템과 현지에서만 구입 가능한 로컬 아이템들이 가득한 편집 숍. 길가에 세워진 로고 박힌 거울을 보고 찾아 들어가면 된다.

add. Oranienstraße 24 10999 Berlin

web. vooberlin.com

Liam

비영리 기관 '슈타트랩' 운영자 <u>리암 스코트 워드</u>

Scott Ward

영국 <u>스코틀랜드</u> 출신으로, 베를린에 거주한 지 9년이 넘었다. 사진을 전공한 후 아티스트로 활동하기 위해 친구들과 함께 사진 / 프린팅 스튜디오 겸 워크숍 공간인 '슈타트랩 Stattlab'을 차렸다. 기존 '슈타트바트 Stattbad' 클럽 건물에서 베딩 지역의 공장 부지로 이사해 현재까지도 활발히 운영 중이다.

지름길은 없어.

네가 만약 몇 가지 과정을 거르거나

뭉뚱그려버리고 나면 나중에 실수를 발견하더라도

절대 돌아갈 수 없거든.

그러니 천천히 가면서 서두르지 않는 게 좋아.

온갖 아르바이트를 전전하며 베를린에 대해 회의를 품게 된 무렵, 갤러리에서 함께 일했던 친구 리사를 만나 술잔을 기울이던 어느 날 밤. 그녀 또한 취향에 맞지 않는 갤러리들에서 일하며 힘을 빼고 있던 때였다. 단골 바에서 이런저런 서로의 고민을 토로하다 우리가 대체 베를린에서 원하는 것이 무엇인지, 또 제대로 할 수 있는 것이 무엇인지에 대해 곰곰이 생각해보게 되었다. 리사는 이탈리아 볼로냐, 나는 한국 서울에서 과감히 떠나올 당시 신기하게도 우리에겐 공통의 동기가 하나 있었다. 눈치 보지 않고 재미있는 걸 하며 사는 것! 둘 다 현대 미술사를 전공한 덕에 우린 척하면 척, 다른 친구들에 비해 꽤 말이 잘 통하는 사이였다. 그러다 문득 이런 생각이 들었다. 남에게 기대지 않고 우리 스스로 전시를 여는 건 어떨까? 그동안 도전해볼 생각도 없이 머뭇거리기만 한 우리에겐 비록 공간과 자본은 없을지언정 넉넉한 시간과 사람이 있었다. 게다가 다른 곳도 아니고 베를린에서라면 적은 비용으로도 가능할 수 있지 않을까 하는 생각이었다. 그렇게 우리는 대뜸 이름부터 정하기로 했다. 맥주를 마시며 한참 아이디어를 쏟아내다 두 시간 만에 둘 다 만족할 만한 이름을 뽑아낼 수 있었다. "c. project 어때? 보다의 SEE, 바다의 SEA, 그리고 또 큐레이터의 앞 글자 C를 따서!"

첫 전시를 준비하기에 앞서 일단 베를린에서 우리가 저렴하게 사용할 수 있는 장소들을 물색하기로 했다. 그러다 슈타트랩이라는 공간을 알게 되었다. 클러버들 사이에서 소문이 자자한 클럽 슈타트바트 건물 2층에 있는 사진 겸 프린팅 스튜디오인데, 재미있는 워크숍과 이벤트를 많이 한다는 소문을 들었다. 우리는 곧장 만나고 싶다는 이메일을 보냈고, 그 그룹의 대표인 리암과 약속을 정하게 되었다. 첫 시도인 만큼 꽤나 긴장한 상태로 그곳에 도착했다. 하지만 함께 프로젝트를 하자는 사람들이 한둘이 아닌지, 리암은 상당히 기계적인 인상을 풍겼다. 우리가 열심히 의도를 설명할 때에도, 함께 공간을 둘러볼 때에도 그는 마치 투어 가이드처럼 행동했다. 나와 리사는 불편한 느낌이 들어 더 구체적인 이야기는 나누지도 못한 채 슈타트랩을 나왔다.

이후 나는 인터뷰를 준비하며 다시금 리암을 떠올렸다. 그와의 개운치 않은 첫 만남이 내심 마음에 쓰이기도 했고, 또 이왕 이런 단체들 이야기를 할 거라면 그와 이야기를 나눠보는 게 좋을 것 같았다. 그리고 혹시 나처럼 낯가림이 심한 사람은 아닐까, 그래서 혼자 오해하는 건 아닐까 하는 생각이 들기도 했다. 다행히 리암은 인터뷰를 하겠다는 이메일을 보내왔고, 우리는 다시 슈타트랩에서 만남을 가졌다.

아침부터 클럽

"아침 10시에 슈타트바트 클럽에서 만나자!" 대게 오후 5~6시를 선호하는 여느 인터뷰이들과는 차원이 다른 리암의 제안이었다. 그 시간이면 밤새워 놀다 인터뷰하러 오겠다는 심보 아닌가 싶은 불안감까지 들었다. 하지만 이런 우려도 잠시, 약속 장소에 들어서자 염소 우는 듯한 특유의 웃음소리로 우리를 반기는 리암과 만날 수 있었다. 첫날은 오해임이 분명한 듯했다. 심지어 대낮도 아닌 아침에 와인을 대접하겠다고까지 한 걸보면.

슈타트바트 클럽은 과거 동네 수영장으로 쓰이던 건물을 개조해서 만든 곳으로, 독특한 인테리어와 화려한 디제이 라인업으로 유명하다. 생긴 지는 얼마 되지 않았지만 베를리너들 사이에 핫하다는 소문이 돌면서, 베를린 북쪽 베딩 지역의 랜드 마크 같은 장소가 되어버렸다. 이미 다녀온 친구들을 통해 이 장소의 매력을 듣고선 나 또한 냉큼 찾아가봤다. 건물 안으로 들어서자 마치 예전의 수영장 냄새가 아직도 나는 듯했다. 또 당시의 표지판들까지 그대로 남아 있어 과거가 현재한 듯한 느낌마저 들었다. 본격적으로 놀기 위해 짐을 맡기고 본관으로 들어서자 과거엔 물이 가득차 있었을 수영장 레인이 화려한 불빛의 멋진 클럽으로 탈바꿈해 있었다. 하지만 이곳을 가장 돋보이게 하는 것은 춤을 추는 공간이 아닌, 그 옆에 그대로 노출된 물탱크들이었다. 한때 수영장의 물을 한가득 품고 있었을 그 탱크들이 그대로 남아 이 공간의 역사를 대신 설명해주고 있었다. 무심한 건지 센스가 있는 건지, 건물주의 취향에 한껏 감탄하며 나는 그날 밤을 즐겼다.

청소를 합시다

스코틀랜드의 글래스고 미술 대학The Glasgow School of Art에서 사진을 전공한 리암은 졸업하자마자 새 출발을 꿈꾸며 베를린으로 향했다. "이 도시에 갓 도착한 사람이라면 모두가 겪는 시기를 나도 거쳤어. 온갖 파티와 이벤트를 다니며 사람 만나기에 바빴지. 목요일 밤에 나가서 월요일 점심쯤 집에 돌아오곤 했으니까. 그러다 수중에 돈이 한 푼도 남지 않은 상황이 찾아왔을 때 이 슈타트바트 클럽에서 청소부를 모집한다는 이야기를 들었어. 그렇게 이 건물과 인연을 맺었지." 하릴없이 스케이트보드를 타며 공원을 전전하던 어느 날, 한 투어 무리가 우연히 그의 눈앞으로 지나갔다. "저 일자리 좀 주세요!" 그는 대뜸 외쳤다. 신기하게도 마침 그 투어 회사는 사진과 그래픽 작업을 해줄 사람이 필요했던 터라 리암은 정말 바로 직업을 얻게 되었다. 거기에서 만난 친구를 통해 슈타트바트의 청소부 모집 정보를 듣게 된 것이다. 그렇게 클러버의 생활을 뒤로한 채 주말을 반납하고 건물 곳곳을 열심히 치우던 때, 별안간 그에게 신선한 아이디어가 떠올랐다. 쓰레기장처럼 잡다한 소품들로 가득 찬 2층을 암실로 활용하면 어떨까 싶은 생각이었다. 리암은 바로 건물주를 찾아갔다. 그동안 성실히 일하며 틈틈이 슈타트바트 행사 사진을 찍어온 덕인지, 그 건물주는 큰 고민 없이 리암에게 공간을 사용할 수 있도록 허락했다. "그게 벌써 4년 전 이야기야. 처음 하는 시도이다 보니 내부적으로도 협의할 일들이 많았고 같이 하겠다는 사람들도 점점 빠져나가기 시작했어. 처음에는 나와 내 친구들만을 위한 암실과 실크 프린팅 작업실로 활용하려 했는데, 아이디어

NOTHING MAKES ANY SENSE.

가 점점 확장되어서 지금은 공동 작업실로 운영하게 되었어. 오픈한 지 얼마 되지 않아 어수선하지만 조금씩 자리를 잡아가고 있는 듯해." 그렇게 리암과 친구들은 '많은 돈을 들이지 않고도 우리가 하고 싶은 사진과 프린팅 작업을 지속할 수 있는 곳!', 이 단순하고도 명쾌한 목적에 부합하는 슈타트랩을 탄생시킬 수 있었다. "아르바이트를 하면서도 늘 카메라는 몸에 지니고 다녔고, 틈나는 대로 사진을 찍었어. 그런데 베를린에는 작업할 수 있는 암실이 턱없이 부족하더라고. 그래서 친구들과 직접 공간을 만들어야겠다는 생각을 하게 되었고, 다행히 좋은 인연을 만나 지금에 이르렀지. 네 c. project같이 사람들에게 계속해서 문의가 오는 것을 보면 우리가 썩 잘해놓았구나 싶어. 하하."

DIY 슈타트랩

이렇게 탄생한 슈타트랩은 현재 번듯한 암실과 프린팅 기계 그리고 변호사까지 갖춘 비영리 기관으로, 20여 명이 넘는 베를린 예술가들의 작업을 도우며 제 기능을 다하고 있다. 매주 목요일에는 초보자들을 위해 사진 현상과 실크 프린팅에 관한 워크숍도 진행 중이다. 리암은 우리를 먼저 암실로 안내했다. "이곳은 예전에 수영장의 사우나로 쓰였던 공간이야. 원래 빛과 온도를 조절할 수 있도록 지어진 덕에 암실로 쓰기에 안성맞춤이었지. 공사를 위해서 3개월간 친구들과 길에 버려진 재료를 수집하고, 돌아와서는 쉼 없이 망치질을 해가며 모든 걸 우리끼리 직접 진행했어. 벽에 붙은 타일 하나까지도 우리 손을 타지 않은 게 없을 정도야! 슈타트랩에 쓰인 나무, 벽돌, 타일은 전부 공사장 같은 데서 주워 온 쓰레기로 이뤄져 있어! 놀랍지?" 우리는 독특한 오라의 슈타트랩 암실을 넋 놓고 구경하기 시작했다. 여느 암실처럼 세련되거나 깔끔하진 않았지만, 동선에 맞춰 섬세하게 자리 잡은 기계들, 약품들, 그리고 선반들까지 무엇 하나 부족함이 없어 보였다. 그뿐만 아니라 천장에 매달린 해골 손과 같은 특이한 소품들까지 모두 길거리에서 수집한 물건들이라고 하니 리암과 친구들의 센스와 안목에 놀라지 않을 수 없었다. "아까도 말했듯 최소의 비용으로 최대의 작업을 끌어내는 게 우리의 주된 콘셉트이니까. 우리가 가진 재주를 마음껏 활용하고 발휘할 수 있는 마음 편한 공간으로 만들고 싶었어. 또 줍다 보면 나름의 노하우가 생기는 법이지."

암실을 나온 우리는 리암을 따라 실크 프린팅 방에 들어갔다. 마침 리암은 자신이 속한 포크 밴드 십렉 래츠Shipwreck Rats의 공연 포스터 작업을 하던 중이었다면서 주섬주섬 무언가를 꺼내 보였다. 그윽하게 냄새가 배어 있는 피자 박스였다. 갑자기 웬 피자일까 싶어 앞뒤로 살펴보니 그제야 그의 작업이 눈에 들어오기 시작했다. "비싼 새 종이에 예쁘게 인쇄한 포스터는 조금 식상하잖아. 내가 아니더라도 그 종이를 쓸 사람은 천지에 널렸거든. 그래서 언젠가부터 길을 가다 멀쩡하게 생긴 종이만 보면 모으게 됐어. 처음에는 종이 위에 단순히 드로잉 연습만 하다가 지금은 이렇게 밴드 공연 포스터까지 인쇄하고 있지. 그중에서도 이 피자 박스가 단단하

리암의 밴드 '십레 래츠'. 맨 오른쪽이 리암이다.

고 두꺼워서 아주 쓸모가 좋더라고!" 그날 이후 그렇게 스쳐 지나가다 본 리암의 프린팅 작업들이 눈에 아른거렸다. 커다란 실크 프린팅 기계 앞에서 공간에 대한 설명을 한창 늘어놓던 리암의 목소리 대신, 그 앞에 놓인 자그마한 그림들이 눈에 들어왔던 것이다. 전혀 멋있지 않은, 되레 투박한 미완의 작업들이었는데도 말이다. 몇 달 뒤 결국 나는 리암을 전시에 초대하기로 했다.

돈은 없어도 괜찮아

인터뷰를 하는 동안 슈타트랩에는 사람들이 끊임없이 드나들었다. 한때는 쓰레기로만 가득 찼던 버려진 공간이 이처럼 멋진 비영리 기관으로 탄생하리라고는 그 누구도 상상하지 못했을 거다. "예술가로서 누릴 수 있는 완전한 자유는 학교 다닐 때만 주어지는 것 같아. 내가 좋아하는 사진을 실컷 찍으면서도 작업실, 암실, 그리고 온갖 기계들을 무료로 사용할 수 있으니까. 그렇게 5년 동안 버릇이 나빠진 상태로 졸업하면 돈이라는 가장 큰 문제에 직면하면서 예술가로서의 꿈이 흔들리게 돼. 그래서 뭐라

berliner

도 해야만 했어. 사진은 나에게 선택의 문제가 아니었으니까. 그런 절박함 덕에 지금의 슈타트랩을 꾸릴 수 있게 된 것 같아. 게다가 아무도 쓰지 않는 것들을 재활용해서 돈 한 푼 안 들이고 공사를 해냈으니, 우리처럼 가난해도 얼마든지 예술을 할 수 있다는 걸 우리 스스로가 과정 속에서 많이 느꼈어." 교장 선생님 훈화 같은 리암의 말에 우리는 '해낸 자의 여유'라고 놀리면서도 엄지를 치켜세울 수밖에 없었다. 특히 그가 마지막으로 남긴 한마디는, 과연 슈타트랩의 대표다웠다. "지름길은 없어. 네가 만약 몇 가지 과정을 거르거나 뭉뚱그려버리고 나면 나중에 실수를 발견하더라도 절대 돌아갈 수 없거든. 그러니 천천히 가면서 서두르지 않는 게 좋아."

젠트리피케이션

최근 슈타트바트 건물 앞에는 정체 모를 사람들이 모여 시위를 벌이곤 한다. 이곳 건물주가 사들인 또 다른 곳에 곧 아파트가 들어설 예정인데, 이에 대한 반대 시위가 열리는 것이다. "나도 이 건물을 쓰고 있으니 혹여 베를린 집값 상승에 이바지하는 게 아닌가 하는 의문이 들기도 해. 하지만 어찌 보면 내가 이 건물을 싸게 사용함으로써 다른 예술가들 또한 저렴하게 암실을 사용할 수 있는 거잖아? 만약 내가 큰돈으로 으리으리한 공간을 차렸다면 200유로 정도의 대여비를 받아야만 운영이 가능할 테니까. 하지만 우리의 목적은 예술가들의 공동 커뮤니티를 만드는 거야. 물론 시위하는 사람들 마음도 이해해. 하지만 건물주도 이렇게 예술에 이바지

하는 면이 있으니까, 비싼 집을 지어 판매해 얻은 수익으로 우리에게 기회를 주는 거니까 나쁜 면만 보고 한쪽 편을 들기는 매우 힘들어. 저 사람들에게 하고 싶은 말은 깃발 들고 소리만 지르면서 무조건 반대하기보다는 해결책을 제시하라는 거야. 더 나은 베를린을 만들기 위해서. 우리의 도시잖아."

이러한 도시 문제는 비단 베를린만의 것이 아니다. 내가 자라온 서울도 마찬가지다. 사방에 새로 지은 아파트들은 넘쳐나는데 대체 그곳에는 누가 사는지, 내 또래 친구들은 이 복잡한 도시에서 숨은 쉬고나 사는지 궁금해지기까지 한다. 이러한 문제는 개인의 일을 넘어 공공의 차원으로까지 나아간다. 최근 연예인 건물주와 소상공인 사이의 갈등이 갑을 관계의 시사 문제로까지 번지기도 했다. 그러나 이는 대중에게 알려진 대표적인 사례일 뿐, 힘없는 자영업자들은 하루가 다르게 오르는 월세에 눈 뜨고 코 베이기 십상이다. 또한 이태원 경리단길, 경의선 숲길, 서촌 골목 등의 경우 동네가 유명세를 치르면서 오랫동안 터전을 잡고 살아온 사람들은 어찌 해야 할지 막막하기까지 하다. 아이러니하게도 과거 이런 수순을 그대로 겪은 압구정 로데오거리에 가보면, 가게들이 빠져나가 텅텅 빈 모습을 쉽게 발견할 수 있다. 아마 천정부지로 치솟은 시세를 감당하지 못해한 선택이었을 것이다. 자본주의 사회의 대도시에서 이러한 물가와 집값의 상승은 피할 수 없는 과정일지도 모른다. 하지만 당장의 이익에 급급하기보다 도시에서의 공생을 위해 좀 더 멀리 내다볼 줄 아는 건물주들이 점차 많이 생겨났으면 하는 바람이다.

사라진 슈타트바트, 다시 슈타트랩

한 달 뒤에 리암은 슈타트바트가 곧 문을 닫는다는 안타까운 소식을 전해왔다. 건물 설계 문제를 이유로 누군가가 정부에 민원을 넣은 것이 화근이었다. 앞으로 이 건물이 어떻게 사용될지, 누구의 소유가 될지 정해진 건 아무것도 없다. 그래서 이미 슈타트바트 클럽과 슈타트랩을 방문한 사람들의 무용담이 회자될 정도로 이 건물은 베를린의 전설이 되어가는

슈타트바트 주변의 풍경.

중이다. 그 와중에 리암과 친구들은 아쉬움을 뒤로하고 성대하게 굿바이 파티를 열었다. 그리고 딱 한 달 뒤 근처에 더 번듯한 공간을 구해 새로운 '슈타트랩'을 열었다.

때마침 c. project 전시에 리암을 아티스트로 초대해둔 터라 겸사겸 사 새 슈타트랩을 방문하기로 했다. 알려준 주소로 찾아가보았지만 넓디 넓은 공장형 건물에 간판조차 없어 한참을 헤맸다. 그때 한 터키 할아버지 가 말을 건넸다. "혹시 슈타트랩 찾는 거니? 우리 방 바로 옆에 있어. 따라 와!" 할아버지의 말대로 리암의 슈타트랩은 한 터키 노인정과 나란히 마 주하고 있었다. "못 보던 젊은이들이 근래 자주 찾아들어 재미있다고 좋아 하셔. 20년을 한곳에 계셨던 분들이야. 우리도 덩달아 그만큼 오래 함께하 면 좋을 텐데 말이야. 그렇지?" 새로운 슈타트랩은 기존의 미로 같던 공간 과는 달리 커다랗게 뚫린 사각 형태의 방이었다. 아직은 정리가 되지 않은 탓에 어수선했지만, 딱히 걱정할 일은 아니었다. 리암과 친구들은 곧 다시 거리로 나서서 재료를 수집할 생각이란다. 비록 클럽 슈타트바트는 사라 졌을지언정 그들은 슈타트랩이라는 이름을 계속해서 쓰기로 했다. "이 공 간을 통해 많은 걸 이루고자 하는 건 아냐. 처음 그 마음 그대로, '많은 돈 을 들이지 않고도 우리가 하고 싶은 사진과 프린팅 작업을 지속할 수 있는 곳!'이 유지되기만을 바랄 뿐!"

베를린의 흥미로운 문화 공간을 방문하려면

베를린 거리를 걷다 보면 맨 뒤에 'e.V.'라는 표식이 붙은 간판을 쉽게 발견할 수 있다. e.V.(eingetragener Verein의 준말)는 '등록된 단체'라는 독일어로, 최소 일곱 명 이상의 멤버가 모여 만든 비영리적 성격의 스포츠, 문화 클럽 혹은 그들의 활동 공간을 의미한다. 어느 정도 수입이 보장된 활동 능력을 갖추었다 싶으면 사업 성격을 바꾸고 e.V.를 떼어버리는 경우도 흔하다. 이곳에서는 리암이 추천한, 그리고 우리가 좋아하는 베를린의 예술 관련 e.V.를 소개한다.

❶

Alternativer Kunstverein ACUD e.V.

베를린 미테 지역에 위치한 비영리 예술 단체. 큰 건물 한 채에 인디 영화관, 갤러리, 카페, 공연장 등이 자리하고 있다. 서울 홍대 부근에 있는 '상상마당'을 떠올리면 좋을 듯하다.

add. Veteranenstraße 21 10119 Berlin
web. acud.de

Ṣtattlab e.V.

인터뷰 당시 방문했던 장소에서 옮겨 새로이 꾸민 슈타트랩 공간. 창고형 건물의 한 층을 임대해 사용 중이다. 기존 단체의 성격을 그대로 유지하여 사진 현상과 실크 프린팅을 필요로 하는 아티스트들에게 공간과 장비를 대여해주고, 또 함께 작업을 하기도 한다.

add. Drontheimerstraße 34 13359 Berlin
web. stattlab.net

❸ PANKE

리투아니아 출신의 두 사람이 2009년 함께 꾸린 프로젝트 공간으로, 다양한 분야의 실험적인 예술을 장려한다. 물음표 문양의 로고를 따라 어두운 길을 헤쳐 나가면 비로소 판케의 밝은 불빛을 만날 수 있다. 마치 숨겨진 아지트 같은 느낌이다.

add. Gerichtstraße 23 Hof V. 13347 Berlin
web. pankeculture.com

❹ Sowieso Neukölln e.V.

2008년, 정육점으로 쓰이던 공간을 개조해 만든 음악 비영리 단체. 재즈와 클래식 장르에 특성화되어 있다. 공연이 꽤 자주 열리며, 평소에는 카페 및 바로도 운영 중이다. 이곳의 입장료는 공간 운영비를 제외하고 전액 뮤지션들을 지원하는 데 쓰인다.

add. Weisestraße 24 12049 Berlin
web. sowieso-neukoelln.de

❺ KW Institute for Contemporary Art (KUNST-WERKE BERLIN e.V.)

베를린의 현대 미술을 논할 때 절대 빠질 수 없는 미술관. 2년에 한 번씩 열리는 '베를린 비엔날레 Berlin Biennale'를 주관하는 곳이기도 하다. 주로 사회 참여적인 예술에 초점을 맞춰 강한 메시지를 지닌 전시들을 선보이곤 한다.

add. Auguststraße 69 D-10117 Berlin
web. kw-berlin.de

+ Sameheads

최근 e.V.를 떼고 상업적인 공간으로 변신한 복합 예술 공간. 장르 구분 없는 아티스트들의 퍼포먼스와 음악 공연이 매일같이 펼쳐진다. 특히 공간 자체의 독특한 분위기와 인테리어 때문에 베를리너들이 즐겨 찾는 곳이다. 주로 1층의 메인 스테이지에서 공연이 열리며 지하의 미로 같은 공간에서도 항상 '무언가'가 진행되고 있다.

add. Richardstraße 10 12043 Berlin   **web.** sameheads.com

Max

페루 음식점 운영자   **맥스 파를버그**

Paarlberg

네덜란드 출신의 맥스는 런던에서 경영학을 전공한 후 줄곧 호텔 매니저로 일해왔다. 그

경험을 살려 자신만의 바나 레스토랑을 열 궁리를 하던 중, 우연한 기회로 페루 음식점을

차리게 되었다. 현재 베를린에서 '치차Chicha'라는 이름을 내걸고 가게를 운영하고 있으며,

매주 '목요일 스트리트 푸드 마켓Thursday Street Food Market'에 참여하기도 한다.

물가가 싸고

전 세계에서 온 젊은이들이

많이 모여 사는 베를린이야말로

내가 원하는 걸 마음껏 시도해볼 수 있는

최적의 장소라고 생각했어.

또 이 도시 사람들은 새로움을 탐험할

준비가 되어 있거든.

독일 음식은 외국인의 입장에서 그다지 매력적이지 않다. 독일의 음식 문화를 깊이 알진 못하지만, 감자 아니면 소시지가 전부인 느낌이다. 그래서 독일 음식을 궁금해하는 한국 친구들이 방문할 때면 어김없이 커리부어스트 Currywurst라고 불리는 소시지 요리를 파는 간이 음식점에 데리고 가야만 했다. 하지만 최근 들어 베를린의 식문화가 변화하기 시작했다. 오래전부터 이 도시에 자리 잡은 터키와 베트남 이민자들의 음식점이 거리마다 하나씩 있을 정도로 널리 퍼졌으며, 젊은 외국 청년들이 차린 세계 각국의 음식점들 또한 우후죽순 생겨나고 있는 추세이다. 한국 음식점도 마찬가지이다. 한국계 독일인이나 유학생 들이 차린 가게들이 선풍적인 인기를 끌어, 나 역시 얼떨결에 '코리안 팝업 레스토랑'을 세 차례나 열었다.

우리는 이러한 베를린의 변화를 이야기해줄 인터뷰이를 찾고 있었다. 그러다가 스트리트 푸드 마켓에 가서 직접 음식을 먹어본 다음 제일 마음에 드는 가게의 주인을 선택하기로 했다. 드디어 스트리트 푸드 마켓이 서는 목요일, 많이 먹어야 한다는 생각에 배를 텅 비운 채로 한 마켓을 찾았다. 50개가 넘는 음식점과 인산인해를 이룬 손님들로 행사가 열리는 홀은 발 디딜 틈이 없었다. 먼저 줄이 가장 긴 곳부터 살피기 시작했다. 중국 만두, 일본 카레 등 아시아 음식들이 단연 인기였다. 하지만 나에겐 비교적 익숙한 음식들이기에 별로 관심이 가지 않았다. 그때 형광 핑크빛의 플래카드를 내건 곳이 눈에 띄었다. 라마를 닮은 듯한 한 청년이 열심히 페루 음식을 만들어 팔고 있었는데, 그 생소한 모습에 흥미가 생긴 우리는 바로 음식을 주문했다. 상큼한 소스와 함께 신선한 생선회가 입에 착 감기는 순간, 바로 이거다! 싶었다. 일단 맛이 특이한 데다 결정적으로 음식의 재료와 그 유례를 친절하게 설명해주는 '라마 청년'에게 호감이 갔다. 더 주저할 것 없이 우리는 마켓에 온 목적을 달성하기로 했고, 할 말이 있다며 주인장 맥스를 가게 뒤쪽으로 불러냈다. 바쁜 와중에도 그는 우리를 순순히 따라왔다. "우리는 다양한 직업, 국적, 삶의 이야기를 지닌 베를리너들을 인터뷰하고 있거든. 사실 오늘 너를 처음 봤고, 서로에 대해 전혀 알지 못하지만 그래서 더욱 이야기를 나눠보고 싶어. 너를 통해 베를리너의 음식 문화를 이야기하고 싶은데, 어때?" 맥스는 이를 하얗게 드러내며 웃고는 나와 수민, 나탈리를 차례로 훑기 시작했다. 다행히 우리 셋 중 아무도 험악한 인상을 지니지 않아서인지, 그는 아주 상쾌하게 "오케이!"를 외쳤다.

막트할레 노인

베를린 젊은이들의 식사 겸 모임 장소로 널리 알려진 막트할레 노인Markthalle Neun. 이 커다란 창고형 건물 1층에서는 항상 음식과 관련한 행사가 열린다. 그중에서도 가장 유명한 '목요일 스트리트 푸드 마켓'에는 베를린의 맛집들이 한데 모여 질 좋고 맛 좋은 음식을 판매한다. 그때마다 현지인은 물론 관광객까지, 식도락가들로 발 디딜 틈 없이 가득 찬다. 이

마켓을 특별하게 만드는 가장 큰 매력은 바로 세계 각국의 음식을 맛볼 수 있다는 점이다. 일본인이 파는 타코야키, 인도인이 파는 커리, 한국인이 파는 김치불고기버거까지.

　　한국의 지인들이 베를린을 찾아올 때마다 이 막트할레 노인은 절대 빠질 수 없는 필수 방문 코스였다. 이 도시에서 현재 유행하는 식문화를 가장 먼저 체감할 수 있는 곳이라 여겼기 때문이다. 이곳에 오면 친구들은 가장 먼저 시장의 규모에 놀라고, 그다음에는 사람들의 외모에 놀란다. 한 친구는 베를린의 선남선녀들은 여기 다 모여 있는 것 같다고 말하기까지 했다. 그만큼 트렌드에 민감한 젊은이라면 목요일 저녁 막트할레에 들러 맛있는 한 끼를 해결하는 게 자연스러운 일로 자리 잡았다. 최근에는 전 세계에서 입소문을 타고 몰려든 관광객들까지 홀을 가득 메워 제대로 자리를 잡고 식사하는 게 하늘의 별 따기가 되었다. 게다가 이 마켓에 참여하는 가게들은 대부분 베를린 전역에 본점을 두고 있어서 음식이 마음에 들었다 싶으면 매장을 따로 찾아 단골로 삼기도 한다. 나는 마켓에서 처음 맛본 'Five Elephant'의 치즈케이크에 홀딱 반해 기분 울적한 날이면 꼭 이 카페에 따로 들러 케이크를 사 먹곤 했다.

본격적인 인터뷰를 위해 다시금 홀을 찾았을 때, 맥스는 알록달록한 무지개 현수막에 '치차'라는 이름을 내걸고 페루 음식을 팔고 있었다. 다양한 소스로 맛을 낸 날생선 요리 '세비체'는 이미 다 팔리고 없던 탓에 그가 권한 코트카우사를 맛보았다. 차갑게 으깬 감자에 페루 음식에 주로 쓰인다는 라임 소스를 곁들인 별미였다. 시큼하면서도 부드러운 풍미에

감탄하면서 한편으로는 궁금함을 떨칠 수 없었다. 네덜란드 사람이 왜 페루 음식을, 그것도 베를린에서 팔고 있는 것일까?

특별한 페루의 음식

"저기 저 사람이 경력 20년 차 페루 요리사, 에리얼이야!" 내 표정을 읽었는지 맥스는 치차의 모든 음식이 진짜 페루 사람의 손끝에서 나온 것임을 강조했다. 두 사람은 페루 리마에서 처음 인연을 맺었다. 당시 맥스는 아르헨티나 호텔에서의 매니저 일을 마무리 짓고 옆 나라 페루에서 식도락 여행을 하던 참이었다. "현지 음식을 먹어보는 것도 물론 즐거운 일이지만, 머무는 동안 페루 음식을 직접 배우고 싶은 마음이 컸어. 그래서 어느 유명한 페루 레스토랑에 무보수 인턴으로 지원했어. 그런데 마침 에리얼이 그곳 주방장이었던 거지." 그곳에서 일하며 맥스는 페루 음식만의 특별한 조리법과 풍성한 식재료의 매력에 푹 빠지고 말았다. 뭐가 그리 좋았냐는 질문에 그는 기다렸다는 듯 긴 설명을 늘어놓았다. "페루의 음식은 향, 질감, 조합 같은 게 정말 기대 이상이야. 처음 먹자마자 반하는 그런 맛은 아니지만 감자, 아키아마리오, 라임 이 세 가지 재료를 가지고 변화를 주는데, 정말 한번 빠지면 헤어 나올 수 없을 정도야. 또 페루에서만 구할 수 있는 식재료들이 정말 풍부해. 시장에 가보면 난생처음 보는 과일이

🏃 페루에서 주로 쓰이는 노란 칠리.

우리가 맛본 페루 음식, 코트카우사.
차가운 매시포테이토와 라임 주스,
칠리가 어우러졌다.

나 채소가 정말 많아. 라임처럼 보이는데 라임이랑은 맛이 완전 다른 거야. 아, 그리고 중요한 건 바로 감자. 유럽 사람들의 주식이기도 한 감자는 사실 페루에서 처음 나온 거야. 그래서 페루에는 3천여 가지의 감자 종류가 있어. 신기하지?"

감자 하면 아일랜드를 떠올리고, 남미 음식이라면 멕시칸 음식만 접해본 나에게 페루 요리는 새롭고 신선하게 다가왔다. 맥스가 마켓에서 팔던 코트카우사는 특히나 별미였다. 그가 말한 대로 포슬포슬한 감자에 곁들인 싱싱한 라임의 향이 일품이었다.

드디어, 베를린 입성

맥스가 감격스러운 페루 여행을 마치고 잠시 런던에서 지내던 때였다. 그에겐 언젠가 같이 유럽에서 레스토랑이나 바를 운영해보자고 항상 이야기를 나누던 대학 동기가 있었는데, 그들은 그때가 바로 '지금'이라고 생각했다. 당시 런던, 바르셀로나 그리고 베를린이 물망에 올랐다. 하지만 런던은 투자 비용이 너무 비싼 데다 실패할 경우 손해가 컸고, 바르셀로나는 요식업의 주 수입이 관광객이나 일부 부유층 고객에게서 나오기 때문에 그들이 원하는 방식이 아니었다. "물가가 싸고 전 세계에서 온 젊은이들이 많이 모여 사는 베를린이야말로 내가 원하는 걸 마음껏 시도해볼 수 있는 최적의 장소라고 생각했어. 또 이 도시 사람들은 새로움을 탐험할 준비가 되어 있거든. 특별한 콘셉트의 식당이 생기면 일단 직접 먹어보려 하고, 새로운 맛이나 분위기라면 기꺼이 체험하려는 자세를 갖추었다고나 할까. 요즘 한국 식당이 베를린 사람들 사이에서 대단한 인기를 끌고 있는데, 맛도 맛이지만 이미 널리 알려진 일식이나 중식에는 없는 새로움이 크게 한몫을 한 거라고 생각해. 지금까지 먹던 음식이랑 전혀 다른 차원의 맛과 질감에 사람들이 열광하는 거지. 한국인만큼은 아니어도 사람들이 매운 음식을 먹는 데 더 대담해지고 열려 있으니까."

이렇게 베를린에 갓 도착한 그들에게 때마침 하나의 메시지가 도착했다. 페루에서 만났던 요리사 에리얼이었다. 놀랍게도 그는 이미 1년 전부터 베를린에서 살고 있었단다. "아, 이건 누군가의 계시구나 싶었지. 우리는 만나자마자 긴말 필요 없이 바로 베를린에 페루 레스토랑을 같이 열기로 결심했어. 맛있는 에리얼의 페루 요리를 먹으면서, 우리가 개발한 칵테일을 마시고 밤새 음악을 듣는 그런 레스토랑!"

처음에는 그저 대학 공부와 병행하며 용돈을 벌고자 하는 의도였다. "열여섯 살 때 처음 레스토랑 주방 보조로 일을 시작한 뒤로 칵테일바, 레스토랑, 나이트클럽, 호텔까지 여러 곳에서 꾸준히 일했어. 또 대학을 졸업한 뒤 자연스럽게 호텔로 일자리를 정하면서 암스테르담, 방콕, 부에노스아이레스, 글래스고까지 세계 여러 도시에서 살아볼 기회도 얻게 되었지." 맥스는 그중에서 아르헨티나의 수도 부에노스아이레스를 가장 특별한 도시로 꼽았다. 그곳에서 '맥스의 저녁 클럽Max's Supper Club'이라는 작은 콘셉트 레스토랑을 운영했다. "가게는 오직 금요일과 토요일에만 문을 열었고, 손님들은 선착순 스물다섯 명의 자리가 다 차기 전에 예약해야만 올 수 있었어. 나만이 만들 수 있는 특별한 공간, 즉 먹는 경험뿐 아니라 보는 것, 듣는 것 등의 오감을 아우를 수 있는 레스토랑을 꾸리고 싶었지. 그래서 매주 다른 아티스트들과 컬래버레이션을 진행했고, 그들의 작품을 전시하면서 그것과 연계해 다섯 가지의 음식이 나오는 코스 메뉴를 개발했어." 비록 맥스는 주방에서 오랜 시간 트레이닝을 받은 전문 요리사는 아니었지만 평소 음식이나 식재료에 워낙 관심이 많고, 주방 경험이 풍부하다 보니 음식 맛이 아주 훌륭하다는 평을 받았다. 또 독특한 콘셉트에 힘입어 현지 텔레비전 뉴스나 잡지에 여러 차례 소개되기도 했다. 하지만 성황을 이루던 레스토랑은 도시의 장기적인 경기 침체로 아쉽게도 문을 닫을 수밖에 없었다. "언제나 그렇듯, 하나가 끝나면 또 다른 하나가 시작되는 거니까. 가게 문 닫고, 호텔도 관두고 무작정 맛있는 거 실컷 먹으려고 페루로 떠났어!"

인기 만점 한국 음식

실제로 누가 베를리너 사이에서 가장 인기 있는 음식이 무엇이냐고

물으면, 나는 주저 없이 한국 음식이라고 답한다. 정말 눈만 뜨면 하루에
도 몇 개씩 새로운 한국 음식점들이 베를린에 생겨나고 있다. 인기 블로거
들 또한 한국 음식점을 여러 군데 방문하며 나름의 분석을 펼치기까지 하
니, 이쯤 되면 일시적인 유행이라기보다 이 도시의 새로운 식문화로까지
여겨진다. 특히 유독 채식 인구가 많은 탓에 비빔밥은 최고의 영양식으로
손꼽히기까지 한다.

나 역시 가만히 있을 수 없다는 생각에, 갤러리 레지던시에서 함께
머물던 한국인 친구 윤영을 꾀기 시작했다. 인기를 노려 돈을 벌겠다는 마
음보다는 재미 삼아 우리도 한번 해보자는 취지에서였다. 다행히 윤영은
선뜻 내 제안을 받아주었다. 우선 공간을 찾아야 했다. 갤러리의 공간을
빌리자니 음식 냄새와 낯선 이들의 방문에 여러모로 곤란할 것 같았다. 수
소문 끝에, 베를린 북쪽 동네에서 건축을 전공한 한 한국인이 자그마한 카

폐 '공간'을 운영하고 있다는 정보를 입수했다. 그는 한국의 팥빙수 기계를 들여와 계절 상관없이 한국 유학생들의 달달한 그리움을 채워주고 있었다. 먼저 이메일을 보내 우리의 취지를 설명했다. 다행히 그는 "젊은 사람들의 재미있는 기획이 좋네요. 만나서 이야기해봅시다!"라는 답변을 주었다. 그렇게 우리는 '공간'이 문을 닫는 일요일 하루를 빌리기로 했고, 수익의 30퍼센트를 지급하는 명목으로 계약서를 작성했다.

그다음은 메뉴 선정. 몇 번의 회의를 거쳐 처음이니만큼 우리가 할 수 있는 최대치를 보여주자는 데 의견이 모였고, '비건' 코스 요리에 도전해보기로 했다. 고기 없이도 얼마든지 한국 음식을 건강하고 맛있게 먹을 수 있다는 걸 보여주자는 취지였다. 그렇게 우리는 한 달간의 준비 기간을 거치며 일이 끝나면 레지던시에 모여 장을 보고, 음식을 만들고, 맛을 보고, 또 물론 놀고 마시기를 반복했다. 그렇게 나온 메뉴가 애피타이저로 두부김치, 메인 요리로 잡채, 미역국, 주먹밥, 그리고 디저트로 고구마 맛탕과 비건 아이스크림이었다. 행사 당일, 미흡한 홍보에도 불구하고 다행히 많은 사람이 몰려들기 시작했다. 손님 대부분이 친구와 친구의 친구들이긴 했지만 모두가 "그레이트!"를 연발하며 정말 맛있게 우리가 준비한 음식을 먹어주었다. 뜻밖의 대성공을 거둔 날이었다.

용기가 생긴 우리는 다음 이벤트를 기획하고야 말았다. 이번에는 치맥 파티. 하지만 엄청난 양의 닭을 튀기는 건 생각보다 쉽지 않았고, 음

료 가격을 제대로
조율하지 못한 탓
에 엄청난 적자를
보았다. 몸은 몸대
로 고생하고 결국
마음까지 상하게
되었다. 이후 다시
하자는 말은 쏙 들

윤영이 제작한 첫 번째 팝업 레스토랑의 메뉴판.

어갔지만, 내가 한국으로 떠나기 바로 전 기어코 윤영과 또 다른 친구 정
경을 설득해 이번엔 '수박 소주'를 판매하기로 하였다. 처음에는 다리 밑,
그다음엔 공원에서 열심히 수박을 들고 다니며 홍보를 한 덕에 그날의 메
뉴는 꽤 인기를 끌었고, 끝날 때쯤에는 한 끼 식사비를 벌 수 있었다. 그렇
게 총 세 번의 팝업 레스토랑을 열고는 '코리안 팝업 레스토랑'은 잠정적
폐업을 선언했지만, 베를린에서의 뜨거운 한식 열풍을 몸소 체험할 수 있
었던 신선한 시간이었다.

마켓에 참여하기

베를린에서는 매일같이 다양한 콘셉트의 파티와 이벤트가 벌어진
다. 물론 거기에 음식이 빠질 수 없다. 맛있는 음식과 특별한 이벤트에 뜨
겁게 화답해주는 베를린 사람들 덕에, 음식을 만드는 사람들도 단순히 장

사를 한다는 개념을 넘어서 자연스럽게 여러 가지 시도를 하게 된다. 맥스가 정기적으로 참여하고 있는 '목요일 스트리트 푸드 마켓'이 대표적이다. 레스토랑을 정식으로 오픈하기 전, 그의 '치차' 크루는 페루 음식과 가게의 홍보를 위해 이곳에 참여하기로 했다. 하지만 그 과정이 결코 쉽지만은 않았다. 베를리너들 사이에서 인기가 가장 많은 마켓인 만큼 치열한 입점 경쟁을 거쳐야 했기 때문이다. 맥스는 이 행사의 담당자에게 이메일 보내기를 수십 번, 안 되겠다 싶어 직접 그녀의 강연장에 찾아갔다. "만나서 명함을 주고 음식 설명을 했더니 알겠다며 메일을 다시 보내라고 하더라고.

맥스와 그의 파트너 로버트.

그래서 또 보냈지. 이제는 답장을 받을 수 있겠다 싶었는데 며칠을 기다려도 여전히 묵묵부답이었어. 전화를 했더니 그제야 이미 자리가 꽉 차서 들어올 자리가 없다는 거야. 10분이라도 시간을 주면 사무실로 찾아갈 테니 그냥 우리 음식 맛을 한 번만 봐달라고 애원했지. 그러곤 드디어 그녀가 음식을 입에 넣는 순간 바로 오케이, 그다음 주부터 마켓에서 장사를 시작할 수 있었어."

베를리너의 음식 문화

맥스가 언급했듯이, 베를린의 음식 문화는 독일 소시지 요리인 커리부어스트에서 벗어나 무척이나 다양해지고 있다. 한국의 떡볶이와 같이 간간이 분식처럼 이 음식을 찾곤 하지만, 소시지 가게는 온통 관광객들로 북적일 뿐이다. 특히 내 또래의 베를리너들에게는 더 그러하다. 내 독일 친구 엘리자가 술 먹은 다음 날 숙취 해소를 위해 꼭 케밥을 찾을 정도로, 오랜 이민 역사를 지닌 베트남과 터키의 음식은 이미 이들의 일상에 깊게 스며들어 있다.

맥스처럼 음식 사업에 도전해보려는 청년들에게도 베를린은 기회의 땅이나 다름없다. 이곳 사람 대부분이 맛에 대한 두려움이 덜하고, 늘 새로운 것을 갈망하기 때문일 것이다. 나와 윤영, 정경이 도전했던 것처럼 기회비용이랄 것도 딱히 없이, 그 어느 도시보다 도전이 용이한 곳이기도 하다. 한편, 이렇게 늘어나는 세계 각국의 음식점들 덕에 베를리너들의 입맛은 점점 더 까다로워지고 있다. 예전에는 베트남 음식점에서 한국의 김치, 일본의 스시, 중국의 만두를 한꺼번에 파는 게 어색하지 않았지만, 이제 그런 시스템은 절대 먹히지 않는다. 되레 기존의 오래된 음식점들이 문을 닫는 경우까지 생긴다. 현명한 미식가인 베를리너들은 이제 어느 곳에 가야 진짜 '원조'를 먹을 수 있는지 확실히 알고 있다. 이러한 이유로 맥스 또한 우리에게 에리엘을 소개해주었을 것이다. 진품 페루 음식임을 입증해 보이기 위해서.

현재는,

현재 페루 레스토랑 '치차'는 공식적으로 가게 오픈을 알리고 베를리너들의 재빠른 입소문에 순항 중이다. 벌써 여러 베를린 언론 매체와 유명 블로그에 노출되기도 했다. 늘 새로움을 갈망하는 도시인 만큼, 생소한 페루 음식 자체에 대한 반응도 무척이나 뜨겁다.

맥스는 사실 우리가 그동안 인터뷰한 친구들과 조금 달랐다. 열정적이고 적극적인 사업가 마인드로 중무장한 채 이 도시에 입성했다는 것 자체에서 말이다. 때문에 그와의 만남은 나에게 캡사이신이 가득 배인 고추를 한입 베어 문 느낌을 주었다. 분명 자극적인, 그래서 새로운! 레스토랑 오픈이 줄곧 '꿈'이었고, 이 하나의 목표를 위해 쉬지 않고 달려온 맥스. 인터뷰를 마치면서도 그는 가게 홍보를 잊지 않았다. "사실 너희에게 세비체라는 음식을 맛보여주고 싶어. 생선회와 라임 주스를 곁들인 음식인데 조합이 무척 색달라. 그러니 가게 열면 꼭 놀러 와야 해!" 그날 그렇게 약속한 뒤 나와 수민 모두 한국으로 돌아와버린 탓에 아직 '치차'는 가보지 못했다. 조만간 다시 베를린에 가게 된다면, 라마가 그려진 앞치마를 입은 혹은 멋진 사장님의 풍모를 풍기는 맥스를 만나 페루 음식을 실컷 먹어볼 생각이다.

레스토랑 '치차'의 홈페이지	chicha-berlin.de

베를린에서 다양한 외국 음식을 맛보려면

앞서 인터뷰에서도 말했듯이, 베를린에서 베트남 음식점과 케밥 가게는 한국의 중국집만큼이나 친숙한 '동네 음식'이 되어버렸다. 우리가 라면으로 해장을 하는 것처럼, 한 독일 친구는 술 먹은 다음 날 케밥을 먹지 않으면 개운치 않다고 할 정도니 말이다. 맥스와 우리 세 사람이 즐겨 찾는 맛집을 소개한다. 맛은 기본이요 영양도 놓치지 않으면서 가격까지 저렴해, 사랑하지 않을 수 없는 곳들이다.

❶ K'UPS Gemüse Kebap

베를린에서 가장 유명한 케밥 가게는 단연 무스타파이다. 아침 10시부터 다음 날 새벽 4시까지 운영하는 무스타파는 베를린의 클러버와 관광객 들에게 가장 사랑받는 케밥 가게이기도 하다. 맛은 최고지만, 점심시간에는 두세 시간씩 줄을 서야 한다는 큰 단점이 있다. 그래서 우리가 찾은 또 하나의 케밥 맛집이 바로 이곳이다. 나, 수민, 나탈리는 심지어 '무스타파보다 맛있다!'라는 의견을 모았다. 참고로 되네는 두꺼운 빵 사이에, 뒤름은 랩에 채소와 고기를 싸서 준다. 주문할 때 잘 구별해야 한다.

add. Kastanienallee 102 10435 Berlin
web. acebook.com/pages/KUPS-Gemüse-Kebap/242389922603356

❷ Sahara Imbiss*

특이하게도 북아프리카 수단의 음식을 파는 곳. 병아리콩을 갈아 튀긴 동그랑땡 모양의 팔라펠을 넣고 샌드위치를 만들어주는데 마치 우리나라 녹두전 맛이 난다. 가격도 무척 저렴(2.5유로)할 뿐만 아니라 이곳만의 특제 땅콩 소스가 단연 일품이다. 또 다른 메뉴로는 튀긴 치즈 할루미가 들어간 샌드위치가 있는데, 이것 또한 중독성이 어마어마하다. 채식주의자를 위한 두부 메뉴도 갖추고 있다.

add. Reuterstraße 56 12047 Berlin

* **Imbiss**는 독일어로 간단한 스낵류를 파는 간이식당을 의미한다. 베를린 거리를 걷다 보면 유독 이 단어를 많이 발견하게 될 것이다.

③ Hamy Cafe

베를린 젊은이들에게 특히나 많은 사랑을 받는 베트남 음식점. 여름이면 바깥까지 자리가 꽉 찬다. 4.9유로로 '오늘의 메뉴'로 나온 두 음식 중 하나를 선택할 수 있다. 주로 코코넛, 파프리카 등의 소스로 만든 카레(한국 카레와는 확연히 다른 맛으로 좀 더 부드럽고 달달하다)와 새콤한 샐러드 국수(양운센과 비슷하다)로 이루어져 있다. 고수 같은 이국적인 향을 싫어하는 사람은 가지 않는 게 좋다. 이미 요리 과정에서 맛이 깊게 배 빼기가 힘들다.

add. Hasenheide 10 10967 Berlin

web. hamycafe.com

④ Mami Camilla

세상에 널린 게 피자집이지만, 정말 '맛있는' 피자를 발견하긴 힘들다. 마미 카밀라는 이탈리아 소렌토 출신의 셰프가 직접 운영하는 곳으로, 베를린의 피자가 입맛에 맞지 않아 웬만하면 이탈리아 음식점에 가지 않는다는 이탈리아 친구들이 적극 추천한 곳이다. 가격은 조금 비싸지만 꼭 한번 가볼 만하다. 중요한 팁 하나. 최근 베를린 예술 대학에서 강의를 하게 된 아이웨이웨이가 근처에 살아서 이 피자집에 자주 출몰한다고 한다!

add. Hufelandstraße 36 10407 Berlin

web. mamicamilla.de

⑤ Curry Baude

여러 노선으로 환승이 가능한 게준트브루넨(Gesundbrunnen) 역 앞에 위치한 커리부어스트 가게. 케첩과 카레를 섞은 소스를 올린 소시지 요리를 이곳에선 커리부어스트라고 부른다. 한국 사람들이 길거리에서 떡볶이와 어묵 등으로 출출한 배를 채우듯이 퇴근길 독일 사람들의 발목을 잡는 베를리너의 '전통 길거리 음식'이다. 간판 사진 속 할머니와 그 가족이 직접 제조한 소시지와 감자튀김이 주메뉴다. 특히 시큼하면서도 중독성 있는 마요네즈가 매력적이다.

add. Badstraße 1 13357 Berlin

web. curry-baude.de

Hanka

양말 브랜드 창업자 **앙카 바나트코바**

Vanatkova

체코 제2의 도시 브루노 Brno 출신으로, 프라하 예술 대학에서 패션 디자인을 전공했다. 졸업 후 정부의 후원을 받아 베를린의 로컬 가죽 디자인 회사의 인턴으로 일하면서 이 도시에 자리를 잡았다. 현재는 프라하에서 알고 지내던 디자이너와 함께 손잡고 양말 브랜드 론칭에 매진하며 스스로가 생각하는 인생의 참가치들을 양말로 표현하고자 한다.

회사에서 바쁘게 일하면서

그리고 그만두면서 배운 건,

내 삶에서 딱 두 가지만은 지키자는 거였어.

즐기자!

그리고 일하는 과정에서 절대 무너지지 말자!

———————3년 전 여름, 베를린에 갓 도착해 아직 이 도시가 낯설던 때. 당시 유일한 친구였던 나탈리가 주말 벼룩시장에 함께 참여해보자고 제안했다. 신청만 하면 누구나 할 수 있다는 말에 솔깃해 딱히 팔 것도 없으면서 흔쾌히 '오케이'를 외쳤다. 뭘 팔까 고심하다 결국 유부초밥과 참치 주먹밥을 싸가기로 했고, 같이 살던 일본 친구의 도움까지 받아가며 겨우겨우 20인분을 만들어 갔다. 당일 아침 일찍 장터로 가보니 나탈리는 이미 또 다른 참가자인 그녀의 체코 친구와 함께 매장을 준비하고 있었다. 뽀얀 피부에 새빨간 립스틱, 그리고 세련된 꽃무늬 점프 슈트를 입은 앙카라는 그 친구는 자신이 손수 만든 액세서리나 티셔츠, 그리고 본인이 입지 않는 옷 여러 벌로 부스를 한껏 꾸미고 있었다. 그녀의 부스는 한눈에 봐도 '와, 예쁘다!'라는 생각이 들게 하는 아이템들로 가득 차 있었다.

반면 나는 전날 밤새워 주먹밥을 준비하느라 피곤에 찌들어 오징어 같은 인상을 하고 있었고, 괜히 그녀의 예쁜 옷에 냄새가 밸까 봐 주눅까지 들고 말았다. 하지만 앙카는 이런 내 맘을 읽었는지, 내 야심 가득 주먹밥을 판매대 가운데 올려놓더니, 2유로를 내밀며 말했다. "오늘 내 생일이야! 이 주먹밥, 꼭 케이크처럼 생겼다." 그녀의 말이 떨어지자마자, 우리는 주변 마트에 가서 와인 세 병을 사 왔고 내가 싸 온 주먹밥을 안주 삼아 장사는 잊은 채 연거푸 낮술을 들이켜기 시작했다. 심지어 물건을 팔아 돈이 생기는 족족 와인을 사대는 통에 결국 단 한 푼의 돈도 남기지 못했다. 하지만 그날은, 우리 모두에게 잊지 못할 베를린의 여름을 만들어주었다.

앙카를 만나다

우리 셋이 인터뷰를 결심하면서부터 앙카는 늘 1순위 섭외 대상이었다. 하지만 당시 한창 프라하와 베를린을 분주히 오가며 지내던 그녀였기에, 도저히 시간을 맞출 수가 없었다. 그러던 어느 날, 나탈리를 통해 드디어 그녀가 3일간 베를린에 머문다는 소식을 접했다. 우리는 주저하지 않고 앙카에게 연락을 취했다. 다행히 프라하로 돌아가는 버스의 출발 시각을 세 시간쯤 남겨두고, 드디어 그녀를 만날 수 있게 되었다. 부랴부랴 약속 장소로 달려가니 고맙게도 앙카는 마당에 커피와 과자를 잔뜩 마련해놓고 우리를 기다리고 있었다. 첫 만남에서도 느꼈던 그녀의 세련된 배려가 한껏 더 돋보이는 순간이었다.

앙카를 인터뷰로 택한 건, 비단 그녀가 멋진 외모와 직업을 지녔기 때문만은 아니었다. 첫 만남에서부터 부드러운 미소 속에 감춰진 그녀만의 이야기가 늘 궁금했다. 가끔 나탈리와 함께 파티를 핑계 삼아 만나기는 했어도 가벼운 대화만 나누고 헤어지는 게 아쉬웠던 참이었다. 왜 멀쩡한 직업을 관두고 돌연 베를린을 떠났는지, 그러고는 왜 양말을 선택했는지. 내심 앙카를 보며 스스로에 대한 고민을 풀고자 하는 욕심이 있었을지도 모른다. 베를린에서의 성과 없는 삶에 조급함이 느껴지던 중이었고, 수민 또한 게임 회사 인턴 일에 지쳐 있었다. 그렇게 우리가 앞으로 해야 할 수많은 선택 앞에 겁을 먹어 앞으로도 뒤로도 가지 못하던 때에 멋진 언니 앙카를 만나기로 한 것이다.

프로스카우어 커뮤니티

나탈리와 앙카는 우리 사이에서 꽤 유명한 프로스카우어Proskauer 커뮤니티를 통해 만난 사이다. 한 독일인이 세를 준 건물에서 우연히 처음 만나 열세 살이라는 나이 차가 무색하게 막역한 친구로 지내고 있다. 베를린 프리드리히자인Friedrichshain 지역에 자리한 이 건물 1층에는 주인 안드레아스가 직접 헌책방을 운영 중이다. 크리스마스나 부활절 같은 명절에는 건물에 사는 사람들끼리 삼삼오오 이곳에 모여 파티를 열기도 한다. 내가 나탈리에게 초대받아 핀란드 친구들을 처음 만난 곳이기도 하다. 프로스카우어 4번지, 이 독특한 건물에 처음 커뮤니티를 꾸린 건 다름 아닌 앙카였다.

"베를린에 도착하자마자 친구 집에 얹혀살면서 내 방을 찾아 돌아다녔어. 그런데 정말 쉽지 않더라고. 그러다 누군가가 지나가는 말로 이

Hanka Vamatkova

나탈리, 안드레아스, 그리고 앙카.

거리에 책방을 운영하는 한 남자가 남는 방을 갖고 있을지도 모른다는 이야기를 했어. 바로 무작정 찾아가서 방이 있냐고 물었지. 그게 바로 안드레아스야. 때마침 그가 『프라하 여성』이라는 책을 읽고 있어서 우리 둘은 참 신기한 인연이다 싶었지. 그렇게 이 건물에서 3년을 지냈어. 그동안 내 프라하 친구들이 이 건물에 머물기도 하고, 헬싱키에서 인턴을 하며 알게 된 라우리라는 친구가 옮겨 오기도 하면서 점점 우리만의 커뮤니티가 생긴 거야." 과거 동독 시절에 대학에서 철학을 가르쳤던 주인 안드레아스는 현재 그가 소유한 건물의 방을 외국에서 온 젊은 아티스트 청년들에게 싼값으로 제공해주고 있다. 그렇기 때문에 이곳은 다양한 국적의 디자이너, 사진가, 화가, 뮤지션 등으로 꽉 차 있다. "하지만 커뮤니티라고 해서 우리끼리만 몰려다니는 건 결코 아니야. 각자 열심히 할 일 하다가, 모두가 원할 때 같이 뭉쳐서 노는 거지. 가끔 혼자 방에 있다가 갑자기 맥주나 와인이 마시고 싶을 때, 창문 밖으로 '맥주 마실 사람!' 하고 소리를 지르기도 해. 그럼 꼭 누군가가 응답을 해와." 인터뷰가 한창 진행되고 있을 때, 해맑은 미소를 날리며 야코가 마당에 등장했다. "친구 집에 왔다가 너희 목소리가 들리길래 내려왔어." 군이 전화로 서로의 소식을 전하지 않아도 이렇게 다시 만나니 더욱 반가운 느낌이었다. 역시나 프로스카우어 4번지다웠다. 야코와 이런저런 수다를 떨며 과자를 먹다 보니 시간이 훌쩍 지나고 말았다. 앙카의 버스 시간 때문에 초조했던 우리. 다행히 눈치 빠른 야코는 유유자적 곧 자리를 떴고, 다시금 인터뷰를 이어갔다. "조만간 또 이렇게 어디선가 보자!"

패션 디자이너, 앙카

아름답기로 유명한 도시 체코 프라하의 예술 대학에서 패션 디자인을 전공한 앙카. 4년 전, 짧은 기간의 인턴으로 베를린에 머물기 시작했지만 일이 끝난 이후에도 이 도시를 쉽게 떠날 수 없었다. "처음 일한 곳은 가죽 제품을 다루는 베를린의 작은 로컬 브랜드였는데, 베를린 패션 위크에도 매번 참여할 만큼 활발한 활동을 하는 회사였어. 여기 있는 동안 유럽의 패션 대도시인 런던이나 밀라노, 파리와는 또 다른 베를린만의 매력을 느끼게 됐지." 그전, 밀라노와 헬싱키에서 인턴을 한 적이 있던 앙카는 당시 빠르게 변하는 트렌드에 민감한 패션계의 속도를 맞추기가 너무 힘들었다. 그에 비해 베를린은 훨씬 여유로워서 디자이너로서의 아이디어를 발전시킬 충분한 시간이 주어진다는 인상을 받았다. "그뿐만 아니라 과거 체코와 비슷한 공산주의 체제를 겪은 동베를린이 나의 '느리게 가는' 패션 철학과 맞물려 있기도 했지." 그리하여 앙카는 베를린에 더 머무르기로 결심했고, 인턴이 끝난 후 찰란도 zalando라는 스타트업 패션 회사에 취직을 하게 됐다. 다름 아닌, 패션 스타일리스트로! "우아, 멋지다!"라고 감탄하는 우리의 반응과는 반대로, 앙카는 어두운 표정이 되어 말했다. "기대와는 달리, 상당히 지치는 시간이었어. 디자이너로서 쌓아온 경력도 인정받지 못하고, 내 창의성 또한 전혀 발휘되지 못한 채 무거운 옷을 나르며 카탈로그에 들어갈 뻔한 사진만을 내리찍느라 어깨가 다 상할 지경이었으니까. 결국 이러다 나를 잃겠다 싶어서 3년을 채우고 그만뒀지."

'캠핑'의 탄생

회사를 나온 지 어언 1년, 앙카는 여느 때보다도 활기차 보였다. 그동안 그녀는 긴 휴가 겸 아이디어 구상 기간을 가졌다. "내가 정말 앞으로 하고 싶은 게 무엇인지에 대해 깊게 생각했어. 여전히 패션 디자이너로서의 삶을 원하는지, 그렇다면 어떤 디자인으로 어떤 제품을 만들고 싶은 건지. 그래서 바로, 짜잔!" 그녀는 대뜸 양말을 손가락으로 튕겨 보인다. "이거야, 이거! 모두가 꼭 필요로 하는 아이템이면서도 전혀 부담스럽지 않은 양말." 그렇게 그녀는 오는 여름, 양말 브랜드 '캠핑Kempink'의 체코 론칭을

앙카가 디자인한 '캠핑'의 양말들.

앞두고 있다. 프라하에서 알게 된 파트너와 함께 디자인부터 홍보까지 직접 해내며 분주한 나날을 보내고 있다. "어릴 적부터 꼭 함께 브랜드를 만들어보자고 이야기하던 친구 슈테판카와 함께 캠핑을 갔어. 그러면서 그 브랜드에 우리 본연의 모습이 담기면 좋겠다는 생각을 했지. 그때 나온 키워드가 바로 쉬어감, 행복, 자연, 좋은 사람들. 정말 간단하면서도 막상 얻기 힘든 것들이지. 그런데 바로 지금, 우리가 이 모든 걸 누리고 있다는 생각이 들더라고. 그렇게 '캠핑'으로 우리의 브랜드 이름을 정했고, 역시나 꼭 필요한데도 그 소중함을 잊고 사는 양말이라는 아이템에 집중하기로 했지. 우리의 양말을 신은 누군가가 잠시나마 이런 '캠핑'의 가치를 되새길 수 있으면 좋겠다는 게 목표야. 너무 거창한가? 하하. 그렇지만 또 매우 심플해!"

직접 양말을 천연 색소로 염색 중인 양카.

그렇게 앙카는 그녀의 파트너와 함께 동분서주 프라하와 베를린을 오가며 얻은 결과물을 드디어 다음 주, 세상에 내놓는다. "회사 일을 그만 둔 후 꽤 오랜 시간이 흘렀고, 사람들이 요즘 뭐 하느냐고 물을 때마다 매 번 설명을 해야 하는 게 불편했어. 그리고 준비 과정에서 엎어질 수도 있 는 일이니 나 스스로 확신이 흔들린 적도 여러 번이었지. 그래도 좋은 동 반자를 만나 여기까지 와서 참 행운이라고 생각해." 앙카는 먼저 프라하 시장에 뛰어들기로 했다. 이미 브랜드를 운영하는 대학 친구들을 통해 유 익한 시장 정보를 얻을 수 있고, 또 베를린보다 훨씬 싼 가격으로 제품을 생산할 수 있다는 점도 매력적이었다. "첫 시도에 대한 부담이 덜하니까 프라하를 먼저 택했어. 그렇게 어느 정도 브랜드가 자리 잡으면 조만간 베 를린 시장을 뚫을 거야. 4년 동안 이 도시에 머물면서 언제, 어디서, 누구 와, 어떻게 일해야 하는지 배웠으니까!"

앙카가 디자인한 양말 컬렉션의 첫 번째 테마는, 다름 아닌 식물이 다. "어릴 적, 허바리움 Herbarium이라고 불리는 식물도감을 직접 만들곤 했 었거든. 꽃과 풀을 바로 책 위에 붙이기도 하고, 아니면 수채화로 그리기 도 하고. 어느 날 조카랑 놀다가 영감을 얻었어. 우리가 구축하고자 하는 '캠핑'의 브랜드 이미지랑도 매우 잘 맞는 것 같아." 앙카는 앞으로도 여러 컬렉션을 시도하며 우리가 도시 생활에서 놓치고 마는 자연을 '캠핑' 양말 을 통해 일상에 불러오고자 한다.

느리게 '캠핑'

'캠핑'을 론칭하기까지, 1년이라는 시간이 흘렀다. 길다면 길고, 짧다면 짧은 시간이다. 우리 또한 앙카의 소식을 들으며 도대체 양말이 세상에 나오기는 하는 걸까, 의심하지 않았다면 거짓말이다. 하지만 그녀만은 늘 느긋해 보였다. "삶에서 너무 빠르게 뭔가를 하는 건 좋지 않은 거 같아. 회사에서 바쁘게 일하면서 그리고 그만두면서 배운 건, 내 삶에서 딱 두 가지만은 지키자는 거였어. 즐기자! 그리고 일하는 과정에서 절대 무너지지 말자! 여전히 싸워나가야 하는 것들이 있지만 드디어 나에게 가장 중요한 것이 무엇인지 제대로 알아가는 요즘이야. 내 몸과 마음이 이끄는 대로, 절대 서두르지 않는 거지." 모든 게 천천히 흘러가서 다행이라는 앙카. 만약 너무 서둘렀다면, 스스로를 다지는 사소한 순간들을 모두 놓쳤을 거라 말한다. 물론 지나온 시간에 대한 여유일 수도 있다. 하지만 앙카는 그 누구보다 일상의 고마움을 잘 헤아리는 듯했다.

"양말은 늘 우리 일상에 존재해. 머리를 자르러 가는 것처럼 사람들은 계절마다 양말을 사곤 하니까. 그래서 그런지 신고 있는 사람의 성격을 대변해주기도 하는 것 같아." 요즘처럼 양말이 패션의 아이템 중 하나로 여겨지는 때라면 더욱더 그러하다. 며칠 전 소개팅을 한 내 친구가 상대방 남자의 빨간 양말에 꽂힌 걸 보면, 앙카의 아이디어는 백번 옳았음이 틀림없다. 양말은 그만큼 사람의 인상에 중요한 흔적을 남긴다. 앙카를 버스 정류장으로 떠나보내고 우리는 대뜸 각자의 양말을 살피기 시작했다. 별거 없었다. 다들 추운 발을 싸매는 용도의 시커먼 양말을 신고 있었다. 그때 한창 인턴 일로 근심이 많던 수민이 말했다. "절대 없으면 안 되는 이 양말을 왜 우리는 몰라봤을까. 정작 이렇게 소중한 것을 소중히 다루지 못하고……."

'캠핑'의 웹사이트	kemp.ink

베를리너의 여유로운 삶을 엿보려면

베를린에는 프리랜서와 프리타*가 참 많다. 평일 낮에 공원을 거닐다 보면 '다들 뭐 해서 먹고살지?' 싶을 정도로 많은 사람이 풀밭에서 망중한을 즐긴다. '빨리빨리'에 익숙한 한국 사람들에게는 참으로 낯선 광경일지 모른다. 중요한 건, 시간은 누구에게나 똑같이 주어진다는 것이다. 다만 이곳 사람들은 삶의 여유를 1순위로 생각할 뿐이다. 살 만큼만 벌고 번 만큼만 쓴다. 앙카 또한 마찬가지다. 그녀가 추천한 베를린의 장소들은 그런 느낌의 미학이 자연스럽게 배어 있는 곳들이다.

> * 아르바이트로 생활비를 충당하는 사람을 지칭하는 단어로,
> 일본에서 유래했다.

❶ Klunkerkranich

베를린 남쪽 노이쾰른 지역에 위치한 옥상 정원 겸 카페 겸 공연장. 심지어 아이들을 위한 모래 놀이터도 마련되어 있다. 쇼핑몰 옥상에 위치한 이곳은 반드시 지상 주차장을 통해서만 갈 수 있어 초행길에는 헤맬 가능성이 높다. 도심 한가운데 우뚝 선 건물에서 한껏 여유를 즐길 수 있다. 베를린의 멋진 풍경은 덤이다. 고백하자면 내가 베를린에서 가장 좋아하는 장소이기도 하다.

add. Karl-Marx-Straße 66 12043 Berlin
web. klunkerkranich.de

❷ Thai park (Preussen park)

베를린에서 가장 맛있고 분위기 좋은 태국 음식점은 어디일까? 날씨 좋은 주말이면 평소엔 평범하기 그지없는 작은 공원이 타이 마켓으로 새롭게 태어난다. 베를린에 거주하는 태국인들이 한데 모여 음식 장터를 열기 때문이다. 정말 그들이 집에서 먹는 그대로, 신선한 채소와 국수를 그 자리에서 삶고 볶고 튀겨준다. 아주 깔끔한 느낌은 아니지만 맛만큼은 제대로다. 풀밭 위에 오손도손 모여 앉아 각자가 사 온 음식을 먹으며 피크닉을 즐기기 좋다.

add. Fehrbelliner Platz 10707 Berlin

❸ Prinzessinnengarten

아기자기한 규모의 도시 텃밭. 도심에서 한적한 시골을 느끼고 싶은 사람들이 뭉쳐 베를린 시로부터 버려진 공간을 싼값에 빌려 사용하고 있다. 안 쓰는 침대 위에서 작물을 키우거나, 컨테이너 사무실에서 커피를 파는 등 DIY 분위기를 물씬 풍긴다. 텃밭과 관련한 워크숍도 종종 열린다. 주말에는 소박한 벼룩시장을 열기도 한다.

add. Prinzenstraße 35–38 10969 Berlin

web. prinzessinnengarten.net

❹ Görlitzer Park

마치 로마 콜로세움이 있던 자리가 통째로 사라진 것처럼 한가운데가 움푹 파여 있는 특이한 느낌의 공원. 힙스터 동네에 위치하고 있어서 멍하니 앉아 사람 구경하는 재미도 쏠쏠하다. 또 베를리너들이 친구나 가족과 함께 한여름 바비큐를 즐기기 위해 많이 찾는 공원이기도 하다. 참고로 공원 곳곳에 마약 판매상이 있어 조금 무서울 수 있지만, 절대 해를 입히지 않으니 안심하고(무시하고) 가던 길 가면 된다.

add. Görlitzerstraße 10997 Berlin

web. berlin.de/sehenswuerdigkeiten/3560154-3558930-
    goerlitzer-park.html

❺ Krumme Lanke

베를린의 여름에서 호수를 빼놓으면 섭섭하다. 이곳 사람들은 수영장보다 가까운 강이나 호수를 찾아 뛰어들며 무더위를 이겨낸다. 그래서 이들은 자유형이나 평형보다 어릴 적부터 몸소 익힌 '개헤엄'에 매우 능하다. 3호선 가장 마지막 역, 크루메 랑케에서 내려 '카이저Kaiser 슈퍼마켓'에서 간식을 잔뜩 산 뒤 무심코 숲속 길을 걷다 보면 어느새 수영할 수 있는 작고 예쁜 호수가 모습을 드러낸다.

add. Krumme Lanke 14163 Berlin

web. visitberlin.de/en/spot/krumme-lanke

Pablo

아티스트, 그래픽 디자이너   파블로 벤조

Benzo

칠레 산티아고 출신의 그래픽 디자이너이자 아티스트. 페인팅 작업에 집중하고 싶어 1년 전 여자 친구와 함께 베를린으로 옮겨 왔다. 현재 한 잡지의 프리랜서 일러스트레이터로 생활비를 벌며 이외 시간에는 부지런히 그라피티와 회화 작업을 한다. 그에게는 베를린 도시 전체가 커다란 도화지나 다름없다.

난 예술에 너무 많은 의미를 부여하고 싶지 않아.

단지 그림이 그리고 싶고, 저기 벽이 있고,

그래서 그려.

파블로의 섭외는 전적으로 수민의 강력한 주장에 의해 이뤄졌다. 베를린을 설명하는 대표적인 키워드로 그라피티가 빠져서는 안 된다는 게 주된 이유였다. 그런데 그라피티라 함은, 모두가 잠든 새벽녘에 경찰이나 일반 시민의 눈을 피해 몰래 그리고 빨리 사라지는 게 보통이니 누가 과연 우리와 '양지'의 인터뷰를 하겠다고 나설지 의문이었다. '나 그라피티 하는 사람이야!'라고 드러내는 순간, 그 본연의 멋이 조금 떨어지는 건 아닐까 하는 괜한 걱정도 들었다. 하지만 이미 수민에게 설득되고 만 우리는 주변 인맥을 총동원해 누군가를 찾아 나서기로 의견을 모았다.

다행히 오래 걸리진 않았다. 우리의 친구의 친구의 친구가 '칠레에서 온 어떤 친구가 그라피티를 활발히 하는 것 같다'는 단서를 던져준 것이다. 수민은 바로 그 사람의 이름, 파블로 벤조를 수소문해 페이스북으로 장문의 구애 메시지를 보냈다. 하지만 일주일이 지나도 답장은 오지 않았고, 우리는 그라피티 투어라도 참여해 다른 사람을 섭외해보려던 참이었다. 그러던 어느 날 아침, 수민이 대뜸 꽥 소리를 질렀다. 파블로에게 답장이 온 것이다. "안녕, 얘들아. 인터뷰 재밌겠다. 근데…… 혹시나 독일 경찰이 나중에 책을 보진 않겠지? 하하."

우리는 먼저 그에게 접선의 장소를 물었다. 야밤에 만나 비밀의 그라피티 장소라도 갈 줄 알았지만 파블로는 엄청난 사람들이 오가는 바샤우어 거리를 택했다. 거기서 약간의 반전 낌새가 느껴졌다. 그리고 인터뷰 당일, 마스크라도 쓰고 올 줄 알았던 우리의 기대를 저버린 채, 파블로는 해맑은 청년의 이미지를 물씬 풍기며 등장하였다. 우리가 만난 사람 중 가장 밝고 유쾌한 유머를 뽐내며 말이다. 특히 문자 그대로 재현되는 그의 웃음소리 '까르르'는 인터뷰가 끝난 이후에도 오랫동안 내 귓가에 맴돌았다.

그라피티로 둘러싸인 베를린

베를린은 그라피티가 지배하는 도시이다. 건물 외벽은 물론이고 전철, 공사장 파이프까지 스프레이를 뿌릴 여백의 공간만 있다면 어김없이 그라피티가 눈에 띈다. 특이한 건, 베를리너 대부분이 이를 지저분하고 불편하게 여기기보다 이 도시의 특성이자 문화로 받아들이고 있다는 점이다. "사실 그라피티는 야외냐 실내냐 벽이냐 도로 위냐로 규정되는 개념이

라기보다는 메시지를 어떤 방식으로 전달하려고 하는지, 그리는 사람의 의도가 중요해. 밤에 몰래 와서 주인 허락도 없이 그리고 가는 사람들이 있는가 하면, 사회 비판적인 메시지를 담는 경우도 있고 아니면 그냥 그리고 싶은 걸 마구 그리는 사람도 있겠지만, 공통적으로는 자기들이 그린 그림이 개인의 소유가 아닌 도시의 것이라는 생각이 있어. 그래서 언젠가는 지워지거나 철거되거나 혹은 다른 그라피티 작가들의 그림으로 덮여도 당연하게 받아들이지." 그렇게 이 도시에서 그라피티는 강한 생명력을 지니고 아티스트와 함께 호흡한다.

이는 베를린의 역사와도 관계가 깊다. 1961년 8월, 동독은 예고도 없이 베를린 한가운데에 높고 두꺼운 콘크리트 장벽을 세우기 시작했다. 동독 주민의 이탈을 막고, 서베를린을 동독의 섬처럼 고립시키려는 의도였다. 이후 30여 년간 수많은 사상자를 내며 이 장벽은 베를린을 슬픔과

억압의 도시로 만들어버렸다. 시간이 흘러 1990년 통일과 함께 장벽의 쓰임이 무색해지면서 당시 세계 21개국 출신 118명의 작가가 이곳에 모여들었다. 그들은 각기 다른 그라피티를 벽에 남김으로써 냉전 시대의 종말과 평화적 통일을 축하했다. 현재까지도 그 화려한 모습을 뽐내고 있는 이 장벽은 '이스트 사이드 갤러리'라 불리며 베를린 여행의 필수 코스로 큰 사랑을 받고 있다.

어반 슈프레

파블로는 우리를 다리 밑 '어반 슈프레Urban Spree'라는 복합 문화 공간으로 안내했다. 나도 각종 이벤트를 즐기러 종종 찾는 곳이었다. 이곳에서는 주말마다 음식, 음악, 미술 등 매번 다른 콘셉트의 이벤트가 진행되고, 목요일부터 월요일 아침까지 노이에하이마트Neueheimat라는 큰 푸드 마켓이 상시로 열리는데 운 좋은 날에는 재즈 콘서트도 함께 즐길 수 있다. 때마침 이날 파블로의 여자 친구가 주말 마켓에서 액세서리를 판매하고 있었다. "이 장소를 정말 좋아해. 가만히 기차가 지나가는 걸 보기도 하고, 넓게 펼쳐진 베를린의 경치를 감상하기도 해. 또 많은 사람이 오가는 풍경도 재미있고. 어반 슈프레에 내 친구들이 작업실을 갖고 있어서 자주 놀러 와. 앗, 저기 마침 친구들이 그림을 그리고 있다!" 파블로와 함께 가까이 가자, 한 커플이 다정하게 인사를 건넸다. 공간의 한 벽면에 사다리를 대놓고 작업 중이던 두 사람은 또 다른 근사한 그라피티의 탄생을 알리고 있었다.

  그라피티 아티스트들에게 베를린이 이처럼 인기를 얻는 가장 큰
이유 중 하나는 버려진 건물들이 곳곳에 널려 있다는 것이다. 파블로 또
한 이런 빈 공간 혹은 벽을 찾기 위해 시간이 날 때마다 베를린 방방곡곡
을 돌아다닌다. 처음 파블로가 이 장르에 관심을 두게 된 건 열네 살 즈음
이었다. "칠레 산티아고에서 처음 그라피티를 봤을 때 엄청 놀랐었어. 젝
키스Zeckis라는 예명을 가진 사람의 작품이었는데 칠레 그라피티의 선구
자 같은 인물이야. 원래 칠레에는 정치에 관련한 벽화가 많았는데, 그라피
티는 그런 기존 형식과 내용을 파괴한 거였거든. 그때 또 우연히 같은 동
네에 사는 그라피티 아티스트를 알게 됐고, 함께 버스 타고 한 시간 반이
나 떨어져 있는 발파라이소Valparaíso의 그라피티를 보고 오기도 했어. 지금

은 그라피티가 매우 흔하지만, 당시에는 그렇지 않았거든." 수도 산티아고에서 두 시간 정도 떨어진 해안 도시 발파라이소는 최근 라틴 버전의 '베를린'이라고 불릴 정도로 비슷한 면이 많은 도시이다. 그중에서 특히 도시 전체를 메우고 있는 그라피티가 한몫한다. 파블로는 그곳에서 그라피티라는 새 장르를 접한 뒤 페인팅에 대해 더 진지하게 생각하게 됐다. 평생 그림과 가까이해온 그에게 그리는 공간의 제약을 받지 않는다는 점 그리고 자신만의 공간을 선택할 수 있다는 점이 무엇보다 매력적이었다. "그라피티를 그리는 사람들은 모두 각자의 이유가 있어. 하지만 대부분 단순해. 마음껏 그릴 수 있는 벽이 있다면, 와이 낫 Why not?이라는 생각인 거지. 난 예술에 너무 많은 의미를 부여하고 싶지 않아. 단지 그림이 그리고 싶고, 저기 벽이 있고, 그래서 그려."

몇 주 전 베를린의 그루네발트 Gruenewald^✲ 숲에서는 자그마한 그라피티 페스티벌이 열렸다. 이곳은 파블로의 시크리트 캔버스이기도 하다. 특히 숲 안쪽에 위치한 토이펠스버그 Teufelsberg 언덕 근처는 그를 비롯한 그라피티 아티스트들의 완벽한 놀이터나 다름없다. "사실 칠레와 마찬가지로 베를린에서도 그라피티는 불법이야. 하지만 이 도시에는 누구도 관리하지 않는 버려진 장소들이 너무 많아. 이 토이펠스버그 또한 마찬가지야. 과거 동서 분단 시절에 미군의 군사 시설로 쓰였으니 더 이상 필요가

✲ 악마의 산이라는 뜻.

없어진 지금은 이렇게 한가롭게 숲의 풍경이 되어버렸지. 그래서 여기 오면 좀 더 여유를 갖고, 무한한 캔버스에 내 작품을 완성할 수 있어." 베를린의 전경이 한눈에 보이는 이곳은, 화려하고 유머 넘치는 그라피티와 함께 하나의 거대한 설치 작품 같은 느낌을 풍긴다.

여행에서 일상으로

파블로는 칠레의 산티아고 미술 대학에서 그래픽 디자인을 전공했다. 졸업 후에는 3년간 광고 회사에서 일하기도 했다. "너무 지루했어. 아무리 내가 좋은 작업을 한다 하더라도 광고주나 투자자에 의해서 모든 게 다 바뀌더라고. 2년쯤 지나고 내가 한 작품들을 쭉 살펴보니 그 어느 하나도 마음에 드는 것이 없었어. 그래서 이건 아니다 싶었지." 1년 뒤 파블로는 직장을 그만두고 3개월간의 유럽 여행을 훌쩍 떠났다. 바르셀로나, 파리, 부다페스트 등 유럽 곳곳의 유명 그라피티 장소들을 방문하고 또 관련 페스티벌을 찾아다녔다. 베를린도 그중 하나였다. "여기서 일주일 정도를 지내면서 마치 내 집처럼 여겨졌어. 뭐라고 정확히 설명할 순 없지만 도시의 미관이나 느낌이 칠레랑 상당히 비슷했고, 당시 우연히 알게 된 사람들도 다 좋았거든. 물론 그라피티가 자연스럽게 도시에 녹아 있는 것도 주요했지." 파블로는 칠레로 돌아가자마자 열심히 돈을 모았고, 6개월 만에 비행기 표와 몇 달간의 넉넉한 생활비를 벌어 다시 이 도시를 찾게 되었다. 여행이 아닌 일상으로.

화가·파블로

한편, 작업실의 작은 캔버스를 마주할 때 파블로는 스스로를 아티스트가 아닌 그림 그리는 사람 painter으로 칭한다. 작품을 통해 어렵고 복잡한 '생각'을 요구하는 현대 미술보다 '느낌'을 갖는 과정이 더 중요하다고 여기기 때문이다. 마침 그가 신은 양말에는 앙리 마티스 Henri Matisse의 〈춤〉 작품이 알록달록 앙증맞게 그려져 있었다.

파블로는 우리에게 보여주기 위해 챙겨온 자그마한 소품집을 꺼냈다. 구상보다 추상의 도형에 관심이 많은지 파블로의 그림은 인물들마저도 둥글거나 납작한 형태를 하고 있었다. 그림을 찬찬히 살펴보던 우리는 놀라지 않을 수 없었다. 그라피티라는, 어찌 보면 거칠어 보일 수 있는 활동을 취미로 가진 사람이 그린 그림이라기에는 너무나도 앙증맞고 얌전했기 때문이다. "내가 쓰는 스튜디오에서 두 달에 한 번씩 전시를 열어. 작년 10월에는 다른 갤러리에서 개인전을 갖기도 했고, 올해 11월에도 거기서 전시를 하게 됐어. 그곳 큐레이터 친구가 내 작품을 매우 좋아하거든. 내년 6월에는 내가 직접 기획자가 되어 샌프란시스코 출신 여자애와 전시를 할 예정이야. 베를린에서는 이렇게 뭔가를 같이할 수 있는 마음 맞는 사람들이 참 많아. 이것저것 길게 설명할 필요 없이 잘 통하니까 정말 좋지. 뭘 하든 재미있으면 좋겠어. 또 함께 즐길 수 있으면 더 좋고."

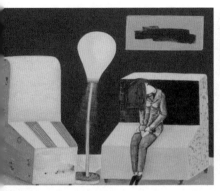

파블로의 작품들.

나에게 그라피티란

원래 나는 그라피티에 별 관심이 없었다. 미술을 전공했음에도 불구하고 벽에 그려진 그림들과는 나도 모르게 거리를 두었다. 하얀 벽면의 갤러리와 미술관에 설치된 그림만 작품이라 여겼던 듯하다. 그러다 교환 학생 시절, 영국에서 뱅크시Banksy의 작품을 처음 알게 되었다. 익명으로 활동 중인 뱅크시의 정체를 아는 사람은 아무도(?) 없지만 런던, 뉴욕, 멜버른, 가자 Gaza 등 세계 곳곳으로 영역을 넓힌 그의 작품은 딱 보면 알아챌 수 있을 만큼 확실한 캐릭터를 드러내곤 한다. 특히 풍자적 메시지를 거침없이 세상에 내던지는 그의 행보에 다음은 또 어디서 어떤 이야기가 나올까 촉을 곤두세우기도 한다. 이런 뱅크시 덕분에 그라피티 혹은 거리 미술이 현대 미술의 한 장르로 인정받는 결정적인 계기가 된 것 같다. 물론 나에게도.

베를린에 도착한 직후, 파블로가 느낀 것처럼 나도 이 도시 전체가 하나의 커다란 작품 같다고 생각했다. 큰 벽에는 우주인이 떠다니거나 어여쁜 여인이 윙크를 날리는가 하면, 기차 몸통에는 어김없이 유머 넘치는 문구들이 빼곡했다. 그러다 점점 도시에 익숙해지면서 그라피티는 너무나도 뻔한 풍경처럼 여겨지곤 했다. 아마 수민이 언급하지 않았더라면 잊고 지나쳤을지 모른다. 그라피티가 이 도시의 미관에 얼마나 큰 부분을 차지하는지를.

파블로 또한 마찬가지다. 인터뷰가 끝난 이후에도 종종 그의 전시를 보러 갤러리를 찾곤 했다. 전시장은 손님들로 바글거렸고, 그중에는 파블로의 작품을 눈여겨본 컬렉터도 꽤 있었다. 그의 그림은 여전히 앙증맞았다. 마치 밤만 되면 변신하는 거리의 히어로처럼 순진한 그림 속에 그의 민낯을 감춘 것 같았다.

도시가 잠든 새벽녘 시커먼 복면을 쓰고 경찰을 피해 범법 활동을 하고 다닐 거라고 생각했던 전형적인 그라피티 아티스트의 이미지는 장난기 가득한 파블로를 보자 눈 녹듯 사라져버렸다. 그리고 마지막까지 우리를 빵 터뜨린 그의 한마디. "얘들아, 근데 베를린 경찰이 한국어를 읽진 못하겠지? 내가 은근 겁이 많아……."

베를린에서 근사한 그라피티를 보려면

무심코 길을 걷다가도 마주치는 것이 베를린의 그라피티지만, 그중에서도 유독 버려진 공간이나 공터에서 그 진수를 접할 수 있다. 삼삼오오 모인 예술가들이 무료로 제공되는 커다란 캔버스에 자신들의 끼를 마음껏 발산하기 때문이다. 파블로가 추천한 베를린의 그라피티 명소들뿐만 아니라 독특한 분위기를 풍기는 이 도시만의 버려진 공간들을 소개하고자 한다.

❶ Urban Spree

베를린에서 몇 안 되는 '합법적' 그라피티의 요지. 그라피티 아티스트들을 초대해 벽 디자인을 맡기고 이를 정기적으로 바꾸기도 한다. 특히 이 지역은 어반 슈프레라는 복합 문화 공간을 중심으로 다른 공연장과 마켓, 음식점, 암벽 등반 장소 등이 한데 모여 있어서 주말에 찾으면 시간 가는 줄 모르고 즐길 수 있다. 오감을 만족시킬 수 있는 최적의 장소이다.

add. Revalerstraße 99 10245 Berlin

web. urbanspree.com

❷ The Abandoned Iraqi Embassy

옛 이라크 대사관으로 쓰이던 건물. 1991년까지 운영되던 이곳은 현재 그대로 버려져 마치 폭탄이 터진 것 같은 모습을 하고 있다. 무슨 일인지는 몰라도 아주 성급하게 이곳을 떠난 듯, 당시 쓰던 온갖 서류와 사진들이 그대로 남아 있다. 그래서 휘황찬란한 그라피티에 덤으로 사담 후세인 시대의 유물과 30년 전 소품들까지 구경할 수 있다. 참고로 후루가 퍼포먼스 영상을 찍기 위해 찾은 곳이기도 하다.

add. Tschaikowskistraße 51 13156 Berlin

web. abandonedberlin.com/2010/06/party-at-saddams-house-abandoned-iraqi.html

Teufelsberg

베를린 서쪽 끝 그루네발트에 있는 인공 언덕이다. 언덕 위에는 2차 세계대전 당시 나치의 동향을 살피던 미국의 시청각 타워가 세워져 있으나 오래전 기능을 상실한 후 지금은 그라피티 아티스트들의 성지이자 놀이터로 쓰이고 있다.

add. Teufelsseechqussee 10 14193 Berlin
web. visitberlin.de/en/spot/teufelsberg

Schlesischessraße

이름이 꽤나 알려진 혹은 이름을 알리고 싶은 그라피티 아티스트라면 베를린은 당연히 거쳐야 할 곳이다. 그중 몇몇은 영국의 뱅크시처럼 주류 미술계에까지 이름을 알리며 폭넓은 활동을 하고 있기도 하다. 작품을 보려면 지하철 1호선 쉴레지쉐스토어 역에 내려 쉴레지쉐 거리를 걸으면 된다. 작품이 전부 모여 있지는 않지만, 쭉 걷다 보면 어디선가 본 듯한 베를린의 대표 그라피티 여러 점을 만날 수 있다.

add. U1 Schlesisches Tor 10997 Berlin

Pankow Schwimmhalle

이상하게도 베를린에는 버려진 수영장들이 무척 많다. 예전에 리암이 상주하던 클럽 / 작업실 슈타트바트도 그랬고, 내가 살던 집 옆에도 버려진 수영장이 있었다. 그리고 지금 여기 소개하는 이곳도 마찬가지이다. 베를린 북동쪽 판코우Pankow에 위치한 이 수영장은 개장과 폐장을 반복하다가 2002년 끝끝내 재정상의 문제로 문을 닫고 말았다. 그 뒤로 예상 가능하듯 그라피티 아티스트들의 놀이터로 기능하고 있다.

add. Wolfshagenerstraße 91-93 13187 Berlin
web. abandonedberlin.com/2014/05/last-smash-pankow-schwimmhalle.html

Florian

사진작가, 암벽 등반가 <mark>플로리안 봉길 그로세</mark>

Bongkil
Grosse

독일의 중소 도시 보훔Bochum 출신. 함부르크에서 상업 사진작가로 10년을 일하다가 개인 작업에 집중하고자 베를린으로 왔다. 베를린 생활 5년 동안 소규모 사진전을 열었고 사진집도 펴냈다. 사진을 찍지 않을 때는 암벽 등반을 하는데 어느새 취미가 일이 되어 산업 암벽 등반가로서 틈틈이 아르바이트를 하고 있다.

* 플로리안 봉길 그로세의 인터뷰 사진은 일본인 친구 히로시 아오키가 촬영했음을 밝혀둔다.

이 프로젝트가 끝날 때쯤

일이 어떤 식으로 진행되어 있을지

나도 무척 궁금해.

그때는 나 역시 조금 변하겠지? 자연스럽게.

그래서 부지런히 걷고 있는 중이야.

플로리안은 나와 수민, 나탈리가 야심 차게 '책 론칭 파티'를 열었을 때 처음 만난 친구다. 목표로 했던 인터뷰이의 숫자를 하나하나 채워갈 때쯤 그리고 수민이 한국으로 돌아갈 때쯤, 우리는 뜬금없이 파티를 열기로 했다. 그동안 베를린에서 친하게 지낸 친구들과 인터뷰이들, 그들의 지인들까지 모두 초대한 나름 성대한 행사였다. 수민 또한 베를린에서 보낸 3개월 동안 사귄 사람들을 초대하였고, 그중에는 게임 업계를 통해 알게 된 은해라는 지인도 포함되어 있었다. 그녀는 마침 인터뷰이인 후루와 그의 여자 친구 카나코와도 친구 사이여서 자연스럽게 파티에 참여하게 되었다. 나와 수민이 인사를 나누기 위해 다가가자 그 옆에 서 있던 아시아인 한 명이 쭈뼛쭈뼛 서투른 한국말로 우리에게 인사를 건넸다. "안녕, 난 봉길이야." 이름을 듣자마자 우리도 모르게 풋 웃음이 터져 나왔다. 그냥 봉길도 아니고 윤봉길이라니. 하지만 그런 반응에 익숙하다는 듯 봉길은 무던한 미소를 지어 보였다. "한국말 잘 못해. 독일인이거든." 술기운에 장난삼아 독일어로 말을 건네자 플로리안은 금세 부끄러운 소녀 같은 첫인상을 떨쳐냈다. 그러고는 차분하면서도 진중한 원래의 모습으로 말을 이어갔다. 하지만 수민 왈, "미안……. 우리 독일어 잘 못 알아들어." 그렇게 우리는 한국어도 독일어도 아닌 영어로 첫 대화를 나누게 되었다.

사진을 찍는다는 플로리안은 은해를 통해 우리의 이야기를 전해 들었고, 인터뷰와 책에 상당한 관심이 생겨 여기까지 오게 되었다고 했다.

그리고 자신도 한국에서 찍은 사진들을 모아 곧 책을 출간할 예정이란다. 서로에 대해 이것저것 궁금한 것들을 묻다 보니 어느새 즉석에서 인터뷰가 진행되고 있었다. 이미 모든 인터뷰를 진행한 상태였고, 수민도 곧 한국으로 떠나게 되어 더 이상 인터뷰를 진행할 수 없음에도 불구하고 우리는 결국 이 매력적인 남성을 한 번 더 만나보기로 결심했다.

파티가 끝나고 정확히 닷새 뒤, 수민은 한국행 비행기에 몸을 실었다. 가기 전날까지도 쉽게 마음을 정하지 못하던 수민이었다. 조만간 떠날 계획은 있었지만, 그렇다고 이렇게 빨리 정리가 될 줄은 아무도 예상하지 못했다. '에이, 어떻게든 되겠지' 하는 마음으로 임시 비자 생활을 하던 때라 그런지, 혹은 그녀가 쉽게 베를린을 떠나지 않으리라는 막연한 믿음이 있었던 탓인지 급작스럽게 다가온 이별에 나도 수민도 딱히 준비를 하지 못한 상태였다. "맞다. 우리 플로리안 인터뷰는 어떡하지?"

최초로 원격 인터뷰를 시도하다

결국 우리는 한국으로 돌아간 수민과 시간을 맞춰 스카이프 인터뷰를 진행하기로 했다. 굳이 이렇게까지 해야 하나 싶다가도 늘 함께 인터뷰이들을 만났던 터라 수민 없는 인터뷰는 상상이 가지 않았다. 나와 플로리안, 그리고 우리의 인터뷰가 궁금하다며 함께한 은해까지 세 사람은 플로리안의 방 노트북 앞에 둘러앉아 수민과 약속한 시간을 기다렸다. 뚜두뚜

두뚜두. 통화 연결음이 들리고 곧 스크린에 수민의 얼굴이 등장했다. "언니!" 마치 이산가족을 만난 듯, 고작 2주밖에 되지 않은 이별이 무색하게 나는 수민을 보자마자 찔끔 눈물을 흘렸다. 그런데 이런 나를 보고 놀랍지도 않다는 듯, 옆에서 플로리안이 차분한 말투로 한마디 한다. "한국 사람답다. 드라마에서도 그렇고 한국 사람들은 참 감정적인 것 같아. 마치 연극을 보는 것처럼." 그렇게 우린 울다 웃다 감정을 추스르고 인터뷰를 시작했다.

암벽 등반

플로리안은 현재 베를린에서 사진작가 겸 산업 등반가 Industrial Climber로 활동 중이다. 한국에서도 한창 인기몰이 중이라는 암벽 등반. 인터뷰 전에 사진을 찍기 위해 그가 즐겨 간다는 운동 장소를 함께 찾았다. 15년간 꾸준히 이 운동을 해온 플로리안은 멋진 등 근육을 뽐내며 암벽 이곳저곳을 날아다녔다. 반면 그의 권유로 처음 도전해본 나는 얼마 올라가지도 않았는데 비처럼 쏟아지는 땀을 닦느라 정신없었다. 정말 전신 운동으로 제격이었다. "이 운동이 나와 여러모로 잘 맞는 거 같아. 혼자 묵묵히 목표를 향해서 나아간다는 점이 특히 마음에 들어. 줄곧 취미로만 여겨왔는데 요새는 이걸로 돈을 벌기도 해. 일석이조지." 산업 등반가라는 이 생소한 직업은 로프 같은 장비를 사용해 높은 건물의 잘 닿을 수 없는 곳들을 보수하는 일을 한다. 플로리안은 1년 전부터 이 일을 하며 베를린에

서의 생활비를 충당하고 있다. "돈에 얽매이지 않아도 되니까 상업적인 사진 일을 더 이상 하지 않아도 돼서 좋아. 나머지 시간을 내 작업에 쏟을 수 있으니까." 가장 최근에는 동계 올림픽이 열린 러시아 소치에 가서 보름 동안 일을 하고 돌아왔다. 건물을 체크할 때 로프와 장비가 꼭 필요한 곳들, 잘 닿을 수 없는 곳들에 산업 등반가가 투입된다. 플로리안은 이 일을 위해 장시간 트레이닝을 받으며 틈틈이 경험을 쌓아왔다. 워낙 사람이 귀한 직종이다 보니 보수도 꽤 짭짤하단다. 당분간은 돈 걱정을 하지 않아도 된다니, 플로리안은 사진을 원 없이 찍으러 돌아다닐 생각에 흥분되어 보였다.

포토그래퍼에서 섹스 숍 점원까지

어릴 적부터 카메라는 플로리안의 단짝이나 다름없었다. 집에 암실을 만들 정도였다. 고등학교 시절 수학과 과학, 미술에 유독 관심을 보인 그이기에 사진학과로의 진학은 어찌 보면 자연스러운 선택이었다. "막상 대학에선 기술적인 면만을 깊이 다루니까 점점 흥미를 잃어갔어. 그렇지만 사진을 계속 찍고 싶다는 마음에 대한 확신은 늘 있었어. 다만 내가 찍고 싶은 사진이 무엇인지를 찾지 못했던 거지." 플로리안은 결국 1학년 과정을 마친 뒤 '미디어 시티'로 유명한 함부르크로 떠났다. 사진을 현장에서 배우고자 하는 바람에서였다. 마침 그의 누나가 그곳에서 잡지 에디터로 일을 하고 있었다. 그는 그렇게 알음알음 패션 화보나 광고 사진을 찍으며 포토그래퍼로서의 경력을 쌓기 시작했다.

함부르크에서 사진을 찍지 않을 땐 무엇을 했느냐고 묻자 플로리안은 잠시 대답을 머뭇거렸다. "말해도 될까? 한국 사람들이 어떻게 생각할지 모르겠다. 사실 나 섹스 숍에서 일했어!" 당시 프리랜서로 일한 탓에 촬영이 없을 때는 어김없이 생활비 걱정을 해야 했던 플로리안. 마침 친구와 함께 근사한 포트폴리오를 만들고자 아르바이트를 구하던 때였다. 우연치 않게 높은 보수를 지급한다는 섹스 숍의 구인 광고를 보게 되었다. "자세히는 모르지만 한국과는 달리 독일에서의 섹스 숍은 숨어서 몰래 들어가는 곳이 아니야. 특히 함부르크는 독일 내에서도 성문화에 개방적인 걸로 유명해. 암스테르담처럼 상파울리St. Pauli라는 유명한 홍등가 동네도 있어. 내가 일한 곳은 어느 변호사가 운영하는 가게였는데, 보수도 만족스러웠을뿐더러 같이 일하는 동료도, 방문객들도 다 유쾌한 그런 곳이었어." 낮에는 사진을 찍고, 밤에는 돈을 벌며 그렇게 5년을 꾸준히 일했다. 그러던 중 그는 돌연 베를린행을 결심했다. 함부르크에서 10년을 꽉 채운 뒤였다. 변화가 필요했고, 늘 갈망하던 베를린은 최적의 장소였다.

다시, 베를린!

플로리안이 처음 베를린을 방문한 건 열여섯 살 무렵이었다. 친구들과 함께 무임승차로 기차를 타고 무작정 이 도시로 향했다. "통일됐을 때 어린 내 눈에는 텔레비전 속의 베를린이 마치 마법의 세계처럼 보였어. 그래서 고등학교 졸업 파티가 끝나자마자 베를린으로 향했지. 오전 10시 쯤 도착했는데 그땐 아무것도 몰라서 그냥 걷고 또 걸었어. 너무 흥분해서 잠을 자지 못했는데도 전혀 피곤하지 않았지. 당시 거리에서 음악 축제가 벌어지고 있었는데 정말 이제까지 경험하지 못한 새로운 세계가 펼쳐지는 느낌이었어. 그래서 나중에 꼭 이 도시에서 살아봐야겠다는 생각을 그때 부터 줄곧 갖고 있었지."

플로리안은 내가 알지 못한 혹은 느끼지 못한 독일인으로서 바라본 베를린에 대해서도 들려주었다. "사실 어릴 적에 미디어를 통해 기억하는 베를린은 범죄율로 악명 높은 도시였어. 물론 지금은 많이 바뀌었다는 생 각이 들어. 또 독일 내에서 베를린 사람들은 직설적이기로 유명한데, 처음 엔 무례한 것 같다가도 또 그게 진짜다 싶기도 해. 굳이 감추거나 꾸미지 않는 거니까." 또 하나의 변화는 도시에서 정작 독일어를 듣기 힘들어졌다 는 것이다. 세계 여러 나라에서 찾아온 이민자와 젊은이 들뿐만 아니라 관 광객들 또한 점점 늘고 있기 때문이다. "다른 세상 사람들을 만나러 꼭 외 국에 갈 필요가 없으니까 좋아. 하지만 가끔 독일어가 그립기도 해. 내 모 국어니까. 베를린에서는 외국인 친구들이 많다 보니 영어를 훨씬 더 자주 쓰게 되거든." 플로리안과 나, 수민, 그리고 은혜까지 네 명이 '영어'로 대 화를 나누고 있자니 피식 웃음이 새어 나왔다.

한국이라는 낯선 나라

"아, 맞다! 한국 사람들은 대부분 내 이름을 듣자마자 너희같이 웃어! 대체 왜 그런 거니?" 플로리안 봉길 그로세는 한국 대구에서 태어났다. 봉길이라는 범상치 않은 이름은 사실 누가 지었는지 모른다. 두 살 무렵 독일로 입양됐기 때문에 한국에 대한 기억 또한 전혀 없다. 하지만 딱 하나, 그의 양부모님이 중간 이름으로 남겨둔 봉길이라는 흔적뿐이다.

플로리안은 마침 보여줄 것이 있다며 책 한 권을 꺼내 들었다. 7년 넘게 공들여 이제 막 완성한 따끈따끈한 책, 바로 사진집 『한국』이었다. 사진집 속 아련한 파스텔 톤으로 묘사된 한국은 우리가 그동안 알던 풍경과 사뭇 달랐다. "중학교 다닐 때까지만 해도 친구들과 내가 다르다는 걸 인정하고 싶지 않았어. 보통 그 나이 때는 무리에서 벗어나고 싶지 않으니까. 다른 아시아인을 보면 괜히 더 거리감이 생기곤 했어. 그러다가 고등학교를 졸업하면서 남는 시간에 한국어 수업을 듣게 됐고, 한국계 입양인 친구들을 사귀게 됐지. 한국에 대한 호기심도 자연스럽게 생겨서 8년 전에 처음 한국을 방문했어." 플로리안은 한국에 가자마자 자신의 고향인 대구부터 찾았다. 하지만 물어물어 찾아간 보육원에서는 아무런 정보도 알려주지 않았다. "기관에서는 내 파일이 없어졌다는 말만 되풀이하더라. 괜히 복잡한 상황을 만들고 싶지 않아서인지, 아니면 내 존재를 감추고 싶어 하는 건지…… 별의별 생각이 다 들었지만, 뭐 어쩔 수 있나." 꽤나 덤덤하게 이야기를 털어놓는 플로리안. 물기 없는 그의 말과 표정이 외려 더

플로리안 사진첩 『한국』과 이미지들. 사진 출처 플로리안 홈페이지

묵직하게 다가왔다. "사실 나를 한국에 가게 만든 건 이 카메라야. 아는 사람도 전혀 없는 데다가 단지 관광하러 그 먼 곳까지 가고 싶진 않았거든. 그래서 한국이라는 낯선 나라를 뷰파인더를 통해 만나는 게 나한텐 가장 자연스러운 선택이었지."

"한국에서 가장 힘든 점은 아무래도 언어 소통 문제야. 생긴 건 영락없는 한국인인데 한국말을 못 하니 가끔 곤란해. 한번은 독일 친구들과 같이 돌아다닌 적이 있는데 내 겉모습이 독일 사람처럼 생기지 않아서 그런지 우리 각자가 느끼는 한국 사람들의 리액션이 다르더라고." 플로리안은 내심 쌓인 게 많았는지 언어 때문에 받은 스트레스를 토로했다. 독일어는 물론이고 영어로 물어볼 때도 가끔 무시하고 지나치는 사람들이 있다고 했다. "언어가 다른 누군가가 길을 물으면 보통 몸으로라도 설명해주지 않아? 아쉬움이 있지. 그러다 보면 아무에게도 묻고 싶지 않아져서 요새는 한국 친구들에게 미리 물어보고 길을 나서곤 해." 플로리안은 한국에 갈 때마다 경복궁에 있는 한국 입양아들을 위한 호스텔에서 묵곤 한다. 매우 저렴한 가격에 훌륭한 시설을 누릴 수 있기 때문이다.

그의 사진집, 『한국』

플로리안은 이 『한국』 프로젝트를 위해 7년 동안 네 번에 걸쳐 한국을 방문했고, 그때마다 한두 달씩 머무르며 꾸준히 작업을 진행했다. 서울, 대전, 대구, 부산, 울산 등 대도시를 부지런히 방문하며 카메라와 함께 걷고 또 걸었다. "보통 감정에 따라 움직이는 편이야. 사진 찍는 날의 컨디션, 만난 사람이나 그날 먹은 음식에 따라 전혀 다른 결과물이 나오기도 해. 그러다 보니 나중에 사진을 편집하다 보면 나조차도 예상하지 못한 신기한 결과물이 나와." 보통 우리는 한국 하면 진한 색동의 색을 떠올리곤 한다. 하지만 플로리안이 포착한 한국은 우리가 익숙하게 여겨왔던 그 모습과는 전혀 다른 이미지를 갖고 있었다. 아주 옅은, 다소 창백하기까지 한 분홍색과 파란색이 주를 이뤘다. 우리는 동시에 "이게 한국이야?" 외치며 신기한 듯 오랫동안 사진을 바라보았다. 색감이 예쁘고 아름다워서도, 못난 민낯이 드러나서도 아니었다. 그냥 너무나도 달랐다. 플로리안 덕에 20년 넘게 살면서도 전혀 보지 못한 한국을 발견한 것 같았다. '이방인이 아님에도 이방인일 수밖에 없는' 그의 복합적인 감정이 이토록 낯설고 독

특한 시각을 만들어낸 것은 아닐까. "이 작업을 하면서 비로소 나만의 언어가 생긴 것 같아. 내가 하는 모든 작업에서 공통으로 짚어낼 수 있는 그런 이미지를 구축한 거야. 물론 독일 사진의 영향을 많이 받았지만 동시에 아시아적인 혹은 한국적인 면을 갖추고 있다고 생각해."

새로운 프로젝트, 베를린

플로리안은 현재 또 다른 프로젝트를 계획하고 있다. 이번에는 베를린이다. "너도 알다시피 이 도시만이 지닌 성격이나 분위기를 딱 몇 개의 단어로만 정의하기엔 너무 어려워. 하지만 내가 왜 베를린에 끌렸는지 그 면면들을 꼭 짚고 싶었어. 훗날 이 도시를 떠날 때 당시의 기억과 이미지를 남기지 않았다는 것에 후회가 남을 것 같아서 지금 시작하기로 마음 먹었지." 그렇게 그는 오래전 이 도시에 첫발을 내디뎠을 때처럼 베를린

플로리안의 베를린. 사진 출처 플로리안 홈페이지

구석구석을 걷고 또 걷고 있다.

"한국은 엄연히 이방인의 시선으로 담은 거라 한국인들과는 다른 느낌의 사진을 찍을 수 있었어. 근데 베를린은 지금 나에게 지극히 평범하고 일상적인 공간이라 오히려 어려운 것 같아. 그래서 이 프로젝트가 끝날 때쯤 일이 어떤 식으로 진행되어 있을지 나도 무척 궁금해. 그때는 나 역시 조금 변하겠지? 자연스럽게. 그래서 부지런히 걷고 있는 중이야."

Florian Bongkil Grosse

플로리안의 작업을 볼 수 있는 사이트   bong-kil.net
bongkil.tumblr.com

베를린에서 사진과 관련한 공간을 찾고 싶다면

사진을 찍는 플로리안이 베를린의 어떠한 장소들을 추천해줄 수 있을지 사실 고민이었다. 사진이 잘 나오는 장소들을 추천하자니 이건 정말 개인의 취향일 테니. 우리는 플로리안과 장시간 논의 끝에 사진과 관련한 다양한 곳을 소개하기로 했다. 사진도 찍고, 관련 물품도 사고, 전시도 보고, 책도 읽고. 사진을 전문적으로 찍는 사람이 아니더라도, 관심만 있다면 베를린에서 할 수 있는 이것저것, 그리고 이곳저곳에 관한 정보들이다.

Q

Amerika Haus C/O Berlin

1956년 브루노 그림멕Bruno Grimmek이라는 건축가가 지은 이 건물은 원래 독일 내 미국 문화원이었다. 2014년, 베를린에서의 사진 전시에 앞장서고 있는 C/O 재단에 장기 임대되어 현재는 사진 전문 미술관으로 활용되고 있다. 전 세계 유명 사진작가들의 기획전이 활발하게 열릴 뿐 아니라 젊은 작가들에게도 다양한 전시 기회를 제공하기도 한다.

add. Hardenbergstraße 22 10623 Berlin
web. co-berlin.org/en/amerika-haus

Fotoimpex

한국에서는 구하기 힘든 다양한 사진 용품들이 갖춰져 있다. 현상 용액과 필름 등 아날로그 관련 물품은 물론, 카메라에 어울리는 귀여운 액세서리들도 살 수 있다. 유럽에서 가장 많은 종류의 물품을 구비하고 있다고 하니 하루 날 잡고 가보는 것도 좋을 것 같다.

add. Alte Schönhauserstraße 32b 10119 Berlin
web. fotoimpex.de

③

Picture Berlin

사진작가들을 위한 비영리 공간. 베를린을 방문하고자 하는 전 세계 사진작가들에게 10일에서 6주까지의
레지던시 프로그램을 제공한다. 로컬 아티스트들의 다양한 강연, 토론, 인터뷰 등이 열리며 가끔 참여자에
게 전시 기회가 주어지기도 한다. 홈페이지에 들어가면 누구나 지원할 수 있다.

add. Zehdenickerstraße 22 10119 Berlin

web. pictureberlin.org

④

The Fotoautomat

베를린 거리를 걷다 보면 반드시 발견하게 되는 기계. 단돈 2유로만
내면 흑백으로 네 컷의 사진을 찍을 수 있다. 아주 오래된 버전의 스
티커 사진 기계라고 생각하면 된다. 베를리너라면 누구나 해봤을 만
큼 상징적인 놀잇감이다. 주의해야 할 점 하나. 돈을 넣는 순간 아주
빠르게 첫 촬영이 진행되기 때문에 서둘러 포즈를 취해야만 한다. 그
래서 처음 이 기계를 이용하는 사람은 대부분 2유로를 더 쓰게 된다.

add. 베를린 전역

web. digitalcosmonaut.com/2012/111-places-in-berlin-fotoautomat

⑤

Bildband Berlin

플로리안이 가장 좋아하는 사진 전문 책방. 유명한 독일 작가들의 사
진집을 손쉽게 구할 수 있다. 물론 잘 알려지지 않은 작가들의 작품
집도 다양하게 판매 중이다. 이 공간에서 자체적으로 작은 사진 전시
회를 열기도 하며 아티스트 토크도 진행한다.

add. Immanuelkirchstraße 33 10405 Berlin

web. bildbandberlin.com

Kevin

공연 기획자 **케빈 할핀**

Halpin

캐나다 밴쿠버 옆 소도시에서 태어나 자랐다. 독일계인 어머니의 영향으로 독일어를 할 줄 알지만, 사투리를 쓰는 게 싫어 절대 드러내지 않는다. 베를린에 거주한 지 7년째. 낮에는 영어 강사로, 저녁에는 '쉐임리스 / 리미트리스Shameless / Limitless'라는 이름의 공연 기획자로 바쁜 삶을 꾸려가고 있다. 그 이름만 보고 공연을 찾을 정도로 그의 취향에 대한 베를리너들의 신뢰가 깊은 편이다.

어차피 미래는 모르는 거니까

깊게 생각하지 않으려고 해.

하루하루가 즐거우면 되는 거니까.

어느 순간 마흔 살이 되고

여전히 이런 삶을 산다고 해도 상관없어.

베를린 라이프가 그렇지 뭐!

케빈 할핀……. 그는 우리가 선택한 인터뷰이 중 가장 미스터리한 인물이었다. 만나기 바로 직전까지도 우린 그의 본명은커녕 생김새조차 알지 못했다. '쉐임리스/리미트리스'라는 가명의 공연 기획자로 베를린 공연계에서 그 누구보다 활발히 활동하며 힙스터들을 이끄는 대부 같은 존재였지만, 그(혹은 그들) 실체는 뜬소문으로만 가득했다. 단 한 번도 언론이나 블로그에 노출된 적이 없기에 SNS로 우리의 기획서를 보내 인터뷰를 청할 때까지만 해도 '에이 설마 해주겠어?'라는 분위기가 우리 사이에서도 팽배했다.

메시지를 보내고 한참 뒤, 그에게서 답장이 왔다. 우리의 콘셉트가 매우 마음에 든단다! 유명 연예인에게 답장을 받은 것처럼 우리는 방방 뛰며 설레했다. 그리고 갖가지 상상의 나래를 펼치기 시작했다. 스냅백을 쓰고 온몸을 검은색으로 무장한 이십대 중후반의 무리일 것이다, 일렉 뮤지션들이 함께 꾸려나가는 기획사일 것이다 등등. 드디어 약속 장소에 도착했는데, 웬걸. 190센티미터를 훌쩍 넘을 것 같은 '멀대 훈남'이 문 앞에서 "안녕, 내가 쉐임리스/리미트리스야" 하고 인사를 하는 것이 아닌가. 순간 당황한 나는 고개를 뒤로 한껏 젖히고 잠시 그를 멍하니 쳐다보고만 있을 수밖에 없었다.

큰 덩치와는 어울리지 않게, 첫 만남에서의 케빈은 무척이나 수줍은 태도를 지닌 사람이었다. 인터뷰가 처음이어서 그런지 단어 하나하나에

조심스러웠고, 자신이 한 말을 꼭 한 번은 되짚고 가곤 했다. 또 케빈과 한창 이야기를 나누다 보면 어느 순간 우리가 인터뷰이가 된 듯 열심히 우리 이야기를 늘어놓기까지 했다. 만약 그때 나탈리가 "애들아, 멈춰!"라고 경고하지 않았더라면 아마 이 글을 쓸 수 없었을지도 모른다. 한 번으로 그칠 줄 알았던 우리의 만남은 내가 케빈과 함께 공연을 기획하며 자주 보는 사이로 발전했고, 나는 그렇게 아주 든든한 동료를 얻게 되었다.

Are You a FOMO?

베를린에서 산 지 얼마 안 된 사람들에게 흔히 나타나는 현상이 하나 있다. 오라는 데도 많고 가고픈 데도 많은 신세계에 환호하며 밤낮이 뒤바뀐 생활을 몇 날 며칠 지속하면 몸과 마음이 지치는 순간이 찾아온다. 그래서 '오늘만큼은 나가지 말고 쉬자'라고 다짐하지만 마음 깊숙한 곳에 알 수 없는 불안감이 웅크리고 있다. 쉰다는 핑계로 그저 방 안에 처박혀 있는 지금 이 순간에도 이 도시 어디에선가 엄청난 사건들이 일어나고 있을 거라는 생각이 불현듯 들기 때문이다. 심지어 밖에 있으면서도 '이 한 몸뚱이로 베를린의 밤을 끌어안기에는 내게 주어진 시간이 너무 짧다'는 아쉬움까지 든다. 이것이 소위 베를린에서 좀 놀아봤다는 사람이라면 공감하지 않을 수 없는 포모 현상이다.

🏃 Fear of Missing Out, 놓친다는 불안감을 의미한다.

그는 누구일까?

베를린에는 왜 유독 이벤트와 파티가 많은 걸까? 도대체 누가 이렇게 많은 파티를 여는 걸까? 쉐임리스/리미트리스와의 만남은 이런 의문에서 시작됐다. 베를린 길거리나 바에 붙은 이벤트 홍보 포스터들을 자세히 들여다보면 쉐임리스/리미트리스라는 독특한 기획자의 서명을 자주 발견할 수 있다. 그는 특히 언더그라운드에서 활동 중인 외국의 여러 뮤지션을 베를

케빈이 매년 기획자로 참여하는
베를린 Torstrasse Festival.

린에 초대하거나 베를린의 로컬 아티스트들을 추려 특별한 콘셉트의 파티를 여는 것으로 유명하다. 디제이인 내 플랫 메이트 류보도 그에 대해 익히 알고 있을 뿐 아니라 언젠가 꼭 함께 일해보고 싶다고 말할 정도니, 베를리너 뮤지션들에게는 꽤나 인정받는 기획자인 셈이다. 하지만 정작 그가 누군지에 대해서는 그 누구도 알지 못한다. 인터넷에도 대체 정보가 없다. 홈페이지에 적힌 설명이라고는 고작해야 화면 최상단에 조그맣게 적힌 몇 개의 단어뿐이다. 베를린 쇼, 파티, 재밌는 일들, 크게 꿈꾸라 Dream Big.

궁금증을 한껏 안고서, 주변 친구들의 응원까지 받으며 우리는 그가 2주일에 한 번 디제잉을 한다는 다스 기프트 Das Gift 바를 찾았다. 얼핏 보기에는 선물로 해석할 수 있으나 실상 독일어로는 '독'이라는 뜻이다. 바 이름도 참 아이러니하다. 스코틀랜드 출신의 유명 기타리스트와 그 부인이 함께 운영하는 곳으로, 상시 디제잉뿐만 아니라 옆방에서 자그마한 규모의 전시를 열기도 한다. 이 바에서 그는 둘째, 넷째 수요일 '쉐임리스/리미트리스'의 이름을 걸고 음악을 트는데, 기분에 따라 그날그날의 콘셉트는 달라진다. 무엇보다 이날은 '공짜 멕시카나 이벤트'가 열리는 날이었다. 맥주를 한 잔 시키면 케첩 맛이 나는 이상한 술을 무료로 준다. 그래서 사람들은 이날을 '공짜 멕시카나의 밤'이라고 부르기도 한다.

berliner

반전의 케빈

그의 본명은 케빈 할핀. 쉐임리스/리미트리스라는 이름으로 수도 없이 많은 베를린의 이벤트를 도맡아 하고 있다. 저 서명과 함께 끝도 없이 쏟아지는 이벤트에 분명 그룹일 거라고 생각한 우리는 황당한 기분이 들었다. '대체 어떻게……'라는 우리의 반응에 그는 겸연쩍은 듯이 웃는다. "사실 누군가랑 인터뷰를 하는 건 너희가 처음이야. 내가 주목받길 좋아하는 스타일이 아니라서 가끔 인터뷰 제안이 들어와도 하지 않았거든. 그런데 최근에 이 바에서 디제잉도 하고 인터넷 라디오 방송도 시작했는데 그게 의외로 재밌더라고. 아마 이제는 신비주의 같은 건 조금씩 버려도 될 때가 아닌가 싶어." 파티를 기획하는 사람들은 뼛속까지 외향적인 파티 피플이 아닐까 했던, 지극히 1차원적인 추측 또한 무너지는 순간이었다.

케빈은 7년 전 베를린에 자리를 잡았다. 캐나다 서쪽의 작은 마을에서 자란 그는 줄곧 큰 도시에 나가 살고자 했다. "뭔가 큰 목적과 뜻이 있어서 베를린에 온 건 아니야. 그냥 살면서 나중에 방법을 찾아도 늦지 않을 거라고 생각했어. 그러다 여기 온 지 얼마 안 됐을 때, 밴쿠버에서 알고 지내던 밴드가 베를린에 온다는 이야기를 우연히 듣게 됐지. 바스켓볼 Basketball이라는 밴드였는데, 이 친구들의 공연을 내가 기획해보면 재밌겠다는 생각에서 처음 시작하게 된 거야. 그때 베를린에서 공연 장소로 쓸 만한 웬만한 곳에는 모두 이메일을 보냈던 것 같아. 그중 한 군데가 겨우 허락을 해줘서 진행할 수 있게 됐지. 그리고 그날 밤 공연장에 모인 사람

Kevin Halpin

들의 행복한 표정을 보고 느꼈던 묘한 기분이 한동안 가시지를 않더라고. 내 생애 손에 꼽는 순간이기도 해. 그때 마음속에서는 이 생각뿐이었어. 이거 또 하고 싶다!"

　　케빈은 하나의 공연을 완성하기까지, 그의 표현에 따르면 "가장 짜릿한 순간을 맛보기"까지 길고 지루한 이메일 교환 과정을 거친다. 장소 섭외, 밴드 섭외, 포스터 제작자 섭외, 페이스북 홍보까지 하루 꼬박 네 시간가량 혼자 방에 앉아 일한다. 화려한 파티의 이면에 이런 독수공방이 있을 줄이야. 다행히 오랜 기간 동안 공연장이나 밴드들과의 관계를 좋게 쌓아오다 보니 노하우가 생기면서 처음보다는 많이 수월해진 편이다. 하지만 초기에만 해도 밴드 섭외를 위해 메일을 보내는 일은 맨땅에 헤딩하기나 마찬가지였다. "처음 시작했을 때는 지금보다 섭외에 더 적극적이고 고집이 있었어. 내가 좋아하는 사람들, 같이 일하고 싶은 사람들한테만 메일을 보냈거든. 그러다 보면 한두 군데에서 회신이 오는데 그게 그렇게 고마울 수가 없어. 맨날 메일만 보내는 이상한 남자로 취급할 수도 있는데 말이지. 그중에서도 핸즈 온 펄스 Hands on Purse라는 유명 밴드가 같이 해보자고 답변해준 걸 보면서 '나 이제 앞으로 계속 잘할 수 있겠다'는 자신감이 들었어."

베를린 고유의 색

사실 공연 기획 일이 그의 전업은 아니다. 케빈은 어학원에서 틈틈이 영어를 가르치고 있다. "내 공연에 자주 오는 사람들은 내가 어학원에서 일하는지 모르는 사람도 많아. 쉐임리스/리미트리스로만으로 수익이 안정적이라면 영어 강사 일은 안 해도 되겠지. 하지만 업계 특성상 워낙에 들쑥날쑥하고, 무엇보다 내가 이 일로 큰돈을 벌고 싶은 게 아니거든. 물론 그렇다고 해서 이 일을 취미로 하는 건 절대 아니야. 취미라고 하기에는 책임도 할 일도 꽤 많아." 케빈은 대기업의 후원을 받아 이벤트를 진행

늘 가지고 다니는 그의 공연 포스터들. 틈날 때마다 부치고 다닌다.

하기보다, 규모는 작더라도 내실 있는 공연을 고집한다. "기업의 지원금을 받고 규모를 키우는 공연이나 파티 들도 베를린에 굉장히 많아. 유명 음료나 술의 브랜드 로고가 덕지덕지 붙어 있는데 난 그게 참 별로야. 그런 스폰서들이 베를린 음악 환경에 깊숙이 침투하면 모든 것이 비싸져버리기만 하니까. 그렇게 되면 이 도시 고유의 색이 사라지는 것 같아." 스폰서 없이 진행하는 경우 그날의 수익은 온전히 관객의 입장료에 달려 있다. 그래서 관객이 많지 않은 날에는 케빈에게 수익이 없는 경우도 허다하다. "하지만 그런 걸 큰 문제 삼았다면 7년이 지난 지금까지 꾸준히 하진 못했을 거야."

베를린은 정말 쉴 새 없이 변화하는 도시이다. 건물 같은 외형뿐만 아니라 이곳에 사는 사람들과 그들의 취향까지. 오랜 기간 이 도시에서 머문 케빈에겐 요즘이 유독 남다르게 여겨지곤 한다. "예전에는 단순히 도시가 궁금해서 모여드는 사람들이 많았다면 지금은 돈을 목적으로 오는 사람들이 더 늘어가고 있다는 느낌을 받아. 특히 IT 관련 창업이 많이 이뤄지고 있는데 아마 지금의 베를린을 투자하기 딱 좋은 시기라고 여기는 듯해. 샌프란시스코처럼 테크노밸리를 만들고자 하는 건가 봐. 물론 이들이 긍정적인 영향을 끼치는 부분도 있겠지만, 내가 그리고 우리가 지향하는 삶의 방식과는 조금 다른 것 같아 우려가 드는 것도 사실이야." 케빈을 통해 생각지도 못했던 이야기를 들으니 나 또한 걱정이 되기 시작했다. 투기를 목적으로 전 세계 부자들이 건물을 사들인 탓에 월세가 점점 더 오른다는 이야기야 당장 모두가 체감 가능한 일이었지만 베를린 테크노밸리라니. 이렇게 점점 이 도시가 고유의 '색을 잃게 된다면 우리는 결국 또 어디론가 떠나야 하는 것일까 하는 걱정이 앞섰다.

좋은 공연

무심코 이름에 대한 유래를 물었다. 케빈은 그 질문을 듣자마자 "지저스!"라며 난색을 표하고 말았다. "음, 너희는 뭐라고 생각해? 내가 정의하는 건 너무 어색하거든. 말 그대로야. 부끄럼 없고shameless 한계도 없는 limitless. 사실 난 사람들이 이 이름을 보고 파티에 오기보다 누가 공연하는지를 중요시하고 찾아주었으면 좋겠어. 그래서 더 스스로를 드러내고 싶지 않은 건가 봐." 케빈이 생각하는 좋은 공연은 무작정 사람이 많이 몰리는 공연이 아니다. 좋은 콘서트나 파티를 만들기 위해서는 기획자, 장소, 뮤지션, 관객, 이 모든 요소가 잘 맞아떨어져야만 한다. "특히 뮤지션과 관객이 중요해. 단순히 파티를 즐기기 위해서만이 아니라 각 뮤지션의 음악을 존중할 줄 아는 관객들이 공연장을 찾았으면 좋겠어. 또 사람들 기대에 부응하려다 보면 뻔한 공연을 해야 할 때가 있어. 웃긴 이야기일지도 모르겠지만 사실 난 사람들이 많이 안 올 만한 공연도 열고 싶어. 전혀 뻔하지 않잖아!"

한번은 케빈의 초대로 그가 주최한 공연에 찾아간 적이 있다. 고맙게도 손님 리스트에 올려준 덕에 무료로 입장할 수 있었다. 인사를 하기 위해 케빈을 찾는데 도통 그가 보이지 않았다. 키가 커서 눈에 띌 법도 한데 말이다. 그러던 중 누군가가 "헤이, 선미!"라며 내 이름을 불렀다. 근데 영 익숙한 얼굴이 아니다. 케빈인 것 같은데 또 케빈이 아니다. "나 맞아. 케빈!" 세상에, 처음 봤을 때와는 180도 다른 모습의 그는 얌체 같은 콧수염을 기른 채 화려한 하와이안 셔츠를 입은 모습으로 서 있었다. 마치 온몸으로 파티를 즐기고 있다고 말하는 듯했다. 인터뷰 때의 수줍은 케빈과는 또 다른 모습의 발랄한 그를 맞이하자 기존에 없던 친근감이 들기 시작했다. 그리고 생각했다. 저렇게 좋을까? 인터뷰 당시 왜 이 일을 계속하느냐는 물음에 케빈이 했던 말이 떠올랐다. "재미있잖아. 어차피 미래는 모르는 거니까 깊게 생각하지 않으려고 해. 하루하루가 즐거우면 되는 거니까. 어느 순간 마흔 살이 되고 여전히 이런 삶을 산다고 해도 상관없어. 베를린 라이프가 그렇지 뭐! 하하."

함께한 우리의 첫 기획

시간이 꽤 흐른 후, 나는 케빈에게 내가 기획한 전시 (IN)BETWEEN에서 공연을 함께 열자고 제안했다. 전시가 열리는 비영리 공간 플라토 갤러리는 베를린에서 흔치 않은 높이인 8층 건물의 옥상에 있다. 그래서 전시장뿐만 아니라 공연장으로도 아티스트들의 큰 사랑을 받는 곳이다. 베를린에서는 워낙에 많은 이벤트가 시도 때도 없이 열리다 보니 하나의 콘텐츠로는 사람들의 흥미를 끌기 힘들다. (IN)BETWEEN 전시를 위해 사진,

영상, 설치, 회화 등 다양한 매체의 여덟 작가를 초대해 열심히 준비하긴
했지만 관객을 끌기 위해서라면 이 이상의 무언가가 필요하다는 느낌을
떨칠 수가 없었다. 게다가 장소도 넓디넓어 충분히 다른 일도 벌일 수 있
을 것만 같았다. 그때 케빈이 떠오른 것이었다.

　그와 더 자세히 이야기를 나누기 위해 전시 공간에서 만나기로 했다. "나 여기 처음 와봐! 정말 근사하다." 다행히 케빈은 공간에 만족스러워하는 것처럼 보였다. 나는 마치 연습이라도 한 듯 장황한 설명을 늘어놓기 시작했다. 그리고 그에게 제안했다. "일주일의 전시 기간 중에 네가 기획한 공연이 하루 들어갔으면 좋겠는데, 어떻게 생각해?" 케빈은 신중히 내 이야기를 듣더니 오묘한 미소를 지어 보이곤 서둘러 인사를 하고 떠났다. 바쁜 일이 있다며……

전시와 공연을 준비하며

그렇게 한 번의 미팅 이후 확답을 듣지 못한 나는 조마조마한 마음으로 그의 답장을 기다렸다. 연락을 하자니 재촉하는 것 같고, 하지 않자니 그냥 잊고 지내기엔 불안만 쌓여갔다. 일주일쯤 지났을까, 그는 장문의 이메일로 내가 앞으로 해야 할 것들과 그가 필요로 하는 것들을 세세하게 보내왔다. "그래서, 한다는 거야 만다는 거야?So, in or out?" "하자! Let's do it!" 이후 약 두 달여의 준비 기간 동안, 무작정 감으로 밀어붙이는 나와는 달리 1부터 100까지 꼼꼼하게 디테일을 챙기는 그의 스타일에 짜증이 날 때도 허다했다. 그 또한 마찬가지였을 것이다. 공연 당일, 나로서는 나름 열심히 준비한 것들에 케빈은 충격을 받은 듯했다. 내가 공연에 대해 몰라도 너무 몰랐던 것이다. 하지만 그는 슈퍼맨 같은 능력을 발휘해 전화 몇 통을 돌리더니 아주 엄청난 음악 장비들을 트럭으로 불러대기 시작했다. 대가는 오늘의 맥주 무한 제공.

그날의 공연은 나름 엄청난(?) 성공을 거두었다. 케빈은 베를린에 기반을 둔 두 아티스트 비피보이 Bifi-boy와 헬렌 프라이 Helen Fry를 초대하였다. 실험 음악을 하는 친구들이었다. 덕분에 기존 전시장에서는 보지 못하던 다양한 부류의 관객들이 갤러리를 찾았다. 이들은 우리가 준비한 전시와 공연, 그리고 특별한 옥상 공간에 매료되어 자정 무렵까지 떠날 생각을 하지 않았다. 내 입에서 "버스 끊겨요. 우리 딴 데 가서 놉시다"라는 말이 나올 줄이야. 마지막으로 갤러리를 나선 케빈과 나. 끝까지 함께해줘서 고맙다는 나의 말에 그가 답한다. "끝까지 포기하지 않아줘서 고마워!"

내 친구 정경이의 도움으로 완성된 멋진 포스터.

| 케빈의 웹사이트 | shamelesslimitless.tumblr.com |

베를린에서 재미있는 콘서트와 이벤트를 즐기려면

쉐임리스/리미트리스의 스케줄만 쫓아다녀도 현재 베를린에서 어떤 파티가 가장 핫한지 가늠할 수 있다. 그만큼 이 도시에서 그의 영향력은 어마어마하다. 지금에야 후발 주자들 이 생겨 베를린 이곳저곳에서 파티를 열고 있지만, 7년 전 케빈이 공연 기획을 시작할 때 는 마치 선구자와도 같은 역할을 했단다. 그래서 그가 자주 공연을 여는 장소들을 추려 정리해보았다. 참고로 정보는 홈페이지보다 페이스북의 실시간 이벤트를 체크하는 게 더 빠르고 정확하다.

❶ Das Gift

그와의 인터뷰에서도 소개한 다스 기프트. 뮤지션이자 아티스트인 스 코틀랜드 출신 커플이 오래된 베를린 선술집을 개조해 바 겸 아트 스 페이스로 운영하고 있다. 여기가 독일이 맞나 싶을 정도로 유난히 영 어를 쓰는 사람들이 많다.

add. Donaustraße 119 12043 Berlin
web. dasgift.tumblr.com
facebook.com/dasgiftberlin

❷ Loophole Artspace

베를린 로컬 뮤지션들의 콘서트를 상시로 열 뿐만 아니라 자체 영화제 등 신선한 기획으로 유명한 공간이 다. 베를린 영화제 기간에 열리는 '보딩날레'가 특히 유명하다. 클래식한 영화제에서는 결코 볼 수 없는 실 험적인 영상들을 소개한다.

add. Boddinstraße 60 12053 Berlin
web. loophole-berlin.com
facebook.com/berlin.loophole

Chesters Music Inn UG

'나이트클럽'이라는 명칭을 달고 있지만, 오히려 라이브 클럽에 가깝다. 다만 서서 음악만 듣기보다는 자연스럽게 음주가무를 즐길 수 있게 분위기를 조성해놓았다.

add. Glogauerstraße 2 10999 Berlin
web. chesters-live.de
facebook.com/ChestersBerlin

Südblock

장르를 가리지 않는다는 점이 특이한 클럽이다. 특히 게이인 운영자의 취향이 반영되어 정기적으로 LGBT 이벤트를 여는 것으로 유명하다. 또한 10유로에 배 터지게 터키 음식을 먹을 수 있는 주말 브런치 뷔페를 적극 추천한다.

add. Admiralstraße 1-2 10999 Berlin
web. suedblock.org
facebook.com/Südblock-115315918534308

Privatclub

베를린의 로컬 뮤지션뿐 아니라 세계 각국의 젊은 뮤지션들을 초대해 공연을 열곤 한다. 아늑한 분위기가 말 그대로 정말 '프라이빗'하다.

add. Skalitzerstraße 85-86 10997 Berlin
web. privatclub-berlin.de
facebook.com/privatclub

Young sam

시각 디자이너 **김영삼**

Kim

한국에서 서양화를 전공하다 자퇴 후 베를린으로 넘어왔다. 이후 레스토랑에서 아르바이트를 하며 독일어 실력을 쌓았고, 참관 수업을 들으며 1년 만에 베를린 예술 대학 시각 디자인과에 입학했다. 8년 만의 졸업을 앞둔 지금, 그는 베를린 혹은 다른 도시에서의 또 다른 미래를 그려나갈 준비를 하고 있다.

베를린은 커리어가 이미 갖춰진 이들보다는

이제 막 시작하는 단계인,

우리 같은 사람들에게 천국 같은 곳이야.

준비만 되어 있다면 경제적이든 사회적이든

본인만의 '성공'의 기준에

다른 대도시에 비해 쉽게 닿을 수 있는 것 같아.

─────────── 영삼과의 만남은 전적으로 나의 팬심에 의해 이뤄졌다. 때는 베를린에서 맞는 두 번째 여름2014년, 무심코 길거리를 걷다 특이한 디자인의 포스터를 마주하게 되었다. 사람 많기로 유명한 초 역 주변에 베를린 예술 대학(이하 우데카)의 기말 전시회인 룬트강Rundgang $^{\lambda}$ 을 홍보하는 포스터가 잔뜩 붙어 있었던 것이다. 흑백의 깔끔한, 그러나 요란하게 배치된 타이포가 독특했다.

호기심이 들어 룬트강 전시가 한창인 학교를 찾았다. 우데카는 입학을 희망하는 독일 학생들과 부모들, 외국 유학생들, 그리고 나처럼 행사에 관심 많은 예술계 종사자들로 가득 차 있었다. 입구에서 한 뭉텅이의 엽서와 자료를 집어 관람에 나섰다. 그중에는 학교 신문도 껴 있었는데, 웬일인지 1면에 대문짝만 하게 빡빡머리의 아시아계 소년이 실려 있는 것이 아닌가. 서툰 독일어 실력에도 불구하고 뜨문뜨문 글을 읽다 보니 아까 본 홍보 포스터를 만든 사람의 인터뷰를 담고 있는 듯했다. 이름도 범상치 않은데 게다가 한국 사람이란다.

────────────────

🐾 매년 날짜가 바뀌지만 주로 7월 셋째 주경에 3일 동안 열린다. 베를린 예술 대학 우데카뿐만 아니라 독일 각지의 대학에서 이런 룬트강 행사가 이 시기쯤 열린다.

때마침, 한국의 대학원 친구와 함께 잡지 CAMBAS(Contemporary Art Magazine for Berline and Seoul)를 만들겠다고 소재 거리를 찾아 헤맬 때였다. 그래서 망설임 없이 기사 말미에 조그맣게 실린 그의 이메일로 연락을 취했다. "저희 잡지의 첫 인터뷰이가 되어주실래요?" 영삼은 나의 무식한 직진 법이 와 닿았는지 무리 없이 만남을 수락해주었다. 그 후 우리는 즐겁게 맥주를 마시며 인터뷰를 진행했다. 하지만 결국 그 여름, 잡지는 나오지 않았다. 서울과 베를린을 잇겠다는 호기로운 도전은 단순한 도발에 그치고 말았다. 그러다 이 책을 기획하게 되면서 다시금 영삼 씨를 만나고 싶다는 생각이 들었다. 1년이 지난 지금, 그는 어떻게 지내고 있을까?

우데카, 룬트강

매년 무더운 7월이 되면 우데카에서는 룬트강이라고 불리는 아주 큰 행사를 연다. 학기를 마무리하며 각 과 학생들의 작업 및 공연을 선보이는 것이다. 3일 내내 캠퍼스 주변은 미술과 음악이 아우러진 풍부한 볼거리와 함께 온통 파티 분위기로 붕붕 떠 있다. 타지 사람들도 재능 있는 베를린의 젊은 (예비) 예술가들을 보기 위해 먼 길을 마다치 않고 이곳을 찾을 정도다. 우리 셋 또한 겸사겸사 학교를 찾았다. 입장하자마자 누가 먼저랄 것도 없이 "아~ 다시 학교 다니고 싶다!"라는 탄성이 자연스레 새어 나왔다. 특이하게도 이 학교는 독일인보다 외국인 비율이 훨씬 높다. 베를린이라는 도시 특성상 그렇기도 하겠지만 학비가 없음(한 학기에 2백

우·데카에서 만난 인연, 에밀. 그와 함께 코발트를 운영할 예정이다.

유로 정도 하는 학생회비만 내면 된다)에도 불구하고, 질 높은 교육을 받을 수 있다는 점이 전 세계 젊은이들을 자극하는 듯했다. 그렇기 때문에 교육열 하면 누구에게도 지지 않을 한국 사람들이 이곳에 많은 건 당연지사.

이와 관련된 떠돌이 소문 하나가 있다. 예체능계 한국 학생들의 경우, 학부 교육을 마치고 유학 온 사람들이 많은지라 이미 월등한 실력을 갖추고 있어, 독일 입시생들이 따라잡기가 너무 벅차더란다. 대학에서 국적, 나이 등을 배제하고 학생들을 뽑아놓고 보면 죄다 한국 학생들이라는 것이었다. 그래서 막상 독일 사람으로 태어나 자국의 대학에서 교육받을 기회를 박탈당한다고 여긴 독일 입시생들이 불만을 토로하며 작은 성토 대회를 열 정도였다. 이후, 베를린 예술 대학에서는 한국 학생을 예전보다 훨씬 더 적은 비율로 받는다는 이야기가 돈다. 아예 뜬소문만은 아닌 게, 실제로 4년제 학부를 졸업한 사람은 우데카의 학부에 입학하지 못한다는 삼엄한 조건이 달려 있다. 울어야 할지 웃어야 할지. 여하튼 이렇게 입학이 하늘의 별 따기가 되어버린 우! 데! 카! 입학을 목표로 베를린에 온 한국 학생들에게 이미 이곳에 재학 중인 사람들은 선망의 대상이나 다름없다. 아마 영삼 씨도 어딜 가나 한국 사람들에게 "어머, 우데카 학생이세요? 대단하다!"식의 반응을 꽤나 접하고 살 거다.

영삼의 이야기

8년 전 어느 날, 영삼은 문득 유학을 가야겠다고 마음을 먹었다. 그리고 서슴없이 베를린을 택했다. 크게 목적이나 이유가 있던 것은 아니고, 뉴욕이나 런던 같은 도시에 비해 물가가 저렴해서 공부와 동시에 독립된 생활을 꾸리기가 가능할 거라는 판단에서였다. 그에게 대뜸 이 도시의 첫인상을 물었다. "한마디로 무시무시했어!" 콘크리트로 둘러싸인 회색빛의 도시 풍경도 한몫했거니와, 과거 동독의 흔적 위에 새 살림을 세우느라 온 도시가 바삐 공사에 열을 올리고 있었기 때문이다. "다른 도시들에 비하면 베를린의 당시 집값은 정말 터무니없이 쌌어. 물가도 그렇고. 지금이야 젠트리피케이션Gentrification 때문에 많이 오르긴 했지만 여전히 베를린에서의 많은 부분이 경제적이라는 느낌을 받아. 에너지나 시간, 사람조차도! 예를 들면 잠시 쉬고 싶을 때 멀리 가지 않아도 자전거를 타고 조금 나가면 되거든. 친구를 사귈 때도 마찬가지야. 전시를 보러 갔는데 옆 사람이랑 죽

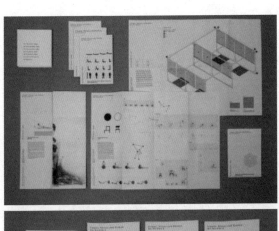

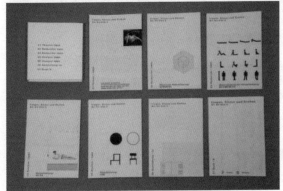

그의 작업물 중 하나 〈Liegen_Sitzen_Stehen(눕고 앉고 서고)〉.

이 잘 맞아서 지금까지 친하게 지내기도 하니까."

베를린 도착 후 그는 화장실 수리부터 페인트칠, 이삿짐 나르기까지 다양한 영역의 일을 소화했다. 화려한 유학 생활과는 거리가 먼, 낯선 홀로서기의 시작이었다. 그러던 중 일하던 한식당에서 메뉴판 주문 의뢰가 들어왔다. "아마 그때가 그래픽 작업으로 처음 돈을 번 걸 거야. 이전까지 디자인 경험이 없었으니 실수도 잦았고, 가게 사장님과 이견을 조율하는 것도 꽤 오래 걸렸어. 그래도 지금까지 내 디자인이 쓰이고 있다고 하니 한번 가봐! 하하." 그렇게 3년을 식당 주방에서 일하다 이후 디자인 트렌스퍼라는 학교 소속 갤러리에서 조교로 근무하기 시작했다. "전시 초대장, 포스터, 책 등의 그래픽 디자인 업무를 주로 맡았어. 학교랑 리듬을 같이해서 방학 때 쉬니까 개인 시간을 가질 수가 있다는 게 참 좋아. 처음으로 유급 휴가도 가져보고!" 그는 이외에도 여러 디자인 관련 행사의 프로그램이나 전시, 강연 관련한 그래픽 작업을 돕고 있다.

때마침 베를린에서의 각종 아르바이트에 지쳐 있던 나는 새삼 영삼에게 부러움을 표했다. "디자인으로 돈 벌 수 있어서 좋겠어요!" 하지만 그는 되레 별것 아니라는 듯한 반응을 보였다. "식당 주방에서 일하는 동안, 몸이 힘들긴 했지만 정기적으로 수입이 생기니 꽤 괜찮았어. 학교 스케줄과 조정하는 게 버거워 그만두긴 했지만 졸업하고 한동안 그래픽 일이 잘 풀리지 않는다면 얼마든지 다시 일할 마음이 있어." 오랜 기간 이처럼 아르바이트로 생활비를 충당한 영삼. 고될 만도 하지만 그는 그러한 것들에 군이 무게를 두지 않는 듯하다. 본인이 선택한 삶과 그 삶이 이끄는 방향에 꽤나 유연한 모습이었다. "베를린에서 그래픽 디자인으로 먹고사는 것도 사실 힘들어. 돈을 많이 받지 못할뿐더러 경쟁이 어마어마해. 하지만 도시 자체가 워낙 국제적이다 보니 어디서도 접하지 못했을 경험을 많이 하지. 돈보다는 재미가 우선한달까?"

디자이너로서의 언어

영삼은 내가 본 외국인 중 가장 수준급으로 독일어를 구사한다. 그러나 고객과의 잦은 커뮤니케이션을 요구하는 그래픽 디자이너로서의 일은 그에게도 결코 쉽지만은 않다. "주로 전화로 이야기를 많이 하니까 불편할 때가 있어. 이야기가 막힐 경우, 만나면 직접 그림을 그려서 아니면 보디랭귀지로라도 이야기할 수 있으니까. 특히 시각적인 것을 말로 풀어내야 할 때 모국어로만 표현이 가능한 것들이 있잖아. 예를 들면 좀 더 쨍하게! 이런 표현은 참 난감하지." 그런데도 그는 일방적인 아이디어를 제안하기보다는, 의뢰인과의 지속적인 대화를 통해 함께 작업을 완성하는 것을 추구한다. "전시마다 새로운 사람들과 작업하게 되면서 디자인을 좀 더 넓은 관점으로 볼 수 있게 되는 것 같아. 이때 학교에서의 경험이 많은 도움이 돼. 내 담당 교수가 실제 디자인 업계에서 잔뼈가 굵은 사람인데, 지나치다 싶을 정도로 공동 작업을 강조했거든. 게다가 그 그룹이 2주에 한 번씩 바꾸니까 정말 실전처럼 치열하게 모두가 따로 또 같이 작업했어."

　　그렇게 만난 친구와 함께 영삼은 한창 여름 계획 세우기에 분주했다. 이번 여름은 스웨덴에서 보낼 예정이다. 노르웨이 친구와 '코발트Co-Bald'라는 디자인 컨설팅 그룹을 만들어 진행 중인데 그의 아버지가 스웨덴에서 버려진 기차역을 구입해 아티스트 아틀리에로 개조하려는 계획을 갖고 있기 때문이다. 그곳에서 다 같이 공사도 돕고, 사업 구상도 하고, 휴가도 즐기는 일석삼조의 계획이다. "베를린은 도시도 도시지만 여기서 만난 친구들, 동료들 때문에 더 특별해. 어느 순간 생활도 학교도 자리를 잡고 나서부터는 유럽 온갖 곳을 돌아다니기 시작했어. 파리를 가는 데 달랑 60유로밖에 들지 않다니, 안 가는 게 이상하잖아? 그래서 난 친구들 만나면 항상 여행 계획 짜기에 바빠. 워낙 유럽 각지에서 온 애들이 많아서 번

갈아가면서 이들을 방문하는 재미가 쏠쏠하거든." 그렇게 방학만 되면 영삼은 떠났고, 여행이 질릴 때쯤 다시 베를린에 돌아와 도시와의 '밀당'을 이어간다.

베를린의 한국 사람

베를린에서 내가 만난 한국 청년들은 대개가 대학 진학을 목표로 했다. 유학원을 통해 미리 한국에서부터 살 집과 어학원을 정하고, 도착 후에는 어학 공부와 마패* 준비에 매진하곤 한다. 처음에는 주변의 몇몇 사람들을 보며 "베를린에서 안 놀고 뭐 하니? 여기선 노는 게 공부야"라고 타박하기도 했었다. 안 그래도 불안했을 일상에 초를 친 격이었다. 하지만 당시 유혹하는 나를 뒤로하고, 방과 작업실에 처박혀 입시 준비를 이어갔던 친구들은 현재 다들 대학에 합격해 상당히 만족스러운 나날을 보내고 있다. 여러 가지 이유로 힘들다는 하소연을 가끔 하긴 하지만 학교 밖 전쟁 같은 세상에 있을 때보다 훨씬 더 안정되어 보인다. 사실 독일에서는 학생으로서 누릴 수 있는 혜택이 어마어마하다. 일단 보험료가 저렴하고, 거의 없다시피 하는 학생회비를 지급하면 교통비 또한 무료이다. 이런 이유로 마흔이 넘어가는 나이에도 도통 졸업할 생각이 없는 독일 학생들을 쉽게 볼 수 있다. 그뿐만이 아니다. 정보만 잘 얻으면 시세에 비해 턱없이

＊ 미술 분야에서 입시에 필요한 포트폴리오를 칭하는 말이다.

스웨덴 기차역 프로젝트.

저렴한 기숙사와 작업실까지도 베를린 시내 한복판에 구할 수 있다. 막상 이렇게 대학에서의 혜택을 마음껏 누리는 친구들을 곁에서 보니, 나도 한 번 해볼까 하는 생각이 들기까지 했다.

큰물에서 놀기

인터뷰이 중 한 명이 우리에게 물었다. 유일한 한국인인 영삼, 꼭 이 사람이어야 하는 이유가 있었냐며. 성공한 유학생의 모습을 다루고 싶었던 건지, 아님 시각 디자이너로서의 그의 재능을 다루고 싶었던 건지. 이야기는 자연스럽게 두 분야를 아우르며 흘러갔지만 어쨌든 그가 한국인이어서 택한 건 결코 아니었다. 반대로 한정된 국적에 얽매여 있기보다 자신을 자유롭게 유영하도록 풀어놓은 '무국적'의 그가 보기 좋아서였다.

8년의 유학 생활이 질리지 않느냐는 우리의 질문에 영삼은 고개를 젓는다. 베를린은 그에게 여전히 새로움이 넘쳐나는 자극으로 가득한 도시다. "여기만큼 좋은 곳이 또 있을까 싶어. 워낙 다양한 사람들이 모여 있는 곳이기 때문에 베를린에서만 볼 수 있는 특별한 프로젝트들이 항상 눈에 띄거든. 베를린은 커리어가 이미 갖춰진 이들보다는 이제 막 시작하는 단계인, 우리 같은 사람들에게 천국 같은 곳이야. 준비만 되어 있다면 경제적이든 사회적이든 본인만의 '성공'의 기준에 다른 대도시에 비해 쉽게 닿을 수 있는 것 같아." 그에게 미래의 계획을 물으니 느릿느릿, 대답을 흘린다. "학교 졸업, 지금 하는 일, 그리고 스웨덴에서의 새 프로젝트까지 무리하지 않고 도시 속에서 쉬엄쉬엄 가는 거." 누구보다 유연하게 헤엄치고 있는 그이기에, 앞으로 진정 어디까지 갈지 그의 행보가 무척이나 궁금해진다.

베를린의 디자인 경향을 살펴보려면

미니멀리즘을 탄생시킨 독일의 수도답게 베를린에는 디자인 관련 장소들이 수없이 많다. 사실 베를린 거리를 한가롭게 거닐기만 해도 간결하고 세련된 디자인의 건물과 상점 들을 마주치게 된다. 이처럼 디자인의 범위가 워낙 넓다 보니 추천 장소를 정하기도 쉽지 않다. 여기에서는 그래픽/정보 디자인 분야에 종사하는 영삼이 제안하는 디자인, 아트 관련 서점들을 소개하기로 한다. 추가로 디자인과 관련한 영감을 얻을 수 있는 박물관도 함께 소개한다.

❶ Hallesches Haus

집을 꾸밀 수 있는 여러 디자인 관련 상품들을 만날 수 있는 편집 숍. 아기자기하고 기발한 상품들이 가득한 이케아의 업그레이드 버전이다. 주머니가 가볍다면 들르지 않는 편이 좋을 수도 있을 만큼 소품들이 하나같이 매력적이다.

add. Tempelhofer-Ufer 1 Berlin 10961

web. hallescheshaus.com

❷ Do you read me?!

미테에 위치한 아트/디자인 관련 서점. 작은 규모지만 엄청나게 다양한 잡지와 관련 서적을 보유하고 있어 항상 사람들로 북적거린다. 귀여운 로고의 에코 백 또한 소장하고 싶은 아이템!

add. Auguststraße 28 10117 Berlin

web. doyoureadme.de

③ Modulor

종이, 인쇄 등 그래픽 디자인 관련 상품뿐만 아니라 모든 예술 분야의 재료를 구매하기에 가장 용이한 공간. 한마디로 없는 게 없다. 내부에 책방과 카페도 갖추고 있어 천천히 둘러보다 보면 하루가 금방 간다. 또 이곳에 있다 보면 괜히 무언가를 직접 만들고 싶은 욕구가 샘솟기도 한다.

add. Prinzenstraße 85 10969 Berlin

web. modulor.de

④ Bauhaus Archiv

'바우하우스'라는 고유명사를 탄생케 한 바로 그 바우하우스를 다루는 미술관이다. 20세기 중반 전쟁 당시 독일 전역을 옮겨 다닌 대학의 역사뿐만 아니라 당시 이 디자인 운동 붐을 일으킨 장본인들의 작업을 찬찬히 살펴볼 수 있다.

add. Klingelhöferstraße 14 10785 Berlin

web. bauhaus.de

⑤ Museum der Dinge (Museum of Things)

20~21세기 대량 산업의 생산품을 다루는 박물관이다. 특히 통일 이전 시대, 극히 선택이 제한되어 있던 그때의 물건들은 오히려 지금 보면 참신하고 예쁘다는 생각이 들 만큼 재미있는 디자인들이 많다. 유행은 돌고 도는 법. 지금 당장 갖고 싶은 빈티지 / 복고풍의 원조 디자인들을 만날 수 있다.

add. Oranienstraße 25 10999 Berlin

web. museumderdinge.org

+ nGbk(The neue Gesellschaft für bildende Kunst)

베를린 비엔날레, 아트 위크 등에 꾸준히 참여하는 베를린의 순수 미술 조합. 전시, 세미나, 리서치 프로젝트 등 미술과 관련한 행사를 꾸준히 열고 있으며 서점도 함께 운영 중이다. Museum der Dinge 와 같은 건물에 들어서 있으니 함께 들르면 좋다.

add. Oranienstraße 25 10999 Berlin **web.** ngbk.de

Lisa

갤러리스트, 큐레이터 **리사 스테파니**

Stefani

이탈리아 북부 소도시 출신으로, 볼로냐Bologna에서 미술사학을 공부했다. 10년 넘게 사귄 남자 친구 마누엘과 함께 이탈리아의 험난한 취업난을 피해, 그리고 더 나은 미술 환경을 위해 3년 전 베를린을 찾았다. 사춘기 때부터 펑크 문화에 심취해 옷차림은 물론, 음악과 라이프 스타일, 심지어 미술에서까지도 '펑크'를 외친다.

없으면 없는 대로, 있으면 있는 대로

할 때까지 해보는 거지!

'콜랍스'는 이름 그대로 무너지고 말았지만,

그래도 우린 이렇게 서로를 얻었으니까.

—————————— 닭 볏처럼 삐죽삐죽 위로 세운 모히칸 머리 혹은 형광 핑크나 초록, 파랑으로 짙게 물들인 염색의 헤어스타일. 괴상한 문구의 배지가 가득 달린 검정 옷에, 개 목걸이 같은 쇠붙이까지. 펑크 문화에 익숙하지 않은 사람들은 으레 이런 차림새의 사람들과 거리를 두기 마련일 것이다. 나와 리사의 첫 만남 또한 그러했다. 베를린에서 처음 일하게 된 갤러리 사무실에 앉아 업무를 보던 어느 날, 핫 핑크로 머리를 염색하고 요란한 호피 스타킹을 신은 초록 눈의 여자가 다급하게 문을 두드렸다. 길을 잘못 찾았나 싶어 용건을 물으니 인턴 면접을 보러 왔단다. 나는 왠지 모를 거리감에 길을 안내해주면서도 그녀에게 따뜻한 말 한마디 건네지 않았다. 그러곤 바로 다음 날, 리사는 다가오는 전시 오프닝에 맞춰 함께 갤러리에서 근무하게 되었다.

리사는 낯가림이 심한 편인 내가 보기에도 정말 눈에 띄게 말수가 적었다. 보통 새 조직에 들어오면 익숙해지기 위해서라도 다른 사람들과 억지로 말을 섞기 마련인데 그녀는 정말 모든 상황에 초연한 듯 말을 아꼈다. 그렇게 우린 같은 사무실에 있으면서도 서로에게 무덤덤한 채 한 달여를 보냈다. 그러다 전시를 마무리해야 하는 때가 되었다. 하필이면 리사와 내가 함께 작품 포장 일을 맡게 되었다. 온종일을 둘이서만 수장고에 있어야 할 텐데, 라는 걱정과 동시에 예상 가능한 어색한 기류가 내 온몸을 간질이는 듯했다. 결론부터 말하자면, 이 모든 게 반전이었다. 리사는 단지 나처럼 혹은 나보다 더 심하게 낯을 가렸던 것뿐이었다. 그날 수장고에서의 우리는 이탈리아와 한국에서의 미술사 공부 이야기, 좋아하는 미술 작가 이야기, 각자 겪어왔던 미술 환경 이야기 등 하루가 부족할 정도의 대화를 이어나갔다.

갤러리를 관둔 후에도 우리는 따로 또 같이 많은 프로젝트를 시도하며 서로의 든든한 힘이 되어주었다. 그리고 그녀는 나의 베를린 삶에서 누구도 대체할 수 없는 인물로 자리 잡았다. 너무나도 다른 생김새와 가치관, 취미와 취향에도 불구하고 우리는 결코 말로 표현되지 않는 것들을 공유하는 사이가 되었다. 그렇기에, 이 베를리너 프로젝트의 마지막 인터뷰이로 리사를 택한 건 나에게 당연한 일이었다!

볼로냐에서

베네치아에서 한 시간가량 떨어진 이탈리아 북쪽 지방에서 자란 리사. 그녀가 펑크 문화에 빠지게 된 건 열두 살 무렵의 일이었다. 그녀는 당시 우연히 옆 도시 볼로냐에 관한 책을 읽게 되었다. 그 책은 1970~80년대에 이탈리아에서 활발히 진행됐던 반정부적인 움직임과 이를 주도한 볼로냐 예술 대학 학생들의 일대기를 다루고 있었다. "그때의 학생들은 창조력을 무기 삼아 무능력하고 무책임한 정부에 대항하고자 했어. 폭력보다는 예술로, 음악·미술·연극 장르를 가릴 것 없이 한마음 한뜻으로 뭉쳤고, 함께 공동체를 만들어 장소를 점거하기도 했지. 그리고 이들을 통해 당시 이탈리아의 펑크 문화가 활성화될 수 있었어." 그로부터 6년 뒤, 리사는 보란 듯이 볼로냐 예술 대학의 미술사 과정에 입학하였다. 하지만 기대가 크면 실망도 큰 것일까, 21세기의 볼로냐는 그저 평화로운 대학 도시에 불과했다. "머릿속에 상상했던 모습과는 달리 마치 도시 전체가 잠자는 듯했어. 모두가 끊임없는 파티, 술, 마약에만 헤매는 듯한 느낌이었달까. 내가 책에서 보았던 30년 전의 저항적인 열기는 온데간데없이 사라진 상태였으니까. 좀 더 나은 세상을 만들기 위해 한마음 한뜻으로 뭉쳤던 과거 예술가들의 열정 대신 당장의 쾌락만 남게 된 거야." 리사는 정말 펑크에 미래란 없는지, 그 의문에 스스로 답하기로 했다. 누구보다도 펑크 문화를 사랑하는 그녀 자신을 위해서였다. 그녀에게 펑크란 옷, 음악, 미술 등 어떠한 수단을 쓰든지 자신을 적극적으로 표현함으로써 좀 더 나은 모습에 보탬이 되고자 하는 간절한 도구이자 신념이었기 때문이다.

이 도시에서의 첫걸음

리사는 5년 전 처음 베를린에 발을 내디뎠다. 당시 석사 논문으로 그녀는 자신이 삶의 주 가치로 생각하는 두 가지, 미술과 펑크를 연결해 글을 쓰기로 결심했다. 볼로냐, 뉴욕, 런던, 베를린 네 도시의 1970년대 이후 펑크의 움직임과 예술 작업에 관련된 연구로 주제를 구체화하고 그중 특히 볼로냐와 베를린에 초점을 맞추기로 하였다. 당시 머물렀던 5개월간, 리사는 과거의 베를린, 특히 장벽이 무너진 직후 1990년대의 펑크에

초점을 맞춰 관련된 사람들의 인터뷰를 시도하고, 갤러리와 미술관에 찾아가 자료를 찾고, 공연장이나 레코드 가게를 방문하며 논문을 준비했다. 그러면서 점점 이 도시에 빠져들기 시작했다. "다시 볼로냐로 돌아가 졸업을 하고 나니 베를린 생각이 자꾸 나더라고. 내가 찾는 펑크 정신이 이 도시에는 엄연히 살아 있는 듯했거든. 덕분에 논문도 잘 마무리 지었고. 그래서 마누엘을 설득해 아예 이주하기로 마음먹었지."

베를린의 큐레이터

현재 리사는 한 이탈리아 갤러리의 베를린 분점에서 큐레이터로 일하고 있다. 이곳에 들어서면 사람들이 으레 상상하는 단정한 정장과 하이힐의 큐레이터 대신 화려한 호피 무늬의 펑크한 옷차림을 한 리사가 우리를 반긴다. 사실 여기 자리 잡기까지 그녀는 2년 동안 이름만 들으면 알만한 베를린의 유명 갤러리와 미술 기관에서 인턴으로 일해왔다. "큐레이터가 남들이 보기에는 화려한 직업일지 몰라도 실상 경제적으로는 참 쉽지 않은 선택이야. 특히 베를린은 워낙 전 세계 미술인에게 인기가 높다 보니 일자리 경쟁이 무척 치열하고, 그래서 갤러리 대부분이 무급 인턴을 고용하지. 그런데도 이 도시엔 일을 갈구하는 석박사의 화려한 미술 인력이 넘쳐나니까. 나도 처음에는 베를린 미술계 인맥을 넓히고 경험을 쌓는 취지에서 인턴 일을 시작했고, 매우 만족스러웠어. 하지만 이 생활을 계속 이어가기에는 금전적으로 무리가 따르더라고. 내가 하는 일이 제대로 대접받았으면 좋겠다는 아쉬움도 물론 컸고." 사실 지금 리사가 몸담은 곳은, 그녀가 전에 근무했던 곳들에 비하면 아쉬운 느낌이 든다. 보통의 갤러리들과는 달리 부동산업에 관심 있는 이탈리아인이 취미 삼아 문을 연 곳이기 때문이다. 하지만 아이러니하게도, 그래서 일하는 시간만큼의 제대로 된 보수를 지급한다. 이러한 모순적 현실에 리사는 조급한 선택보다 약간의 유예 기간을 갖기로 마음먹었다.

오프닝이 곧 파티 날!

특이하게도 이 도시에서는 미술 행사에서 손님이 없을까 봐 걱정할 일이 전혀 없다. 무료로 술과 음악, 그리고 질 높은 전시를 즐길 수 있는데 모두가 이런 기회를 놓칠 리 만무하다. 베를린에 와서 길게 줄을 늘어선 행사를 딱 두 번 본 적이 있다. 첫 번째는 베를린 비엔날레의 오프닝이 있던 곳, 그다음은 베를린 아트 위크가 열리던 곳이었는데 두 행사 모두 평소 2만 원에 가까운 입장료를 받지만 오프닝 날만큼은 무료로 전시를 관람할 수 있도록 해주기 때문이었다. 당시 나 또한 리사와 함께 장대비를 맞으며 오프닝 줄에 가담하곤 했다. 역시 가난해서 섹시하다는 베를린. 아마 이런 동지들(?) 덕분에 베를린에서의 가난이 절대 흠처럼 여겨지지 않았던 것 같기도 하다. 장대비 속에서의 기다림에 굳이 왜라는 시선보다는 당연하다는 무언의 동의가 이뤄진다. 하지만 바로 이러한 이유로 베를린 미술계에는 돈이 돌지 않는다. 이토록 많은 방문객 속에는 입장료는커녕 정작 그림을 살 만한 고객이 흔치 않다. 어찌 보면 이런 오프닝의 인기가 갤러리들의 골칫덩이일지도 모른다.

　그럼에도 불구하고 베를린에는 하루가 다르게 새 갤러리들이 생긴다. 아마 외부에서 방문하는 사람들 덕분일 것이다. 주로 독일의 부유한 도시인 쾰른이나 뮌헨의 컬렉터, 갤러리스트 그리고 미술관 큐레이터가 베를린 미술 시장의 주 고객이다. 그뿐만 아니라 여느 도시보다 미술계가 활발한 움직임을 갖고 있기에 런던이나 파리, 뉴욕 등지의 큰손들이 베를린을 빈번히 찾기도 한다. 좋은 작품이나 작가에 대한 정보를 얻기 위해서다. 그래서 사람들은 이 도시를 '인큐베이터'라고 표현하기도 한다. 아직 제대로 된 커리어를 쌓지 못한 미술 작가가 기회를 기다리는 곳처럼 여겨지기 때문이다. 하지만 기회는 모두에게 공평하지 않은 법. 운에만 기대기엔 놀거리 많은 베를린에서의 시간은 너무도 빨리 흐른다. 이는 비단 작가들만의 문제는 아니다. 나와 리사처럼 베를린에서의 큐레이터를 희망하는 사람들에게도 이와 같은 어려움이 따른다. 좋은 기관에서의 일은 늘 한정적인 데 반해 전 세계에서 몰려든 경쟁자들은 매년 늘어나기까지 한다. 그래서 콧대 높은 베를린의 갤러리들은 무급의 인턴을 남발하는데, 순간 이 모든 게 마치 블랙홀같이 여겨지기까지 한다. 빠져나오지 못하면 영원히 빠질 수밖에 없는!

　한편, 나와 리사처럼 이제 막 커리어를 쌓기 시작한 사람과는 달리 이미 다른 곳에서 명성을 얻은 갤러리들과 갤러리스트들, 큐레이터들이 이 도시에 자리 잡기엔 비교적 수월한 느낌이다. 이들은 각자 다른 나라와 도시에서 쌓은 인적, 물적 자원을 적극적으로 활용한다. 예를 들어 영국계 갤러리 CFA[*]는 다나 슈츠Dana Schutz, 탈 알Tal R, 사라 루카스Sarah Lucas 등 전 세계적으로 유명한 작가들을 초대해 전시를 열기로 유명하고, 갤러리스트 본인의 이름을 딴 호주계 갤러리 타냐 레이턴[**]은 미디어나 실험적인 설치 관련 전시를 활발히 보여주며 명성을 얻기도 한다. 한국의 유명 갤러리들 또한 몇 번의 시도를 했지만 현지 미술계의 장기적 불황으로 인해 결국 무산되고 말았다.

콜랍스의 이름으로

나와 리사가 갤러리에서 처음 만난 건 2013년 가을 무렵이었다. 그리고 그해 겨울, 함께 일하던 갤러리를 차례로 관두면서 우리는 소규모 예술 협동조합 '콜랍스Kollaps'를 차리기로 마음먹었다. 미술 이론을 전공한 우리의 아이디어에 음악·무용·디자인 등 다양한 분야의 주변 사람들이 관심을 가지면서 어느새 일곱 명으로 그 규모가 늘어나기까지 했다. 그

---

[*] Contemporary Fine Arts - CFA Berlin.(cfa-berlin.de)
[**] TANYA LEIGHTON.(tanyaleighton.com)

리사와 마누엘. 리사의 머리 스타일은 철마다 바뀌어 보는 재미가 쏠쏠하다.

Lisa Stefani

중 임포트 프로젝트Import Project라는 베를린의 유명 대안 공간에서 인턴을 했던 리사의 역할이 가장 컸다. "당시 정부의 지원이나 보조금을 얻는 방법부터 어느 매체에 홍보하고 누구를 초대해야 하는지 등 여러 가지 일을 맡아 하면서 베를린의 미술계와 대안 공간에 대해 많이 배울 수 있었어.

그리고 언젠가 마음 맞는 사람들과 꼭 이런 공간을 차리겠다고 마음먹었지!" 그렇게 우리 일곱 명은 각자의 예술적 이상을 머릿속에 그린 채 베를린의 춥고도 비루한 겨울밤을 이겨냈다. 이곳저곳에서 만나 독일어로 된 서류들과 씨름하고, 회의에 회의를 거듭하며 말이다. 하지만 안타깝게도 우리가 그토록 바라던 '콜랍스'는 이뤄지지 않았다. 여러 가지 사정이 있었지만, 무엇보다 누구 하나 제대로 돈 버는 상황이 아닌 처지에 '비영리' 적 성격의 공간을 꾸린다는 것이 생각보다 훨씬 말도 안 되는 일이었다. 당시 우린 그렇게 무모했고 그래서 더 씩씩했다.

펑크와 c. project

펑크는 비단 음악만을 포함하는 장르가 아니라 하나의 커다란 라이프 스타일을 의미한다. 스스로 하자Do It Yourself라는 슬로건을 내걸고 더 나은 미래를 지향하는 범세계적 커뮤니티와도 같다. "선미와 내가 지금 함께하고 있는 c. project도 사실 오리지널 펑크 정신에 맞닿아 있어! 하고 싶은 건 어떻게든 하고야 마는 성미의 여자 둘이 만났으니, 우리가 직접 우리에게 기회를 주는 거지. 이제 막 두 번째 프로젝트를 마쳤어. 전시 공간을 직접 섭외해 큐레이팅 아이디어를 제안하고 선정한 작가와 함께 전

시를 꾸려가는 시스템으로 운영해. 이렇게 완성된 하나의 전시가 어떻게 보면 선미와 나의 작품인 거야." 우리 모두가 공감하는

* 베를린 플라토 갤러리에서 열린 c. project의 (IN)BETWEEN 전시 전경.

베를린의 가장 큰 매력은, 무엇인가 해보고자 하는 사람들을 절대 밀어내지 않는다는 점이다. 여기서 가진 것의 많고 적음은 전혀 중요하지 않다. "없으면 없는 대로, 있으면 있는 대로 할 때까지 해보는 거지! '콜랍스'는 이름 그대로 무너지고 말았지만, 그래도 우린 이렇게 서로를 얻었으니까."

베를린의 유명 갤러리와 좋은 전시를 경험하려면

베를린은 세계에서 제일 많은 갤러리가 모여 있는 도시이다. 세계 여러 나라에서 건너 온 갤러리의 분점뿐 아니라 다른 지역 출신 갤러리스트가 베를린 미술 신에 둥지를 튼 경우도 허다하다. 그래서 세계적인 작가들이 줄지어 전시를 열기도 하고, 신진 작가들 에게도 전시 기회가 자주 주어지는 편이다. 1년에 두 번, 갤러리 위크앤드(5월)와 베를린 아트 위크(9월)가 열리는데 그 기간에 갤러리 투어를 하면 다른 때보다 훨씬 더 좋은 전 시들을 접할 수 있다.

❶ Blain / Souther

섹스 숍과 케밥 가게가 줄지어 늘어선 포츠다머 거리. 언뜻 보기에 과연 갤러리가 있을까 싶은 이곳은 서른 개가 넘는 갤러리가 둥지를 튼 베를린의 대표적인 갤러리 거리이다. 그중에서도 특히 큰 통유리 가 눈에 띄는 모자 가게 왼쪽 골목으로 들어가면 신문 인쇄소였던 부 지에 열 개가 넘는 갤러리가 자리를 잡고 있다. 가장 대표적인 곳이 블레인|사우던으로, 영국 런던에 본점을 두고 있어 린 체드윅Lynn Chadwick, 잉카 쇼니바레Yinka Shonibare 등 영국 출신 작가들이 자주 전 시를 열곤 한다.

add. Potsdamerstraße 77-87 10785 Berlin

+ Potsdamer 거리에 위치한 갤러리 중 **MUST**

Galerie Thomas Fischer, Galerie Guido W. Baudach, Tanya Leighton

---

❷ Karlmarx 대로의 Peres Projects

미국 출신의 갤러리스트가 운영하는 곳으로, 과거 공산주의 동독을 대표하는 거리인 칼막스 대로에 있다. 갤러리가 있는 건물 또한 당시의 정취를 그대로 느낄 수 있는 외관을 지녔다. 주로 회화 작가들의 전시를 여는 편이다.

add. Karl-Marx-Allee 82 10243 Berlin   **web.** peresprojects.com

❸ Brunnen 거리의 KOW

주로 정치/사회와 관련된 작품을 선보이는 독일 작가들이 소속되어 있으며, 그중 몇몇은 2015년 베니스 비엔날레의 독일관 단체 전시에 참여하기도 했다. 특히 작년에는 히토 슈타이얼Hito Steyerl(2016년 광주 비엔날레와 서울 미디어시티에도 참여한 일본계 독일인 미디어 작가)의 개인전을 베를린에서 가장 처음 열었는데, 엄청난 인파가 이를 보기 위해 몰려들었다.

add. Brunnenstraße 9 10119 Berlin
web. kow-berlin.info

❹ 박물관 섬 지역의 Contemporary Fine Arts

영국의 유명 건축가 데이비드 치퍼필드가 설계한 건축물에 들어선 갤러리. 볼프강 틸만스Wolfgang Tillmans, 사라 루카스Sarah Lucas, 피터 도이그Peter Doig, 다나 슈츠Dana Schutz 등 이름만 대면 알 만한 유명 현대 미술 작가들. 특히 평면 작업과 관련한 전시를 열어 미술계의 최신 흐름과 유행을 살펴보기에 좋다.

add. Am Kupfergraben 10 10117 Berlin   **web.** cfa-berlin.de

❺ August 거리의 Galerie Eigen + Art Berlin

독일 라이프치히 출신의 갤러리스트가 운영하는 갤러리. 네오 라욱흐Neo Lauch를 선두로, 라이프치히 출신 회화 작가들을 세계적 반열에 올리고 '라이프치히 학파'를 만드는 데 기여했다. 최근 젊은 작가들의 전시를 주로 선보이는 Lab 또한 갤러리 근처에 오픈했다.

add. Auguststraße 26 10117 Berlin
web. eigen-art.com

Sunmi

베를린 여행자 용선미

Yong

많이 쑥스럽지만, 오랜 고민 끝에 스무 번째 인터뷰이는 나로 정했다. '사람'이라는 지도 하나 달랑 들고 나선 이 긴 여정의 출발점도 종착지도 결국 나 자신일 테니까. 끝 모르고 덤볐던 이 프로젝트의 시작을 기꺼이 함께해준 파트너 최수민이 이번 인터뷰를 진행하고 글을 써주었다.

좋은 데 장황한 이유가 필요한가?

나는 잘 설명이 안 되더라도

해야겠다 싶으면 밀어붙이는 스타일이라서

좋으면 좋을수록 이런저런 생각 안 하고

저질러버리는 것 같아.

깊게 생각했다면 베를린에도 못 갔을지 모르지.

베를린을 떠나온 지 1년 2개월의 시간이 지난 지금, 가끔씩은 베를린 여기저기를 자전거로 트램으로 누비며 베를리너들을 만났던 시간들이 꿈처럼 낯설게 느껴질 때가 있다. 하지만 낯선 만큼 참 선명하고 특별했던 3개월. 인터뷰가 아니었더라면 국적도 문화도 다른 자유 영혼들의 이야기를 그렇게 가까이서 속 깊이 들어볼 수는 없었을 것이다. 내가 지녀온 생각의 그릇이 얼마나 작았는지, 또 삶이란 것이 이토록 다르게 그려질 수 있는 것인지 나는 이전에는 알지 못했다. 그러고 보니, 내가 아는 가장 자유롭고 다르게 사는 친구는 두말할 것 없이 용선미이다. 게다가 베를린 장기 거주자인 그녀의 삶은 우리의 기획 의도에 적격이다. 그래서 자연스럽게 이 책의 마지막 인터뷰 주자는 선미가 되었다.

선미와 내가 서울의 청운동 윤동주 문학관에서 만난 날은 날씨가 유독 덥고 습했다. 인왕산 자락 높은 언덕배기에 위치한 문학관 야외 카페의 공기에는 짙은 녹음의 향이 실려 있었다. 베를린에서 우리가 으레 그랬듯이 나는 휴대폰의 녹음기를 켰다. 한동안의 침묵. "음…… 용선미 씨?" "푸하하." 녹음기에는 우리의 멋쩍은 웃음소리와 애먼 매미 소리만 담겼다. 왠지 존댓말로 인터뷰를 해야 할 것만 같았다. 어디서부터 질문을 들어가야 하나, 예상치 못한 난감함도 불쑥 튀어나왔다. 거의 1년 만의 인터뷰이기도 했고, 늘 같은 자리에서 질문을 던지는 것에만 익숙했던 우리였다. 어색함을 깨기 위해 내가 먼저 안부를 가장해 말문을 열었다. "내가 작년 여름에 베를린에서 한국에 들어왔으니까 딱 1년이 지났네. 다른 도시

에 살면 좋은 점이, 원래 살던 익숙한 공간이 새롭게 보인다는 것 같아. 이

번에 돌아와서 서울을 더 자세히 들여다보게 되니까 내가 숨 쉴 수 있는

공간들이 더 잘 보여. 요즘은 서촌 집 주변이나 여기 청운 공원 가는 오르

막길, 인왕산 산책로 아니면 을지로 같은 고즈넉하고 특색 있는 곳이 좋

더라. 이제는 홍대도 시끄러워서 안 가게 되더라고. 베를린에서 살다 와서

내가 바뀐 건지 아니면 나이가 든 건지. 하하.”

어쩌다 베를린

선미는 왜 하필 독일의 베를린이었을까. “언니, 나 베를린 가. 비행

기 표도 벌써 끊었어.” 대학원에서 조교 일을 하며 미술사를 공부하던 스

물여섯의 선미가 어느 날 갑자기 베를린행을 통보했다. “대학원 마지막 학

기를 앞두고 졸업 논문 주제를 무엇으로 할지 제출해야 했는데, 잘 몰랐던

독일 작가들에 대해 관심이 생겼을 때라 ‘독일 현대 미술의 이해’라는 광

범위하고 막연한 주제를 질러버렸어. 근데 그래놓고 보니까 이게 떠나기

딱 좋은 구실이더라고.”

일탈에 대한 상상을 상상으로만 두지 않고 실행에 옮기기 가장 쉬

운 때가 이십대 아니겠는가. 독일 중에서도 베를린이란 도시가 선미의 마

음에 자리 잡은 지는 오래였고, 이유는 의외로 단순했다. “선미, 베를린에

꼭 가봐! 굉장히 자유로운 도시야. 베를린이 다른 어떤 도시보다도 너에게

잘 맞을 것 같아." 스무 살에 워크 캠프에서 알게 된 프랑스 여자아이가 우연히 던진 한마디. 사는 데 바빠 잊고 지냈던 그 말이 다시금 또렷하게 떠오른 건, 대학원 생활이 주는 압박감에 더해 당시 연애가 끝난 후 치솟았던 우울함 때문이었을까. 답답함이 커질수록 베를린에 대한 갈망도 커졌다. 대학원과 홍대가 지겨워지고, 서울까지 지겹다가 결국 한국도 좁다고 느낀 선미는 그렇게 베를린으로 가는 비행기에 몸을 실었다.

"처음 느낀 베를린은 내 상상과 거의 같았어. 설명은 안 되지만 도시 전체에 여유와 자유의 기운이 마구 느껴졌달까? 초반에는 게스트 하우스에서 지냈는데, 일주일 내내 아침마다 얼른 씻고 나와서 여기저기를 많이도 돌아다녔어. 분위기 좋아 보이는 카페에서 커피 한잔하고, 걷다가 눈에 보이는 아무 갤러리에 들어가서 둘러보고, 공원 가서 사람들 구경도 하고." 베를린 선택이 틀리지 않았음을 직감한 선미는 그렇게 넘치는 호기심으로 도시를 만끽했다. 당시의 선미는 온몸의 감각이 외치는 소리를 들었을 뿐이다. '바로 이 도시라고!'

그러다 어느덧 슬슬 생활이 개입하는 시간이 왔다. 애초에 긴 여행이 되리라 생각했던 선미는 일을 구하기 위해 나름의 준비를 해왔다. 한국에서부터 직접 디자인한 이력서가 그것이었다. 딱 서른 개만 뽑았으니 한정판인 셈이었다. 펄이 들어간 정사각형 인쇄지를 펼치면 선미의 사진과 이력, 좋아하는 아이콘이 깔끔하게 박힌 특별한 자기소개서였다. "지금 생

각하면 많이 순진하기도 하고 낙관적이었던 것 같아. 왜 이메일로 안 보내
고, 굳이 직접 고생하면서 뿌릴 생각을 했는지 몰라. 그것도 딱 서른 개만
말이야." 특유의 낙천성에 더해 떨리지만 뭔가 즐거운 일이 기다리고 있을
것 같다는 여행자의 설렘도 한몫했다. 많은 여행 초심자들이 그러하듯 선
미 또한 편안함보다는 낭만과 직관, 이상을 좇았다. 물론 이것이 '고생스
러움'과도 맥을 같이한다는 것을 그때는 알지 못했다.

캔버스와 말똥 사이 어딘가

"운 좋게도 베를린에 온 지 2주 만에 한 갤러리에서 일을 시작하게 됐어. 레지던시를 같이 운영하는 곳이어서 그곳 방 하나를 배정받고 살았지. 작품 전시도 하고 숙박 손님들에게 방 안내도 하는 곳이었는데, 6개월 후에 관뒀으니까 그리 오래 있지는 않았어. 갤러리 업무 방식이 맞지 않아서 그냥 하고 싶은 거 하는 게 낫겠단 생각에 금방 그만두게 됐지. 근데 신기한 건 내가 베를린에서 만난 인연의 8할은 다 이 갤러리에서 시작됐다는 거야."

선미는 도시 외곽 말 농장의 워커웨이 신청 허락이 떨어지자 지체 없이 갤러리를 그만두었다. 더 이상 갤러리 레지던시에서 살 수 없기도 했고, 살 집을 구할 때까지 독일 가정집에서 지내며 독일어를 익혀볼 요량이었다. "원래는 단란한 독일 가정에서 같이 저녁도 먹고 친하게 어울려 지내면서 독일어 좀 늘리려고 간 거였는데…… 내가 상상했던 것과는 정반대였어. 자식들은 독립해 나가고 부부만 운영하던 곳이었는데 문화 교류는커녕 정말 일꾼이 필요해서 워커웨이를 하는 거였더라고. 사람이 없을 때는 저녁 차리는 일, 장 보는 일을 거의 아저씨 혼자서 했지. 실질적인 농장의 보스는 극작가였던 아저씨의 와이프였는데, 성격이 예민하고 까칠해서 분위기가 늘 살벌했어. 그분에게 만만하게 보일까 싶어서 거기 지내는 동안 독일어는 일절 안 썼으니까 어떤 분위기였는지 대충 짐작이 가지?"

말 농장에서의 생활은 반복적이고 평범했다. 선미는 7시쯤 일어나 건강한 말이 밤사이 퍼질러놓은 똥을 치우고, 다시 똥으로 건강을 증명해 보이라는 듯 말에게 건초를 잔뜩 던져주었다. 말 농장에서 지내며 말 등에는 단 한 번도 타보지 못한, 정말 도도한 말과 까칠한 말 주인을 위한 농장 노동자로서의 삶을 살았다. 어색하던 삽질이 익숙해질 무렵, 그녀의 팔다리 근육은 어느덧 말의 그것을 닮아가고 있었다. 그래서일까. 남들에게는 한 번도 쉽지 않을 일들이 선미에게는 말똥 한 삽 거리도 안 되는 경우가 잦다. 천성이 변화무쌍하기도 하거니와 새로운 일을 벌이는 데 특화되어 있다. 무던함을 넘어서 늘 대담하게 그 이상을 해낸다. 그게 아티스트의 작품을 흰 벽에 거는 일이든, 말 농장에서 말똥을 푸는 일이든 간에 말이다. 그 이후로도 선미는 원하는 일을 마음껏 하기 위해 생활비를 보조해줄 다채로운 생계 활동을 하게 된다. 나열하자면 큐레이터, 팝업 레스토랑, 베이비시팅, 식당 서빙, 독일 드라마 엑스트라, 여행 가이드 정도 되겠다. 말 그대로 하얀 캔버스와 말똥 사이를 오가는 다이내믹한 생활이었다.

눈치로부터의 자유

선미가 짧지 않은 베를린 생활을 마치고 한국으로 갓 돌아왔을 때 가로수길을 지나는 사람들을 보고 처음 내뱉은 말은 재밌게도, "와— 사람들 진짜 예쁘다"였다. "한국 생활에 적응이 어느 정도 된 요즘에 와서 베를린에서 찍은 사진을 보면 몰골이 추레해서 깜짝 놀라곤 해. 하하. 그럴 만도 한 게, 단순히 타지에서 빈궁한 생활을 해서라기보다는 워낙 베를린에서는 사람들이 서로의 외양에 대해 왈가왈부하지 않는 경향이 커서 그런 것 같아. 한국에 있을 때는 '머리 잘랐네' '살 빠졌네' 이런 말이 자연스러운 칭찬이고, 남들이 알아봐주지 않으면 서운해하기까지 하는데 베를린에서는 정반대였어. '왜 굳이 저 이야기를 하지?' '왜 쟤는 우리의 외모에 이렇다 저렇다 평가를 하지?' 하며 약간의 불쾌감을 느끼기도 하더라구. 한번은 카일리에게 얼굴이 작다고 칭찬하듯 말했다가 그게 어떻게 칭찬이 될 수 있냐며 서운해했던 적도 있으니까." 말 그대로 베를린은 남들 눈치나 다수가 정한 기준 따위에서 비교적 자유로운 곳이었다. 그것은 인종이나 성별에도 똑같이 적용됐다. "독일은 인종 차별이 심하지 않냐고 사람

들이 물어보는데, 최소한 내가 겪은 베를린에서는 인종 차별이 별로 없었어. 독일어를 잘 못한다고 구청 아줌마한테 혼난 정도? 내가 뭐 잃어버리고 사고를 내서 피곤한 적은 있어도 다른 사람들의 이유 없는 공격으로 신경이 곤두서 있을 필요가 없었어. 아마 애초에 다름을 존중하는 사람들이 베를린으로 모여들어서, 또 내가 주로 그런 이들과 어울려서인지도 모르겠다."

선미를 처음 만나는 사람들이라면 꼭 한 번씩 언급하는 것이 있다. 바로 손가락 마디에 있는 작은 문신이다. 흔히 떠올리는 우락부락한 아저씨들의 문신과는 다르게 앙증맞은 바다 심볼들이어서 액세서리를 한 것처럼 예쁘다. 쉽게 눈에 띄는 곳에 있어서 문신을 본 사람들의 반응이 제각각이라고 한다. "의외로 부모님도 언젠간 그럴 줄 알았다는 식으로 별로 놀라지 않으시더라고. 그냥 여기서 더 하지만 말라셔. 나는 경악하실 줄 알았는데 반응이 나쁘지 않았어. 며칠 전에 엄마랑 오사카로 여행 갔을 때 문신 때문에 온천에 못 들어간 것 빼고는 불편한 점이 전혀 없어. 이 작은 손가락 문신이 혐오감을 준다나." 선미가 문신을 하게 된 이유도 늘 그렇듯 복잡할 것이 없었다. "카페에서 우연히 본 광고지에 나온 스타일이 너무 좋았어. 견습생이라 가격도 무척 쌌고. 태국에서 타투를 배운 티파니라는 미국 여자애였지. 당시에 식당 일 하느라 피곤한 날들을 보내고 있어서 기분 전환이 필요하던 시점이었거든. 크게 고민 안 하고 진행해버렸지. 좋은 데 장황한 이유가 필요한가? 나는 잘 설명이 안 되더라도 해야겠다 싶으면 밀어붙이는 스타일이라서 좋으면 좋을수록 이런저런 생각 안 하고 저질러버리는 것 같아. 깊게 생각했다면 베를린에도 못 갔을지 모르지."

　　c. project의 전시를 마지막으로 선미는 한국으로 돌아왔다. 무엇을 할지 미리 계획하지 않았기에 여행을 마치고 돌아와보니, 계획했다면 결코 생각지 못했을 사건들이 쌓여 있었다. "베를린에서 다시 살고 싶지 않냐고? 글쎄. 워낙 좌충우돌이 많아서 그 고생을 또 하라고 하면 자신이 없긴 해. 게다가 거기서 내가 하고 싶은 거, 해볼 수 있는 건 다 해보고 와서 미련이 남을 것도 없고. 이제 한국에서 다시 하고자 하는 길이자 본업으로 돌아와서 진지하게 미술 기획 쪽 커리어를 쌓으려고 해. 물론 베를린이 아주 많이 그리울 거야. 그렇지만 여기 이 손가락 문신은 평생 안 지워질 테니까, 나의 이십대 그리고 베를린을 여든 살 할머니가 돼도 누리는 기분이지 않을까?"

베를리너의
제안

베를리너처럼 살아보려면

❶ 아이스크림 들고 동네 어슬렁거리기 _Hokey Pokey

개인적으로 베를린에서 가장 좋아하는 아이스크림 가게. 자체적으로
개발한 신선한 아이스크림 메뉴들로 가득하다. 이 집의 이름을 건 바
닐라+캐러멜 맛의 호키포키와 피스타치오 맛이 특히 맛있다.

add. Stargarderstraße 73 + 72 Berlin 10437
web. facebook.com/Eispatisserie-Hokey-Pokey-213549142011141

❷ 한가롭게 누워 선탠하기 _Wasserturm

베를린에서 가장 오래된 물 저장소. 1877년에 지어져 1952년까지
사용되었다. 타워에는 올라갈 수 없지만 주변이 공원으로 조성되어
한가롭게 산책하기에 좋다. 특히 계단을 타고 위쪽 정원으로 올라가
면 풀밭에 드러누워 선탠을 하는 베를리너들의 모습을 볼 수 있다.

add. Knaackstraße 22 10405 Berlin
web. visitberlin.de/de/ort/wasserturm-am-kollwitzplatz-
wasserturmplatz

❸ 나만의 단골 식당 만들기 _KANAAN

중동과 북아프리카의 요리인 후무스(병아리콩을 갈은 페이스트)를 파는
식당. 내 베를린 식생활의 70퍼센트를 책임질 만큼 어마어마한 중독
성을 지닌 음식이다. 베를린 곳곳에 후무스를 파는 가게들이 많지만,
그중에서도 이곳은 특히 분위기와 맛이 훌륭하다.

add. Kopenhagenerstraße 17 Berlin 10437
web. facebook.com/KanaanRestaurantBerlin

특별한 날 맛집에서 외식하기 _Maria Bonita

멕시칸 식당. 규모는 작지만 베를린 전역에서 입소문을 듣고 온 베를리너들로 북적인다. 채식주의자를 위한 메뉴도 여러 개 갖추고 있다.

add. Danzigerstraße 33 10435 Berlin

web. facebook.com/mariabonitaberlin

장 봐서 음식 만들기 _Centro Italia

베를린에서 가장 신선하고 다양한 이탈리아 식재료를 구입할 수 있는 슈퍼마켓. 어마어마한 종류의 파스타와 올리브 오일, 질 좋은 와인과 커피 등을 구할 수 있다. 다만 외진 곳에 위치해서 찾는 데 어려울 수 있다.

add. Greifswalderstraße 80c 104 05 Berlin

web. centro-italia.de

카페에 앉아 사람 구경하기 _Café kraft

젊은 청년들이 운영하는 카페. 들어가보고 싶게 만드는 내부 분위기에 걸맞게 커피의 맛도 양도 아주 훌륭하다. 현재 가게 옆에 베이커리까지 조성하는 중이어서 기대가 크다.

add. Schivelbeinerstraße 23 10439 Berlin

web. cafe-kraft.com

사우나 하기 _Saunabad

니콜이 일하는 사우나. 남녀 구분 없이 모든 걸 함께 사용해야 하는 시스템에 당황할 수 있지만 아무도 서로에게 신경 쓰지 않는 분위기다. 매우 깔끔한 시설을 갖추고 있다. 특히 베를린의 추운 겨울날 방문하면 좋다.

add. Rykestraße 10 10405 Berlin   **web.** saunabad-berlin.de

epilogue

인터뷰하길 참 잘했다＿＿＿＿＿＿＿ 나를 포함해 총 스무 명의
베를리너를 찾아다닌 1년간의 긴 여행이 드디어 끝났다. 처음엔 단순히
얕고 넓게 베를린이라는 도시와 그곳에서 살아가는 사람들을 다루고 싶었
고, 또 그들을 통해 2년 동안의 내 삶을 기록하고자 하는 욕심도 있었다.
하지만 본격적으로 팀을 꾸리고, 인터뷰이를 추리고, 인터뷰를 진행하고,
녹취를 하고, 글을 쓰는 지난한 과정을 거치며 나는 때때로 즐거움과 두려
움을 동시에 느꼈다. 한 사람의 삶과 마주한다는 건 생각보다 훨씬 더 묵
직한 일이었다. 가벼운 만남을 예상했던 나에게 이 작업은 한 개인이 견뎌
온 지난 시간과 베를린에서의 일상, 그리고 앞으로의 일들까지 결코 가벼
울 수 없는 이야기들을 감당해야 하는 아주 커다란 일이었다.

　　간혹 새로운 인터뷰이를 만날 때마다 그 사람만의 분위기에 빠져

허우적대기도 했다. 특히 글을 쓸 때 더욱 그러했다. 정신없이 진행되던 인터뷰가 끝나면 조용한 곳에 홀로 앉아 다시금 내용을 곱씹곤 했는데, 그럴 때면 그 사람이 내 앞에 앉아 있는 듯한 착각마저 들었다. 심지어 열아홉 명의 인물에게 순간순간 짝사랑에 빠져들기도 하였다. 어쩜 이리도 매력이 철철 넘치는지, 얕게 만났더라면 결코 알지 못했을 그들의 이야기를 속속들이 나열해가며 나는 새삼 '인터뷰하길 참 잘했구나' 하는 생각이 들었다.

특히 앙카의 인터뷰를 진행하며 나탈리가 한 말이 기억에 남는다. "평소에 어울릴 땐 굳이 과거에 그녀가 체코에서 뭘 했는지, 왜 베를린에 왔는지, 양말 만드는 일을 왜 하려고 하는지 자세히 물을 일이 없었어. 사실 일상에서는 그런 대화를 나눌 기회가 흔치 않잖아? 베를린에 와서 처음 사귄 체코 친구가 앙카인데도 불구하고 난 정작 그녀에 대해 많이 알지 못했다는 생각이 들어. 우리, 인터뷰하길 참 잘했다."

인터뷰를 하는 과정은 나를 비롯해 수민과 나탈리에게도 자신을 한층 성장시키는 데 엄청난 밑거름이 되어주었다. 무한한 자유가 보장되는 만큼 스스로 책임져야 하는 것도 많은 베를린. 누구도 시키지 않은 이 일을 시작하며 사실 주저한 순간들도 많았다. '나는 지금 뭘 하고 있지?' 하는 의문과 의심이 끊임없이 나를 괴롭혔고, 의도치 않은 상황에 맞닥뜨려 지친 적도 허다했다. 모든 인터뷰가 순조로웠던 것도 아니고, 인터뷰를 이유로 너무 붙어 다닌 탓에 세 사람 모두 서로에게 질리기도 했다. 하지만 이 모든 것을 견디고 결실을 맺게 된 지금, 다시금 드는 생각은 역시나 같다. 인터뷰하길 참 잘했다.

한창 베를린 생활에 빠져 서울을 까맣게 잊고 지내던 무렵, 엄마에게 메시지 한 통을 받았다. "네가 너무 그립지만 한편으론 이렇게 그리운 대상과 마음이 있다는 것이 좋기도 하구나." 평소 복작거리는 일상이었다면 결코 서로에 대한 애틋함을 느낄 새 없이 흘려보냈을 시간들에 우리는 서로의 부재를 실감하며 그 감정을 만끽했다.

나에게 지난 1년의 시간 또한 그러했다. 베를린을 떠나 서울에 자리를 잡은 뒤 글을 쓰며 다시금 베를린을 떠올렸다. 그 도시와 사람들을 내 안에 가득 품고선 일상을 보냈다. 서울에서의 1년은 정말 바쁘고 정신없었다. 나는 내가 흘려보낸 그간의 시간을 메우기 위해 분주히 뛰어다녔다. 그러면서도 종종 인터뷰 글을 다듬고, 친구들과 안부 메시지를 주고받고, 또 페이스북에 올라온 그곳의 다양한 이벤트들을 보며 베를린을 불러냈다. 나에게 베를린은 그냥 그 이름만으로도 울컥한 존재가 되어버렸다. 고된 아르바이트와 다양한 사건 사고로 괴로웠던 시간들은 온데간데없이 사라진 채 베를린이라는 도시와 그곳에서 내가 만난 열아홉 개의 삶만 고스란히 기억 속에 자리 잡았다.

그리고 지금 나는 베를린이다. 정확히 1년 만에 다시 찾은 이 도시의 어느 작은 카페에 앉아 이 글을 쓰고 있다. 마지막은 꼭 여기여야 한다며 스스로에게 우겨댄 결과다. 그렇게 보름이라는 시간 동안 내 안의 그리움을 모두 비운 채 나는 이제 비로소 베를린을 떠날 수 있게 되었다. 그리움의 감정이 채워질 그때까지진, 아마 괜찮을 것 같다.

츄스tschuess! 베를린.
츄스! 베를리너들.

베를리너Berliner 힙스터의 도시 베를린에서 만난 삶을 모험하는 몇 가지 방식들

1판 1쇄   2017년 6월 12일
1판 2쇄   2018년 6월 4일

지은이   용선미
펴낸이   김태형
펴낸곳   도서출판 제철소
등록   2014년 6월 11일 제2014-000058호
주소   (10882) 경기도 파주시 산남로 167번길 10
전화   070-7717-1924
팩스   0303-3444-3469
전자우편 right_season@naver.com
페이스북 facebook.com/from.rightseason

© 용선미 2017

ISBN 979-11-956585-9-6 03810

이 도서의 국립중앙도서관 출판예정도서목록(CIP)은 서지정보유통지원시스템 홈페이지(http://seoji.go.kr)와
국가자료공동목록시스템(http://www.nl.go.kr/kolisnet)에서 이용하실 수 있습니다.
(CIP제어번호: CIP2017012002)